DE ERFENIS

Ook verschenen van Mary Higgins Clark
bij Xander Uitgevers

Tweelingzusje (2014)
Onder mijn huid (2014)
Tranen om mijn zusje (2014)
De moord op Assepoester (2014)
Te mooi om waar te zijn (2015)
Voor de ogen van een kind (2015)
De verdwenen bruid (2016)

MARY HIGGINS CLARK

De erfenis

XANDER

Uitgegeven door Xander Uitgevers BV
www.xanderuitgevers.nl

Oorspronkelijke titel: *As Time Goes By*
Oorspronkelijke uitgever: Simon & Schuster
Vertaling: Crispijn Sleeboom
Omslagontwerp: zero-media.net, Munich
Omslagbeeld vrouw: Stocksy/Guillermo de la Torre (2114599);
overig beeld: FinePic®, München
Afwerking omslag: Select Interface
Zetwerk: Michiel Niesen, ZetProducties

Tweede druk 2022

ISBN 978 94 0161 677 5 | NUR 330

Voor het pasgetrouwde echtpaar,
Dr. James en Courtney Clark Morrison,
het ga jullie goed

PROLOOG

De eerste kreet van het kind was zo doordringend dat de twee echtparen buiten de verloskamer van vroedvrouw Cora Banks tegelijkertijd naar adem snakten. De ogen van James en Jennifer Wright lichtten op van vreugde. Opluchting en berusting schemerden door op de gezichten van Rose en Martin Ryan, wier zeventienjarige dochter zojuist was bevallen.

De echtparen kenden elkaar alleen als de Smiths en de Joneses. Geen van hen had enig verlangen om de ware identiteit van de ander te kennen. Ruim een kwartier later zaten ze nog steeds nerveus te wachten tot ze het pasgeboren kindje mochten zien.

Het was een slaperig meisje van zes pond, met zwarte, krullende lokken die contrasteerden met haar bleke huidskleur. Toen ze knipperend haar ogen opendeed, waren ze groot en donkerbruin.

Jennifer Wright wilde haar overnemen, maar de vroedvrouw lachte. 'We moeten geloof ik eerst nog wat zaken afhandelen,' zei ze.

James Wright opende het koffertje dat hij bij zich droeg. 'Zestigduizend dollar,' zei hij. 'Tel maar na.'

Er was hun verteld dat de moeder van de pasgeboren baby een zeventienjarige eindexamenkandidaat was die zwanger was geraakt op de nacht van het eindejaarsfeest, iets wat voor iedereen verborgen werd gehouden. Haar ouders hadden hun vrienden en familie verteld dat ze nog te jong was om te gaan studeren en dat ze in de kledingwinkel van haar tante in Milwaukee zou gaan werken. De vader van het kind, een achttienjarige jongen, wist niets van de zwangerschap af. Hij was al naar de universiteit vertrokken.

'Veertigduizend dollar zodat de jonge moeder kan studeren,' zei Cora terwijl ze het geld telde en dat bedrag aan de ouders van het meisje gaf. Haar dikke armen hielden de baby nog steeds stevig vast. Ze vertelde niet dat zij de overgebleven twintigduizend dollar zou opstrijken in ruil voor haar diensten.

De grootouders van de pasgeborene accepteerden het geld in stilte. Jennifer Wright stak smachtend haar armen uit en fluisterde: 'Ik ben zo gelukkig.'

Cora zei: 'Ik zal de geboorte op uw naam zetten.' Haar vreugdeloze glimlach deed niets voor haar doodgewone, ronde gezicht. Hoewel ze pas veertig was, leek ze door haar uiterlijk minstens tien jaar ouder.

Ze zei tegen de ouders van de jonge moeder: 'Laat haar nog maar een paar uurtjes slapen en neem haar dan mee naar huis.'

In de verloskamer probeerde het zeventienjarige meisje de effecten van de verdoving, die ze in ruime mate toegediend had gekregen, van zich af te schudden. Het voelde alsof haar borsten gezwollen waren omdat de baby er die paar korte momenten na de geboorte op gelegen had. Ik wil haar terug, ik wil haar, waren de woorden die recht uit haar ziel leken te komen. Geef mijn baby niet weg, ik zal een manier vinden om voor haar te zorgen...

Twee uur later werd ze, opgekruld op de achterbank van de

gezinswagen, naar een dichtbijgelegen motel gebracht.

De volgende ochtend zat ze alleen in het vliegtuig terug naar Milwaukee.

1

'En dan nu de welbekende reclames,' fluisterde Delaney Wright tegen haar collega-nieuwslezer tijdens het WRL-nieuws van zes uur. 'Allemaal even fascinerend.'

'Ze betalen ons salaris,' bracht Don Brown haar met een glimlach in herinnering.

'Dat weet ik, gelukkig maar,' zei Delaney vrolijk. Ze keek in de spiegel om haar uiterlijk te inspecteren.

Ze wist niet zeker of de donkerpaarse blouse die de styliste voor haar had uitgekozen te sterk afstak bij haar bleke huid, maar hij paste goed bij haar schouderlange zwarte haar. En Iris, haar favoriete visagiste, had goed werk afgeleverd door haar donkerbruine ogen en lange wimpers te accentueren.

De regisseur begon af te tellen. 'Tien, negen... drie, twee...'

Op het moment dat hij 'één' zei, begon Delaney met voorlezen. 'Morgenochtend zal in Hackensack, New Jersey, de selectie van de jury beginnen voor de rechtszaak tegen de drieenveertigjarige Betsy Grant, een voormalige lerares op een middelbare school. Grant wordt beschuldigd van de moord op haar rijke echtgenoot dr. Edward Grant, die achtenvijftig jaar oud was toen hij overleed. Hij leed aan alzheimer. Terwijl zij vol blijft houden dat ze onschuldig is, pleit de officier van justitie dat ze niet langer wilde wachten tot hij stierf. Zij en haar zoon erven samen zijn landgoed, waarvan de waarde geschat wordt op meer dan vijftien miljoen dollar.'

'En dan nu over naar een vrolijker onderwerp,' begon Don Brown. 'Dit is het soort nieuws dat we maar al te graag zien.' Op het scherm verscheen beeldmateriaal. Een negenendertig jaar oude man werd herenigd met zijn biologische moeder. 'We probeerden elkaar al tien jaar te vinden,' zei een lachende Matthew Trainor. 'Het was bijna alsof ze me riep. Ik móést haar vinden.'

Hij had zijn arm om een zwaarlijvige vrouw van in de vijftig geslagen. Haar zachte, van nature golvende haar omlijstte haar vriendelijke gezicht. In haar bruine ogen schitterden onvergoten tranen. 'Ik was negentien toen ik Charles kreeg.' Ze aarzelde en keek omhoog naar haar zoon. 'In mijn hoofd noemde ik hem altijd Charles. Op zijn verjaardag kocht ik speelgoed en gaf dat dan aan een goed doel voor kinderen.' Met trillende stem zei ze: 'Zijn adoptieouders hebben hem een goede naam gegeven. Matthew betekent "geschenk van God".'

Het fragment was bijna afgelopen. Matthew zei: 'Al zo lang als ik me kan herinneren had ik deze behoefte. Ik moest weten wie mijn biologische ouders waren, vooral mijn moeder.'

Terwijl hij haar een dikke knuffel gaf, begon Doris Murray te huilen. 'Het valt niet in woorden uit te drukken hoe erg ik mijn zoon heb gemist.'

'Hartverwarmend, vind je ook niet, Delaney?'

Delaney kon niets anders doen dan knikken. Ze wist dat de brok in haar keel elk moment kon omslaan in een huilbui.

Don wachtte een paar tellen tevergeefs op haar antwoord, maar toen zei hij met een verbaasde uitdrukking op zijn gezicht: 'Laten we eens kijken wat onze weerman Ben Stevens voor ons in petto heeft.'

Toen de uitzending afgelopen was, zei Delaney: 'Het spijt me, Don. Dat verhaal raakte me zo dat ik niet wist of ik mijn emoties in bedwang kon houden. Ik was bang dat ik net zo hard zou gaan huilen als de moeder.'

'Laten we eerst maar zien of ze over zes maanden nog met elkaar praten,' zei Don droogjes. Hij duwde zijn stoel naar achteren. 'Dat was het voor vanavond.'

Door de glazen wand konden ze in de studio naast die van hen Richard Kramer zien, de lezer van het binnenlandse nieuws dat op dat moment werd uitgezonden. Delaney wist dat Don die plek zou overnemen wanneer Kramer met pensioen ging. Ze stond op, verliet de studio en ging naar haar kantoor, waar ze haar paarse blouse verruilde voor een yogatopje. Ze viel in voor de vaste nieuwslezeres, Stephanie Lewis, die ziek was geworden. Delaney was daar enorm blij mee, vooral omdat ze de rechtszaak van Betsy Grant mocht verslaan. Die beloofde fascinerend te worden.

Ze pakte haar schoudertas en liep door enkele lange gangen naar buiten, Columbus Circle op, onderwijl reagerend op collega's die 'Tot morgen, Delaney!' riepen.

Ook al hield ze van de zomer, Delaney wist dat ze klaar was voor de herfst. Na Labor Day raakte Manhattan altijd in de greep van een bepaald soort bedrijvigheid, dacht ze bij zichzelf, en ze besefte dat ze zichzelf aan het afleiden was van wat haar echt dwarszat. Het verhaal over de adoptie had de muren neergehaald die ze had opgebouwd om dat onderwerp uit haar gedachten te weren.

Ze moest haar biologische moeder vinden. James en Jennifer Wright hadden haar geadopteerd toen ze pas een paar uur oud was geweest en hun naam stond op de geboorteakte. Er was een vroedvrouw bij haar geboorte geweest. De vrouw die de adoptie had geregeld was overleden en van de naam van de vroedvrouw ontbrak elk spoor. De geboorte was geregistreerd in Philadelphia.

Ook al leek het een doodlopend spoor, ze wist dat ze er iets mee ging doen. Ze had van een gepensioneerde detective gehoord die gespecialiseerd was in het uitzoeken van zaken die onbegonnen werk leken, zoals de hare. Ze was zo diep in gedachten verzonken toen ze aan haar wandeling van anderhalve kilometer naar huis begon, dat ze bijna ongemerkt Fifth Avenue voorbijliep.

Bij 54th Street sloeg ze rechts af. Haar appartement zat in een van de oudere gebouwen, naast het gebouw waar Greta Garbo, de legendarische actrice uit de jaren dertig, ooit had gewoond. Garbo's beroemde uitspraak *'I "vant" to be alone'* schoot vaak door Delaneys hoofd aan het einde van een bijzonder lange dag in de studio.

De altijd goedlachse portier Danny opende de deur voor haar. Haar appartement was met zijn drie kamers best ruim, maar dat was niets vergeleken met het grote, prachtige huis waarin ze was opgegroeid in Oyster Bay, Long Island. Ze liet haar tas vallen, pakte een flesje Perrier uit de koelkast en nestelde zich in haar fauteuil, met haar voeten op een poef.

Op de tafel aan de andere kant van de kamer stond een grote foto van haar familie, genomen toen ze drie jaar oud was. Ze zat op haar moeders schoot, naast haar vader. Haar drie broers stonden achter hen. In dit zogenaamde familieportret sprongen haar zwarte krullende haar en haar donkerbruine ogen er overduidelijk uit: de anderen hadden allemaal roodblond haar en ogen die varieerden van lichtblauw tot goudbruin.

Het was een haarscherpe herinnering. De eerste keer dat ze

de foto had gezien, moest ze huilen. 'Waarom zie ik er niet uit zoals jullie?' had ze snikkend gevraagd. Toen hadden ze haar verteld dat ze geadopteerd was, zij het in andere bewoordingen. Haar ouders hadden haar, haar jonge leeftijd in aanmerking nemend, zo goed als ze konden uitgelegd dat ze enorm graag een klein meisje wilden en dat zij als baby al onderdeel was geworden van hun gezin.

Vorige maand hadden ze in Oyster Bay een grote familiereünie gehouden ter ere van haar moeders vijfenzeventigste verjaardag. Jim was uit Cleveland gekomen, Larry uit San Francisco en Richard uit Chicago, samen met hun vrouwen en kinderen. Het was echt heel fijn geweest. Haar vader en moeder zouden naar Florida verhuizen en ze hadden de meubels weggegeven die ze niet meer nodig hadden. Delaney en haar broers mochten kiezen wat ze wilden. Zij had enkele kleine spullen meegenomen die in haar huis pasten.

Ze keek opnieuw naar de foto en stelde zich de moeder voor die ze nooit had gekend. Zie ik eruit zoals jij? vroeg ze zich af.

De telefoon ging. Delaney keerde haar ogen hemelwaarts, maar zag toen wie er belde. Het was Carl Ferro, de producent van het zesuurjournaal. Zijn stem klonk triomfantelijk. 'Stephanie heeft de baan bij NOW News aangenomen. We zijn allemaal heel blij voor haar. Ze werd zo langzamerhand toch geweldig...' – hij wachtte even – '... lastig. Ze had schijnbaar de indruk dat ze meer wist dan Kathleen.'

Kathleen Gerard was de uitvoerend producent bij de nieuwsafdeling. 'Ze dient morgenochtend haar ontslag in. Jij bent onze nieuwe nieuwslezer, samen met Don Brown. Gefeliciteerd!'

Delaney riep: 'Carl, ik ben uitzinnig! Ik weet niet wat ik moet zeggen...' Toen voegde ze eraan toe: 'Ik vind het alleen jammer dat ik het Grant-proces niet meer mag doen.'

'We willen nog steeds dat je dat doet. We zullen de nieuwslezers roteren zolang het proces nog loopt. Je bent een geweldige verslaggever en zo'n zaak past precies in jouw straatje.'

'Mooier kan gewoon niet, Carl. Dank je wel,' zei Delaney.

Maar toen ze haar telefoon neerlegde, werd ze overvallen door een onheilspellend gevoel. Haar oude oppas, Bridget O'Keefe, zei vroeger altijd: 'Als het allemaal te mooi lijkt om waar te zijn, dan zijn er problemen op til.'

2

'Willy, ik heb echt een nieuw project nodig,' zei Alvirah. Ze zaten aan het ontbijt in hun appartement aan Central Park South. Ze waren net aan hun tweede kop koffie toe, precies het moment waarop Alvirah het liefst kletste. Het was ook het moment waarop Willy net bij het sportkatern in de *Post* was aangekomen, iets wat hij maar al te graag las.

Met een berustende zucht legde hij de krant weg en keek hij over de tafel naar zijn geliefde vrouw, met wie hij al drieenveertig jaar getrouwd was. Met zijn witte manen, geplooide gezicht en intense blauwe ogen leek hij, vooral volgens wat oudere vrienden, op Tip O'Neill, de legendarische voorzitter van het Huis van Afgevaardigden.

'Ik weet dat je rusteloos bent, schat,' zei hij sussend.

'Dat klopt,' gaf Alvirah toe. Ze pakte een tweede plak cake. 'Er is gewoon te weinig te doen de laatste tijd. Ik bedoel, ik heb genoten van onze cruise langs de Seine, eerlijk waar. En het was geweldig om te zien waar Van Gogh de laatste paar maanden van zijn leven heeft doorgebracht. Maar het is fijn om weer thuis te zijn.'

Ze keek uit het raam en bewonderde het uitzicht over Central Park. 'Willy, hebben we niet geluk gehad met onze plek hier?' zei ze. 'Vergelijk het eens met ons huis in Astoria. Die keuken had niet eens een raam.'

Willy herinnerde het zich maar al te goed. Zes jaar geleden was hij nog loodgieter en Alvirah schoonmaakster. Op een avond hadden ze in hun oude huis gezeten en Alvirah had zulke vermoeide voeten gehad dat ze die aan het weken was in warm water en zuiveringszout. Toen werd het winnende nummer aangekondigd op de televisie. Hij had hun lot twee keer moeten bekijken voordat hij besefte dat ze veertig miljoen dollar hadden gewonnen.

Elk jaar kregen ze een gedeelte van het geld uitgekeerd en daarvan spaarden ze de helft. Ze hadden dit appartement aan Central Park South gekocht, maar hielden dat in Astoria aan voor het geval dat de overheid failliet ging en hen niet meer kon uitbetalen.

De redacteur van de *Daily Standard* had Alvirah toentertijd geïnterviewd. Ze had hem verteld dat ze altijd al een keer naar de Cypress Point Spa in Californië had willen gaan. Hij had haar gevraagd om daarover te schrijven en had haar een broche in de vorm van een zon gegeven met daarin een microfoon om gesprekken op te nemen. De redacteur had haar gezegd dat het haar zou helpen met het schrijven van het artikel, maar in plaats daarvan hielp het haar de identiteit van een moordenaar in het kuuroord te achterhalen. Sindsdien hadden Alvirah en haar microfoon al enkele misdaden opgelost.

'En ik kijk ernaar uit om morgenavond Delaney te zien,' zei Alvirah nu. 'Wat een geluk dat ze de rechtszaak van Betsy Grant mag doen.'

'Is dat niet die vrouw die haar echtgenoot heeft vermoord?' vroeg Willy.

'Nee, Willy. Dat is die vrouw die ervan beschúldigd wordt haar echtgenoot te hebben vermoord,' corrigeerde Alvirah hem.

'Nou, als ik kijk naar wat ik erover gelezen heb, is het volgens mij een uitgemaakte zaak,' zei Willy.

'Daar ben ik het mee eens,' zei Alvirah onmiddellijk. 'Maar zoals altijd ben ik liever onbevooroordeeld...'

Willy glimlachte. 'Ik zou er maar op rekenen dat zij wel veroordeeld wordt.'

3

Twintig kilometer verderop, in haar villa met tien kamers in Alpine, New Jersey, was Betsy Grant peinzend uit het raam aan het staren terwijl ze haar tweede kop koffie zette. Onbewust merkte ze op dat de septembermaand zich al toonde in de gouden tinten van de bladeren aan de iepen.

Door de grote schuifpui voelde je je 'een met de natuur', zoals de overenthousiaste makelaar het had verwoord toen hij hen dit huis twaalf jaar geleden had laten zien.

Na weer een slapeloze nacht lag die herinnering vers in haar geheugen, net zoals de herinnering aan de warmte in Teds ogen toen hij naar haar had gekeken om haar reactie te peilen. Ze had al kunnen zien dat hij het wilde kopen. En wat was daar mis mee? vroeg ze zichzelf af. Ik was zo verliefd op hem dat elk huis dat hij wilde kopen goed genoeg voor me was. Ik haatte het feit dat de oude eigenaar het goedkoop van de hand wilde doen omdat hij bankroet was. Ik vond het geen fijn idee dat we profiteerden van het ongeluk van een ander. Maar dit is een prachtig huis, dacht ze.

Met een kop koffie in de hand ging ze naar boven. Na de dood van Ted was ze weer in de grote slaapkamer gaan slapen. Ze liep door de salon, waar ze zo veel fijne uurtjes hadden doorgebracht. In de herfst en de winter deden ze vaak het haardvuur aan en lazen ze samen of keken ze naar een televisieprogramma dat ze allebei leuk vonden.

De alzheimer die bij Ted was vastgesteld toen hij pas eenenvijftig jaar oud was, was een onverwachte tragedie geweest. Uiteindelijk had ze het trappenhuis moeten afsluiten, zodat hij niet gevaarlijk ver over de balustrade zou gaan hangen, en had ze de bibliotheek op de begane grond veranderd in een slaapkamer voor hem. Aanvankelijk had ze in de zijkamer geslapen totdat ze die aan de inwonende verzorgster had gegeven en zelf haar intrek had genomen in het gastenverblijf naast de keuken op de begane grond.

Dat allemaal speelde door haar hoofd terwijl ze de mok op het kastje in de badkamer zette en de douche aandeed.

Haar advocaat, Robert Maynard, zou er over een uur zijn. Ik weet niet waarom hij de moeite neemt, dacht Betsy met een spoortje wrevel. Ik weet precies wat hij me gaat vertellen. Ik weet wat ik allemaal kan verwachten. Terwijl ze haar badjas en nachtjapon van zich af liet glijden, dacht ze terug aan het afschuwelijke moment waarop Maynard haar had verteld dat ze van moord werd verdacht. De foto, de vingerafdrukken, de officiële aanklacht, het betalen van de waarborgsom – allemaal flarden van herinneringen die haar dagelijks achtervolgden, hoe hard ze ook haar best deed ze uit te bannen.

Ze nam een douche en deed haar lange lichtbruine haar in een knot. Ze deed mascara op en stiftte lichtjes haar lippen. Voor vandaag was flink wat kouder weer voorspeld. Uit haar kast koos ze een jagersgroene kasjmieren trui en een donkerbruine pantalon die paste bij haar ranke lichaam. Ze was vier maanden geleden gestopt met alleen maar zwart dragen, nadat een columnist had geschreven dat de vrouw die beschuldigd werd van de moord op Edward Grant rondparadeerde in weduwekledij, maar ze droeg nog steeds alleen donkere kleuren, zelfs thuis.

Voordat ze uit de kamer liep keek ze even rond. Het was een gewoonte geworden. Het was 's nachts weleens voorgekomen dat Ted over het gesloten hekje onder aan de trap was geklauterd en naar boven was gekomen.

Het was makkelijk te zien geweest wanneer dat was gebeurd. De laatjes waren uit elke kast getrokken en omgekeerd. Alsof hij naar iets op zoek was, dacht Betsy nu. Het was altijd een peulenschil geweest voor haar en Carmen, haar vaste huishoudster, om alles op te ruimen. Het enige wat haar nog steeds pijn deed was dat hij zich op de een of andere manier de combinatie van de kluis had herinnerd en de prachtige met smaragden en diamanten bezette armband die hij haar op hun eerste afspraakje had gegeven eruit had gehaald. Ze hoopte nog steeds dat zij of Carmen hem zou vinden, maar ze vermoedde dat Ted hem in de vuilverwerker had gegooid.

Ze had de neiging om het bed op te maken, maar ze wist dat Carmen ieder moment kon komen. 'Laat mij dat toch doen, mevrouw Betsy, daar ben ik voor,' zou ze dan zeggen. Maar Betsy was te lang blootgesteld geweest aan het eeuwige poetsen, schrobben en stofzuigen van haar moeder, waardoor het voor haar onmogelijk was om een bord in de gootsteen achter te laten of een jas op een stoel te laten hangen.

Met een onbewuste zucht liep Betsy naar beneden, net toen Carmen zichzelf binnenliet. Een halfuur later liet de deurbel weten dat Robert Maynard, meester in de rechten, op haar stoep stond.

4

Alan Grant, zoon van wijlen Edward 'Ted' Grant, staarde naar zijn ex-vrouw Carly en probeerde de smeulende woede die hij voelde niet te tonen. Hun vier jaar oude zoon en twee jaar oude dochter hadden de vijandigheid op de een of andere manier aangevoeld en waren naar hun slaapkamers gevlucht.

Carly wees ze na. 'Wil je me alsjeblieft vertellen hoe ik hun een dak boven het hoofd moet geven als ik er hier uit gegooid word?' vroeg ze nijdig.

Ze was een danseres geweest aan wier carrière op Broadway abrupt een einde was gekomen toen ze ernstig gewond was geraakt bij een auto-ongeluk. Op haar adembenemend mooie gezicht waren de sporen te zien van de door het ongeluk veroorzaakte rugpijn die dankzij de financiële zorgen onderdeel was geworden van haar dagelijkse bestaan.

Haar voormalige echtgenoot had geen antwoord voor haar. Op luide toon beet hij haar zijn antwoord toe. 'Luister, je weet dat zodra deze rechtszaak voorbij is, het geld uit mijn vaders erfenis beschikbaar zal zijn en ik mijn deel zal krijgen. Er valt niet aan te twijfelen dat Betsy de gevangenis ingaat, wat betekent dat ook de helft van haar erfenis naar mij zal gaan. Je hebt rijke vrienden. Vraag hun om een lening. Betaal ze rente.'

Hij haalde een portemonnee uit zijn zak en wierp een creditcard op tafel. 'Deze is afbetaald, dankzij die klus waarbij ik huizen moest fotograferen in Atlanta. Koop hier eten mee en ik zorg ervoor dat ik op de dertigste de huur heb.'

Zonder de moeite te nemen om afscheid van zijn kinderen te nemen, beende hij het vierkamerappartement op West 89th Street in Manhattan uit. Hij verliet het gebouw en begon met snelle passen naar het centrum te lopen.

Op zijn vijfendertigste was de gelijkenis tussen Alan en zijn vader treffend, iets wat de media vaak genoeg opmerkten. Hij was met zijn een meter tachtig, zijn roodbruine haar en zijn goudbruine ogen op en top de bevoorrechte, hoogopgeleide rijkeluiszoon die was geboren met een zilveren lepel in de mond.

Het was allemaal de schuld van Betsy, dacht hij. Zij en Alan hadden een hechte band gehad. Toch was zij degene die zijn vader had overgehaald om niet elke keer geld voor te schieten wanneer hij in de problemen zat, maar om hem in plaats daarvan een redelijke toelage te geven. 'Alan is een briljant fotograaf,' had ze gezegd. 'Als hij niet de grootste playboy van het westen zou uithangen en een geordender leven zou leiden, dan zou hij genoeg geld verdienen.'

Zijn vader had sindsdien zijn rekeningen niet meer betaald en hem alleen nog maar elke kerst een cheque van honderdduizend dollar gegeven. Dat was niet genoeg om hem, een ex-vrouw met twee kinderen en een tienjarige zoon bij een voormalige vriendin te bedruipen.

Tijdens het lopen bekoelde Alans woede. Het was een kwestie van tijd, hield hij zichzelf voor. Het was onmogelijk dat een jury Betsy zou vrijspreken. Betsy's zaak was er hachelijker op geworden toen bekend werd dat ze twee jaar voordat zijn vader stierf wat aan het rommelen was geweest met een andere man, dr. Peter Benson, het hoofd van de faculteit der

Geesteswetenschappen aan de Franklin University in Philadelphia. Hoewel hij afgemat was, besloot Alan dat het allemaal goed zou komen. Hij zou het geld krijgen en Betsy zou geen cent erven. Hij moest gewoon geduld hebben.

Hij had die klus waarbij hij de voorjaarscollectie van een nieuw kledingmerk van een of andere suffe beroemdheid moest fotograferen niet willen aannemen. Maar het was nodig geweest.

Terwijl hij Central Park West naar Columbus Circle overstak, moest Alan lachen. Hij dacht tevreden terug aan de avond waarop zijn vader Betsy was aangevlogen, toen ze allemaal samen waren gekomen in een zinloze poging om de verjaardag van de demente man te vieren. Iedereen had haar gekwelde kreet 'Ik kan het niet meer aan' gehoord. En die nacht was zijn vader vermoord toen verder alleen Betsy in het huis was.

Als ze schuldig wordt bevonden, erft ze niets, dacht hij, dus elke stuiver van papa zal van mij zijn.

Hij probeerde de onwelkome gedachte uit te bannen dat de schedel van zijn vader was verbrijzeld door een zware klap op zijn achterhoofd.

5

Voordat hij ging ontbijten, raapte dr. Scott Clifton de ochtendkrant op van de treden van zijn huis in Ridgewood, New Jersey. Hij was een grote, atletisch gebouwde man van zevenenvijftig jaar oud, met een zonverbrand gezicht en een hoofd vol grijsblond haar. Hij had geen behoefte aan de schreeuwerige krantenkoppen die weer waren verschenen nu de dag van de rechtszaak naderbij kwam.

In ruim twintig jaar hadden hij, Ted en dr. Kent Adams een zeer succesvolle orthopedische praktijk opgezet. En toen werd acht jaar geleden bij Ted alzheimer geconstateerd. Sindsdien hadden hij en Kent hun vennootschap opgezegd en waren ze hun eigen weg gegaan. Zonder Ken was het met Scotts chirurgische praktijk zeer slecht gegaan.

Lisa kwam niet vaak beneden om met hem te ontbijten voordat hij naar zijn werk ging. Niet dat ze nou zo'n uitslaper was, maar hij was altijd al uiterlijk vóór acht uur weg. Hij regelde zijn eigen koffie en cornflakes.

Maar vandaag kwam ze onverwacht de keuken binnen.

'Wat is er met jou?' vroeg hij kortaf.

Ze aarzelde en zei toen: 'Je was de hele nacht aan het woelen. Je noemde Teds naam. Ik weet dat je met de rechtszaak zit.'

'Natuurlijk. Als ik je uit je slaap houd, dan spijt me dat.'

'Ik wilde daarmee niet zeggen dat je me uit mijn slaap houdt. Ik ben alleen maar bezorgd om je.' Ze knipperde haar tranen weg. 'Wat ik ook zeg, je kat me altijd af,' zei ze zachtjes.

Scott gaf geen antwoord. Hij wist dat hij een fout had begaan door met haar te trouwen drie jaar geleden.

De inkt op de scheidingspapieren was nog maar net droog toen hij met haar trouwde. Nu studeerden alle drie zijn kinderen en had hij een ex-vrouw die niet aarzelde hem te bellen wanneer ze krap zat. Wilde hij misschien helpen? Natuurlijk wilde hij dat. Dat wisten ze allebei.

Lisa, twintig jaar jonger, was een vertegenwoordiger geweest voor een farmaceutisch bedrijf die bij zijn kantoor was langsgekomen om haar producten te verkopen. Meestal had hij geen tijd en liet hij de verpleegkundigen dat afhandelen, maar voor Lisa had hij wel de moeite genomen. Ze kwam uit het Midden-Westen en was vroeger een cheerleader voor Big Ten geweest. Ze had een geweldige lach en een net zo geweldig lichaam.

Waar hij niet op gerekend had was dat, nu de eerste bevlieging was verdwenen, hij haar niet meer begeerde en eigenlijk ook niet nodig had.

Maar op het moment kon hij het niet aan om van haar af te komen. Het laatste wat hij kon gebruiken was nog iemand die nauwkeurig zijn financiën zou bekijken. Hij zou haar tolereren tot de rechtszaak voorbij was en alles weer rustig was. Hij vroeg zich af of ze iets vermoedde.

Lisa had een koffiemok in haar handen. Het was de mok die ze zelf had laten maken, met daarop zijn foto en daaromheen de woorden I LOVE YOU, SCOTT in allerlei verschillende groottes erop gestempeld. Het was genoeg om hem gek te maken.

'Scott,' zei Lisa aarzelend.

Nu was ze aan het huilen.

'Scott, we weten allebei dat dit huwelijk niet meer gaat zo. Heb je een affaire?'

Hij staarde haar aan. 'Natuurlijk niet.'

'Ik weet niet of ik je geloof, maar ik denk nog steeds dat het beter is als we niet samen verdergaan. Ik ben van plan om volgende week naar een advocaat te stappen en een echtscheiding aan te vragen.'

Ik kan dat niet laten gebeuren, dacht Scott vertwijfeld.

'Lisa, luister naar me. Ik weet dat ik kortaf ben geweest, en onachtzaam, maar dat betekent niet dat ik niet van je hou. Ik wil je niet kwijt. Maar nadat Ted is overleden en nu Betsy vervolgd wordt, gaat het niet zo goed met de praktijk. Alsjeblieft...'

Lisa keek haar echtgenoot niet in de ogen. Ze geloofde hem niet. Ze wist zeker dat hij een affaire had, maar ze hoopte nog steeds dat ze hier uit konden komen. 'Ga je met mij naar een relatietherapeut?'

Jezus, een relatietherapeut, dacht Scott, maar hij probeerde enthousiast te klinken. Hij zei: 'Natuurlijk, schat, natuurlijk.'

6

Delaney en Alvirah zaten nooit om woorden verlegen. Ze hadden vorig jaar snel vriendschap met elkaar gesloten toen ze allebei mochten schrijven over de rechtszaak van een moeder die erin geslaagd was het stel te vinden dat haar kind had geadopteerd. Ze had het kind vervolgens gekidnapt. Hoewel de rechter haar was toegedaan, herinnerde hij de moeder er ook aan dat ze vijfentwintig was toen ze haar baby wegdeed en toentertijd wel de financiële middelen had om voor het kind te zorgen. Daarnaast had ze voor grote ongerustheid gezorgd gedurende de twee maanden dat het kind vermist was.

Vanwege de aard van die zaak had Delaney Alvirah toevertrouwd dat ze geadopteerd was, iets wat ze zelden aan mensen vertelde. Ze wist dat Jennifer en James Wright zich gekwetst hadden gevoeld, de paar keer dat ze het onderwerp had aangesneden. 'Delaney, ik hield je twintig minuten nadat je geboren was in mijn armen,' had Jennifer haar in tranen verteld. 'Ik wilde je al jaren daarvoor. Ik kon het me zo goed voorstellen, een meisje met drie grote broers die er altijd voor haar zouden zijn als haar vader en ik er niet meer waren.'

En ze stonden altijd voor haar klaar. Ze had het geluk gehad om op te groeien in een liefhebbend, hecht gezin, maar nu waren ze over het land verspreid. Misschien is dat waarom haar verlangen om haar echte moeder te vinden zo sterk was geworden. Nu haar ouders in Naples, Florida, woonden voelde het minder als verraad om actief op zoek te gaan.

Toen zij, Alvirah en Willy zaten te eten bij Patsy's op West 56th Street, werd het onderwerp weer ter sprake gebracht.

Delaney aarzelde. Toen zei ze: 'Alvirah, ik heb jou en Willy verteld dat ik geadopteerd ben.'

Ze knikten allebei.

'Ik weet nog dat ik jaren geleden over Bob Considine, die nieuwslezer, heb gelezen. Hij schreef: "Ik heb vier kinderen. Twee ervan zijn geadopteerd, ik vergeet welke." Mijn ouders maakten altijd de grap dat ik er zo anders uitzie omdat ik op mijn vaders grootmoeder lijk. Ze is in Italië geboren.'

'Dat moet een prachtige vrouw geweest zijn,' merkte Willy op. Hij nam een hap van zijn salade.

Delaney glimlachte. 'Willy, dat is lief van je, maar de drang om te weten waar ik vandaan kom, om mijn echte familie te kennen, is zo sterk dat ik bijna moest huilen toen we gisteravond een item deden op het nieuws.'

'Dat heb ik gezien,' zei Alvirah. 'Het ging over die moeder die werd herenigd met haar biologische zoon.'

'Juist. Toen de zoon zei dat hij zijn moeder móést vinden zat er zo'n brok in mijn keel dat ik mijn cue miste. Don moest het overnemen en het volgende item aankondigen.'

'En via Facebook?' vroeg Alvirah, en toen beantwoordde ze haar eigen vraag. 'Maar daar zal je eigen familie ook achter komen.'

'Precies,' stemde Delaney in. 'De vrouw van mijn broer Jim zit altijd op Facebook. Ze zet er minstens drie keer per week foto's van haar kinderen op.'

Alvirah kon zien dat Delaneys ogen vochtig werden. 'Wat

weet je precies over de omstandigheden tijdens je geboorte?' vroeg ze.

'Erg weinig. Een vroedvrouw in Philadelphia hielp bij mijn bevalling. Twintig minuten later werd ik aan de Wrights gegeven. Ze zaten in de kamer naast de verloskamer, samen met mijn biologische grootouders. Ze werden aan elkaar voorgesteld als de familie Smith en de familie Jones. Aan mijn adoptieouders werd verteld dat mijn vader en moeder kinderen van zeventien waren die de nacht van hun eindfeest samen hadden doorgebracht. Het waren allebei goede leerlingen die naar de universiteit gingen.'

Alvirah brak een stuk stokbrood af en doopte het in de olijfolie. 'Ik heb een goede speurneus,' zei ze. 'Ik zal voor je op onderzoek uitgaan.'

Terwijl Delaney toekeek ging Alvirahs hand naar de revers van haar jasje. Ze deed de microfoon in haar zonnebroche aan.

'O, Alvirah, doe geen moeite om dit op te nemen. Lief, maar het is hopeloos.'

'We zullen zien,' zei Alvirah zakelijk. 'Delaney, weet je waar in Philadelphia je geboren bent? Hoe heette de vroedvrouw? Wat was haar adres? Wie heeft je ouders in contact gebracht met de vroedvrouw? Heeft de vroedvrouw gezegd waar je biologische moeder woonde?'

'Mijn adoptiemoeder...' Delaneys stem stierf weg. Het was moeilijk om met die woorden te praten over Jennifer Wright, die al zo lang van haar hield.

Ze begon opnieuw. 'Zes jaar geleden heb ik uit haar gekregen dat ik in Philadelphia geboren ben, iets wat ik al wist van de geboorteakte. Ze zei dat de vroedvrouw Cora Banks heette en gaf me haar woonadres. De vrouw die haar over Cora had verteld was een vriendin die ze kende van de universiteit. Die vrouw, Victoria Carney, is overleden bij een auto-ongeluk toen ik tien was. Ik had haar een paar keer ontmoet. Lieve vrouw. Ze is nooit getrouwd en een of andere nicht heeft al haar administratie weggegooid. Mam was zo van slag de dag dat ik ernaar vroeg dat ik haar verzekerde dat ze de enige moeder was die ik kende of wilde kennen.'

'De moeder van Alice Roosevelt Longworth stierf kort nadat zij geboren was,' merkte Alvirah op. 'Haar vader was president Theodore Roosevelt. Hij hertrouwde toen Alice twee jaar oud was. Toen zij naar haar biologische moeder vroeg, sprak ze precies dezelfde woorden.'

Delaneys glimlach was droefgeestig. 'Ik weet nog dat ik dat ergens gelezen had. Gelukkig herinnerde ik me die woorden nog op dat moment. Maar ik was niet eerlijk. Ik wil mijn echte moeder wel degelijk vinden.'

Snel verbeterde ze zichzelf. 'Ik bedoel mijn biologische moeder.'

Alvirahs hand beroerde de revers van haar jasje en zette de microfoon uit. 'Laat me hier eens goed over nadenken,' zei ze beslist. 'Hoe dan ook, de pasta is er.'

Ze keken verwachtingsvol naar de ober die hen dampende borden bracht, linguine alla vongole voor Alvirah en Delaney en spaghetti bolognese voor Willy.

Willy voelde aan dat het tijd was om van onderwerp te veranderen. 'En dan te bedenken dat dit een van Frank Sinatra's favoriete restaurants was,' zei hij. 'Hij zou nu honderd jaar oud zijn. Zijn muziek klinkt veel beter dan wat er tegenwoordig in zwang is.' Hij keek om zich heen. 'Over in zwang gesproken, met dit restaurant gaat het prima.'

Hij veranderde weer van onderwerp. 'Delaney, Alvirah vertelde me dat je de rechtszaak van Betsy Grant blijft doen. Hoe groot schat jij haar kansen in om onschuldig bevonden te worden?'

'Laag,' zei Delaney. 'Het zou me niets verbazen als er druk op haar wordt uitgeoefend om te onderhandelen voor strafvermindering.'

'Denk je dat ze dat gaat doen?'

'Absoluut niet. Ze kan het beter tot een proces laten komen. Ik heb het gevoel dat er meer naar buiten zal komen over de zoon van Ted Grant, Alan, dan we nu weten. Het gerucht gaat dat hij helemaal aan de grond zit.'

Delaney ging verder. 'Zoals we allemaal weten is de eerste vraag die men bij een moord stelt "Wie profiteert hiervan?". Het voortijdig sterven van zijn vader lost alle financiële problemen van Alan Grant op. En natuurlijk gaat het geld dat zijn stiefmoeder, Betsy, zou erven naar hem als ze schuldig wordt bevonden.'

'Daar had ik ook al aan gedacht,' zei Alvirah.

'En dan nog iets,' voegde Delaney eraan toe. 'Bij de rechtbank zegt men dat Robert Maynard vroeger een briljante advocaat was, maar dat die tijd voorbij is. Hij heeft zijn reputatie mee, omdat hij enkele beruchte criminelen vrijuit heeft laten gaan en daar nu nog de vruchten van plukt, maar hij laat het voorbereiden van de zaak over aan jonge, onervaren advocaten uit zijn praktijk.'

'We zullen er snel genoeg achter komen,' zei Alvirah, die het niet voor elkaar kreeg om de linguine om haar vork heen te wikkelen en het steeds terug op haar bord liet vallen.

7

Anthony Sharkey, in bepaalde kringen beter bekend als 'gehaaide Tony', bekeek de met smaragden en diamanten bezette armband waarmee hij aan het spelen was. Hij zat in zijn kleine appartement in Moonachie, New Jersey. Hij woonde in het souterrain van een huis van twee verdiepingen dat, net als zijn vertrekken, een groezelige en uitgeleefde indruk maakte.

De vloerbedekking onder zijn voeten was smerig, de muren snakten naar een likje verf en er hing een constante geur van schimmel.

Tony was een zware drinker en een gokverslaafde. Geen enkele behandeling had zijn dorst of zijn behoefte om een spelletje te spelen weten te onderdrukken. Soms, nadat hij een tijdje ondergedoken had gezeten, wist hij een jaar lang nuchter te blijven, maar dan begon het weer. Hij verloor zijn baan, wist dan tijdelijk werk te vinden als bediende of glazenwasser en eindigde zonder geld. Dan moest hij naar een opvang, en er was niets erger dan dat. Vervolgens kickte hij weer af, wist weer een ander rotbaantje te krijgen om een krot als dit te huren en hield hij maar net genoeg geld over om eten te kopen.

Meestal loste hij dit op met kleine diefstalletjes, net genoeg om het hoofd boven water te houden, zijn huur te betalen en een paar keer naar de casino's in Atlantic City te gaan. Hij was goed genoeg in blackjack, maar hij had de laatste paar keer pech gehad en had nu geld nodig.

Zijn unieke methode van stelen was een wrede grap voor de mensen die hij als doelwit koos. Er was bijna geen kluis die hij niet kon kraken, zeker de goedkope kluisjes die mensen in hun slaapkamerkast verstopten. Hij stal nooit alles. Dat was vanwege zijn scherpe begrip van de menselijke natuur en hoe mensen werkten. Als mensen de kluis openden en hem leeg aantroffen, zouden ze onmiddellijk weten wat er gebeurd was en de politie bellen. Maar wanneer een of ander vrouwtje in de kluis keek en maar één ding miste, ook al was dat het duurste, dan zou ze zichzelf de schuld geven en bij zichzelf nagaan wanneer ze het voor het laatst had gedragen en waar ze het verloren kon hebben. Geen enkele dief die goed bij zijn hoofd was zou de rest van de sieraden laten liggen, toch? Fout!

Wanneer hij een kraak zette, was hij voorzichtig genoeg om niets anders in de kluis aan te raken. Als hij iets moest verplaatsen om bij het sieraad te komen dat hij had gekozen, dan legde hij het weer precies waar het lag. De meeste mensen deden niet eens aangifte bij de politie dat er een diamanten ketting of een paar oorbellen ontbrak. Ze bleven hopen dat ze het zelf kwijt hadden gemaakt en het weer op zou duiken.

Als ze geluk hadden, waren ze verzekerd voor 'mysterieuze verdwijningen'. Ze weten alleen niet dat ik de man achter die mysterieuze verdwijningen ben, dacht Tony.

Hij was zevenendertig, maar zag er tien jaar ouder uit. Zijn bruine haar had al grijze strepen en was steeds verder van zijn voorhoofd aan het wijken. Zijn schouders hingen en zijn lichtbruine ogen waren bloeddoorlopen, ook wanneer hij niet gedronken had.

Nog eens was hij alle smaragden en diamanten in de armband aan het tellen. Een heler had hem ooit verteld dat hij er dertigduizend dollar voor kon krijgen. Het was natuurlijk meer waard dan dat, maar dertigduizend was ook geen slechte opbrengst. Tony had de heler gezegd dat hij erover na zou denken. Iets had hem ingefluisterd eraan vast te houden. De initialen op de sluiting hadden daarbij geholpen. 'BG en TG'. Erg schattig, dacht Tony.

Zou het, nu de rechtszaak van Betsy Grant eraan kwam, waardevol kunnen zijn om met haar in contact te komen en haar te vertellen wat hij wist van de nacht dat haar echtgenoot vermoord was?

Het probleem was dat als hij de armband kon laten zien, hij uit moest leggen hoe hij eraan kwam. Dan zou hij zeker in de gevangenis eindigen, dat stond als een paal boven water.

8

Het kantoor van Robert Maynard bestreek drie etages van de blinkende wolkenkrabber die het nieuwste en duurste gebouw aan de Avenue of the Americas was.

Toen duidelijk werd dat de officier van justitie haar van Teds dood verdacht, had Betsy haar vastgoedjurist Frank Bruno gevraagd om haar een goede strafrechtadvocaat aan te bevelen. Pas later besefte ze dat ook Bruno ervan overtuigd was dat zij Ted had vermoord. Daarom had hij haar in contact gebracht met een man van vijfenzeventig die de reputatie had een van de beste strafrechtadvocaten in het land te zijn. En een van de duurste.

Betsy stapte de lift uit op de negenenveertigste verdieping, waar een receptioniste in een zwart pak en een parelketting haar met een vriendelijke glimlach verwelkomde. 'Goedemiddag, mevrouw Grant. Meneer Maynards compagnon zal u zo naar de vergaderkamer brengen.'

Betsy wist dat meneer Maynards compagnon een jonge advocaat was wiens uurloon achthonderd dollar per uur bedroeg. Ze wist ook dat er een tweede compagnon in de vergaderkamer zou wachten en dat Robert Maynard haar pas nadat zij zat met zijn aanwezigheid zou vereren.

Dit keer liet hij haar tien minuten wachten. In die tijd probeerde de jonge advocaat die haar naar binnen had gebracht –

wat was zijn naam ook weer? O ja, Carl Canon – een gesprekje met haar aan te knopen.

'Hoe was de reis vanuit New Jersey?'

'Niet bijzonder. Het is zelden een probleem zo midden op de dag.'

'Ik kom uit North Dakota, maar ging naar NYU om rechten te studeren. Zodra het vliegtuig de eerste keer landde op Kennedy Airport, wist ik dat ik thuis was.'

'In North Dakota zal het best koud zijn in de winter.' Nog meer zinloze conversatie.

'North Dakota probeerde ooit een manier te vinden om meer toeristen te trekken. Iemand had het briljante plan om de staat Noord-Florida te noemen.'

Hij is een aardige jongen, dacht Betsy, ook al kost hij me achthonderd dollar per uur en tikt de klok door terwijl we het over het weer hebben.

Ze draaide haar stoel toen de deur van de vergaderzaal openging en Robert Maynard binnenkwam, vergezeld door zijn tweede schaduw, Singh Patel.

Zoals gewoonlijk ging Maynard onberispelijk gekleed, dit keer in een grijs pak met een licht krijtstreepje. Zijn witte overhemd, zijn manchetknopen en zijn subtiel gekleurde stropdas, een mengeling van diepblauwe tinten, straalden een geraffineerd succes uit. Zijn randloze bril versterkte zijn koele ogen. Zijn gezichtsuitdrukking was vaak nors, alsof iemand hem gevraagd had een onmogelijk zware last op zijn schouders te torsen.

'Betsy,' begon hij, 'het spijt me dat ik je zo lang heb laten wachten, maar ik ben bang dat ik je moet vragen een belangrijke beslissing te maken.'

Wat voor beslissing? vroeg Betsy zich vertwijfeld af. Het

lukte haar lippen niet om die vraag te stellen.

Maynard was niet behulpzaam. 'Je kent Singh Patel al?' vroeg hij.

Ze knikte.

Maynard ging zitten. Patel legde het dossier dat hij bij zich droeg voor hem op tafel en nam zelf ook plaats. Maynard keek naar Betsy.

Zijn stem was afgemeten, zodat elk woord goed zou bezinken. 'Betsy, we hebben het er al vaak over gehad, maar nu de rechtszaak bijna begint moeten we het er nog een keer over hebben. Jij hebt altijd gewild dat er een proces kwam, maar ik moet je vragen om te luisteren naar wat ik zeg. Het bewijs tegen je is erg sterk. Er bestaat geen twijfel over dat de jury sympathie zal opvatten voor alles wat je hebt doorstaan – je echtgenoot die je uitschold en je aanviel aan de eettafel de avond voor hij stierf. Maar we kunnen niet om het feit heen dat zes aanwezigen je hoorden schreeuwen en snikken dat je het niet meer aankon, gewoon niet meer aankon. Deze mensen zullen tegen je getuigen.'

'Het kwam door zijn alzheimer dat hij me sloeg,' protesteerde Betsy. 'Het gebeurde niet vaak. Hij had gewoon een slechte dag.'

'Maar je hebt wel gezegd: "Ik kan het niet meer aan"?' drong Maynard aan.

'Ik was van streek. Het leek zo goed te gaan met Ted. Daarom dacht ik dat het hem goed zou doen om wat vrienden van zijn werk te zien. Maar het maakte hem woest.'

'Hoe dan ook, Betsy, nadat de gasten waren vertrokken was je alleen met hem in het huis. Je zegt dat je vergeten bent het alarmsysteem aan te zetten, wat gezien zou kunnen worden als een manier voor jou om te suggereren dat een insluiper het huis heeft betreden. Maar de verzorgster zal verklaren dat het alarm de volgende ochtend aanstond. De verzorgster werd plots ziek en moest naar huis. De volgende ochtend was ze weer beter. Wat heeft haar net iets te toevallige ziekte veroorzaakt? Financieel had je veel te baten bij de dood van je echtgenoot. Je had ook een relatie met een andere man terwijl je echtgenoot nog leefde.'

Maynard zette zijn bril recht. 'Betsy, ik moet je vertellen dat de officier van justitie mij vanochtend heeft gebeld. Hij heeft ons een zeer minnelijke schikking aangeboden. Ik adviseer je met klem om die te accepteren.'

Betsy's mond werd droog. Haar lichaam verstijfde. 'Je adviseert me met klem die te accepteren?' Ze was hees aan het fluisteren.

'Ja,' antwoordde Maynard kordaat. 'Ik ben erin geslaagd om de officier zover te krijgen dat hij je schuldig zal bevinden aan gekwalificeerde doodslag, met vijftien jaar cel. Daarvan zou je er ongeveer twaalf zitten. Ik weet hoe zwaar het zou zijn. Maar als je schuldig wordt bevonden aan moord, dan zul je voor minimaal dertig jaar de gevangenis ingaan. Een rechter zou je zelfs levenslang kunnen geven.'

Betsy stond op. 'Twaalf jaar de gevangenis in voor iets wat ik niet gedaan heb? Ik ben niet schuldig aan de moord op mijn echtgenoot. Ik zou voor hem gezorgd hebben tot hij op natuurlijke wijze was doodgegaan.'

'Betsy, als je echt onschuldig bent, dan moet je het proces zeker aangaan,' zei Maynard. 'We zullen je de best mogelijke verdediging geven. Maar wees je wel bewust van het feit dat je kansen heel klein zijn.'

Betsy moest moeite doen om kalm te blijven. Zij en Robert Maynard tutoyeerden elkaar, maar er mocht geen enkel spoortje van hartelijkheid doorklinken in wat ze nu ging zeggen. 'Meneer Maynard,' begon ze, 'ik weiger te zeggen dat ik mijn echtgenoot heb vermoord. Ik hield heel veel van hem. Ik heb acht geweldige jaren met hem gedeeld voordat de alzheimer toesloeg en hij had nog veel goede dagen aan het begin van de ziekte. Zoals u misschien weet, hoe jonger de zieke is, hoe waarschijnlijker het is dat hij binnen tien jaar dood is. Ted verslechterde snel, zowel op het fysieke als het mentale vlak. De dokters vonden het tijd om hem in een verzorgingstehuis te stoppen. Dat heb ik niet gedaan. Ik hield hem thuis omdat hij tijdens zijn heldere momenten zo blij was om bij mij te zijn.'

De woorden bleven steken in haar keel. 'Ik geloof dat ik een rechtvaardige jury hiervan kan overtuigen. Ik heb jullie al een fortuin betaald om me te verdedigen, dus verdedig me! En waag het niet om aan de jury door te laten schemeren dat jullie geloven dat zij mij toch wel schuldig zullen bevinden.'

Ze wilde met de deur slaan toen ze vertrok. In plaats daarvan ging ze met de lift naar de entree en liep ze daarna naar buiten, de stoep op, zich niet bewust van de menigte voorbijgangers die om haar heen alle kanten op gingen.

Een uur later besefte ze pas dat haar schijnbaar doelloze wandeling haar op Fifth Avenue had gebracht. Ze stond voor St. Patrick's Cathedral. Ze aarzelde en liep toen naar binnen. Een moment later zat ze geknield in het laatste kerkbankje, verzonken in een stil gebed. 'Ik ben zo bang. Help me alstublieft' waren de enige woorden die door haar hoofd gingen.

9

Het kostte vijf dagen om de jury te kiezen. Veel van de aspirant-juryleden konden verstek laten gaan omdat ze niet de drie tot vijf weken de tijd hadden die de rechtszaak waarschijnlijk zou duren. Anderen vertelden de rechter dat ze al een oordeel hadden over Betsy's vermeende schuld. Velen waren de mening toegedaan dat ze schuldig was, omdat de zaak al breed was uitgemeten in de media. Uiteindelijk waren er veertien juryleden, zeven vrouwen en zeven mannen, die aangaven dat hoewel ze over de zaak gelezen hadden, ze met een schone lei zouden beginnen, zonder vooroordelen. De rechter had hun uitgelegd dat er tijdens het keuzeproces veertien juryleden zouden worden uitgekozen. Aan het einde van het proces, vlak voor de beraadslagingen, zouden er twee namen getrokken worden: deze leden zouden plaatsvervangers zijn.

Het was dinsdagochtend tien voor negen en de zitting begon bijna. Er waren achttien maanden voorbijgegaan sinds dr. Edward Grant was overleden. Delaney zat met de andere journalisten op de voorste rij, die gereserveerd was voor de pers. De griffier zat al klaar.

De deur ging open en de verdachte, Betsy Grant, kwam met opgeheven hoofd de rechtszaal binnen, geflankeerd door haar drie advocaten. De officier van justitie, Elliot Holmes, zat al bij zijn tafel. Hij leidde het onderzoek en was een veteraan in deze functie, die hij al twintig jaar bekleedde.

Delaney had Betsy Grant op televisie en op foto's op het internet gezien, maar het verbaasde haar nog steeds hoe jong de drieënveertigjarige verdachte leek.

Betsy ging gekleed in een marineblauw pakje met daaronder een lichtblauw hemdje. Als sieraden droeg ze een parelketting met bijpassende oorbellen. Delaney had via via gehoord dat Robert Maynard haar had geadviseerd om zich conservatief te kleden en haar specifiek had gewaarschuwd om niet haar diamanten verlovingsring van veertigduizend dollar te dragen. Hij had gezegd dat het passender was om haar brede gouden trouwring te dragen, als boodschap aan de jury dat haar echtgenoot van haar had gehouden en ze zijn verlies diep betreurde.

Daarna bekeek Delaney Robert Maynard. Hij zag er goed uit voor zijn vijfenzeventig jaar, dacht ze, met zijn zilvergrijze haar en zijn kaarsrechte houding, zelfs als hij zat. Zijn twee compagnons zagen eruit alsof ze begin dertig waren.

De publieke tribune zat al stampvol, wat niet verrassend was gezien de beruchtheid van de zaak. Er stond parketpolitie aan beide kanten van de rechtszaal.

Precies om negen uur riep de bode: 'Aanvang van de zaak Openbaar Ministerie tegen Betsy Grant.' Rechter Glen Roth kwam vanuit zijn kamers de zaal binnen en nam plaats.

'Goedemorgen, officier,' zei hij. 'Dit is de zaak van het Openbaar Ministerie tegen Betsy Grant. We gaan met het proces beginnen. Bent u allebei klaar om uw openingsverklaring af te leggen?'

'Ja, edelachtbare,' antwoordden ze allebei.

De rechter draaide zijn hoofd naar de parketpolitie die bij

de deur van de jurykamer stond en zei: 'Brengt u alstublieft de jury naar binnen.'

De veertien juryleden verzamelden zich in de jurybank. Rechter Roth begroette hen en vertelde dat de advocaten nu hun openingsverklaringen zouden afleggen. Hij legde uit dat wat de advocaten vertelden argumenten waren, geen bewijzen. Hij vertelde ze dat, omdat in een strafrechtelijke zaak de bewijslast bij de aanklager ligt, de officier van justitie als eerste van start zou gaan. Toen keek hij naar de officier van justitie en zei: 'U mag beginnen.'

'Dank u, edelachtbare,' zei Elliot Holmes. Hij stond op van zijn stoel en liep naar de jury.

'Goedemorgen, dames en heren. Mijn naam is Elliot Holmes en ik ben officier van justitie van het Openbaar Ministerie van Bergen County. Gedurende de komende paar weken zal ik getuigen en ander bewijs laten voorkomen voor de zaak van het Openbaar Ministerie tegen Betsy Grant. De rechter heeft u al over de beschuldigingen verteld, maar het is gebruikelijk dat tijdens de openingsverklaring de aanklager de officiële aanklacht aan de jury voorleest, zoals opgesteld door het Openbaar Ministerie.'

Delaney luisterde naar Elliot Holmes terwijl hij de aanklacht voorlas dat op 22 maart, achttien maanden geleden, Betsy Grant opzettelijk de dood van haar echtgenoot, dr. Edward Grant, had veroorzaakt. 'Dat, dames en heren, is een beschuldiging van moord.'

Op informele toon vertelde Holmes de jury dat uit het bewijs zou blijken dat Betsy Grant bijna zeventien jaar geleden met de weduwnaar dr. Edward Grant was getrouwd. 'De staat betwijfelt niet dat het heel lang een gelukkig huwelijk was. Dr. Grant was een succesvolle orthopedisch chirurg en het stel leidde een gemakkelijk leven in hun huis in Alpine. U zult horen dat de verdachte een lerares was op een middelbare school en dat ze twee jaar voordat dr. Grant stierf stopte met werken.

Maar het bewijs laat ook zien dat, tragisch genoeg, ongeveer acht jaar geleden, Edward Grant symptomen begon te vertonen als vergeetachtigheid en hevige geïrriteerdheid die volledig in strijd waren met zijn eerdere gedrag en karakter. Neurologische testen gaven een verpletterende diagnose: hij leed aan alzheimer.

Verpletterend voor dr. Grant omdat hij last had van snel vorderende symptomen en hij binnen enkele maanden niet meer geschikt was voor zijn werk als chirurg. Terwijl de jaren voorbijgingen, kon hij tragisch genoeg niet meer onafhankelijk functioneren. Hij woonde met Betsy Grant in zijn huis in Alpine en werd verzorgd door een verzorgster die hem in zijn laatste jaren waste, kleedde en voedde.

Deze diagnose en de gestage aftakeling waren natuurlijk ook voor Betsy Grant verschrikkelijk. Nogmaals, de staat betwijfelt niet dat dit heel lang een gelukkig huwelijk was. Maar het bewijs zal aantonen dat de tragische diagnose en de nimmer aflatende aftakeling van Edward Grant ervoor zouden zorgen dat Betsy Grant er een einde aan wilde maken. En wanneer dit einde kwam, zou ze de helft van zijn substantiële bezittingen erven, net als erfgenaam Alan Grant, de vijfendertig jaar oude zoon uit zijn eerste huwelijk. Ze zou weer vrij zijn om haar eigen leven op te pakken, wat zo veranderd was door zijn ziekte. U zult horen, dames en heren, dat in de twee jaar voor Edward Grants dood, de beklaagde het in het geheim met een andere man had aangelegd.

Het bewijs zal ook aantonen dat op de avond dat Edward

Grant stierf, Betsy Grant Edwards zoon en twee andere dokters – oud-collega's van zijn praktijk – en hun vrouwen had uitgenodigd voor een diner bij hen thuis. U zult van deze getuigen horen dat Edward Grant die avond wrevelig en boos was en dat hij zijn oud-collega's niet herkende. U zult horen dat toen zij aan de eettafel zaten, Edward Grant plotseling en zonder aanleiding de tafel als het ware aanvloog en dat, toen Betsy Grant hem probeerde tegen te houden, hij haar in haar gezicht sloeg. U zult horen dat Edward Grant door zijn verzorgster en een van de dokters naar zijn slaapkamer werd gebracht. Zijn slaapkamer bevond zich op de begane grond van het huis, de slaapkamer van de verzorgster ernaast. Tijdens zijn laatste maanden, waarin hij heel erg verslechterde, was Betsy Grant ook verhuisd naar een kamer op de begane grond, in plaats van alleen in de grote slaapkamer boven te slapen. Ze wisten hem rustig te krijgen en gaven hem een kalmeringsmiddel. Zijn verzorgster maakte hem klaar voor de nacht en hij ging slapen.

U zult ook horen dat Betsy Grant, van streek door de harde klap in haar gezicht, aan tafel bleef zitten en huilend zei: "Ik kan het niet meer aan. Ik kan het gewoon niet meer."

U zult ook horen dat de artsen, hun echtgenotes en Edward Grants zoon, Alan, spoedig daarna vertrokken. De verzorgster zal getuigen dat ze normaal gesproken de nacht doorgebracht zou hebben in de kamer naast die van Edward Grant, maar dat ze zich plotseling onwel voelde en rond negen uur in de avond naar haar eigen huis ging. Ze zal u vertellen dat Betsy Grant haar verzekerde dat het prima was als ze vertrok en dat zij voor haar echtgenoot zou zorgen.

Dames en heren, de verzorgster zal u vertellen dat ze zich de volgende ochtend beter voelde en dat toen ze rond acht uur 's ochtends terug bij het huis kwam, het alarmsysteem ingeschakeld was. Ze zal u vertellen dat ze onmiddellijk bij Edward Grant ging kijken en dat het leek of hij in zijn bed lag te slapen, maar dat hij levenloos was en koud aanvoelde. Ze belde onmiddellijk het alarmnummer en haastte zich naar Betsy Grants slaapkamer om haar te vertellen wat ze had aangetroffen en dat ze de politie had gebeld.'

Elliot Holmes stopte even. 'Dames en heren, die ochtend en de volgende paar dagen bleek dat Edward Grant niet op natuurlijke wijze was gestorven. U zult van de dienstdoende politieagent horen dat hij geen duidelijke verwondingen had aangetroffen op Edward Grant en dat zowel Betsy Grant als de verzorgster hem had verteld dat zijn fysieke en mentale gesteldheid recent zeer waren verslechterd. De agent nam contact op met dr. Grants arts, die deze informatie bevestigde.

U zult horen dat Edward Grants lichaam werd opgehaald door Paul Hecker, de directeur van het Hecker Uitvaartcentrum, waar hij naartoe werd gebracht. Meneer Hecker zal u vertellen dat, terwijl hij het lichaam voorbereidde voor het balsemen, hij opmerkte dat bij Edward Grants achterhoofd de schedel extreem zacht aanvoelde. Niet bebloed, maar extreem zacht, iets wat hij herkende als een teken dat er serieus letsel was toegebracht aan dat gedeelte, misschien door middel van een klap. Dit, dames en heren, was de eerste aanwijzing dat dr. Edward Grant niet aan alzheimer was overleden en geen natuurlijke dood was gestorven.

De lijkschouwer zal getuigen dat hij het lichaam van het uitvaartcentrum heeft ontvangen en dat hij autopsie heeft verricht. Hij zal u vertellen dat naar zijn professionele mening Edward Grant overleden is aan een zware slag tegen het achterhoofd, wat een fatale hersenbloeding tot gevolg had. Hij zal u ook uitleggen dat bij dergelijke verwondingen er soms geen externe bloedingen optreden, wat de reden is dat de verwonding niet onmiddellijk werd opgemerkt.

Dames en heren, Edward Grant stierf ergens in de uren nadat de gasten waren vertrokken en voordat zijn verzorgster hem de volgende ochtend vond. In die nacht en die vroege ochtend was er, naast Edward Grant, maar één ander persoon in dat huis. Die persoon, dames en heren,' hij draaide zich om en wees naar de beklaagde, 'was Betsy Grant.

Dames en heren, u zult ook horen dat het alarmsysteem de volgende ochtend was ingeschakeld en werkzaam was. Er waren geen sporen van braak. Geen ingeslagen ramen, geen gekraakte sloten.

Dames en heren, u zult nog veel meer details horen. Ik heb zojuist de zaak van de staat voor u geschetst. Ik voorspel u dat wanneer u alle getuigenissen gehoord hebt, u buiten gerede twijfel zult geloven dat Betsy Grant, de beklaagde, Edward Grant heeft vermoord. Ze heeft hem vermoord om aan de omstandigheden van zijn ziekte te ontsnappen en om een nieuw, beter leven tegemoet te gaan.

Ik zal nog een mogelijkheid krijgen om u toe te spreken in mijn slotpleidooi aan het einde van de zaak. Wederom bedankt de staat u voor uw diensten.'

Holmes keerde terug naar zijn stoel.

Rechter Roth keek naar Robert Maynard en zei: 'Meneer, u mag beginnen.'

Delaney keek gespannen naar Robert Maynard die opstond en naar de jury toe liep. Dat was een erg sterke openingsverklaring, moest ze met tegenzin toegeven.

Robert Maynard begon: 'Dames en heren, als het bewijs zo

simpel en zo sluitend was als de officier het zojuist bracht, dan kunt u nu al met uw overleg beginnen. Bevind haar schuldig, dan kunnen we allemaal weer naar huis.

Wat u niet hoorde in de openingsverklaring van de officier was dat Betsy Grant een volledig toegewijde echtgenote en metgezel was voor haar man, Edward Grant. Ze kreeg inderdaad hulp van de verzorgster die de officier van justitie noemde, maar de onbetwistbare waarheid is dat tijdens die zeven jaar, terwijl zijn fysieke, mentale en emotionele gezondheid onverbiddelijk bleef verslechteren, Betsy Grant er altijd, altijd voor hem was.

U zult horen dat ze door dokters en vrienden werd geadviseerd om hem in een verzorgingshuis op te laten nemen. Als zijn legale voogd had ze hier de bevoegdheid voor, maar ze wilde hem dat niet aandoen. U zult horen dat zijn aandoening ervoor had gezorgd dat hij haar al veel eerder dan die laatste avond fysiek en emotioneel mishandelde. Maar ze bleef hem met liefde en vriendelijkheid en begrip behandelen. Nadat u ál het bewijs heeft gehoord, zult u geloven dat toen Betsy Grant zei "Ik kan het niet meer aan", zijn leven beëindigen wel het laatste was waar ze aan dacht. Ze had een andere optie voor als de last te zwaar werd, zoals hij wellicht die nacht was,' zei hij zachtjes, 'een optie waartoe ze al jaren eerder had kunnen besluiten. Maar ze hield van hem en wist dat hij thuis wilde blijven. En de optie om hem in een verzorgingstehuis op te laten nemen was nog steeds volledig ondenkbaar voor Betsy Grant toen ze zei: "Ik kan het niet meer aan". Niemand zou het haar kwalijk nemen. Dus waarom zou ze hem dan vermoorden?

Dames en heren, de officier van justitie heeft geen getuige die heeft gezien wat er met Edward Grant gebeurd is. Als er een object is gebruikt om hem te slaan, dan hebben ze dat object niet gevonden. U zult horen dat er vier sleutels zijn die de voordeur van het huis van de Grants kunnen openen, maar dat we van maar drie daarvan weten waar ze zijn. U zult horen dat het niet na te gaan is hoeveel mensen de code van het alarm wisten. Ik leg u voor dat het heel goed mogelijk is dat iemand anders die nacht het huis in is gegaan en het alarm heeft uitgeschakeld, om het bij zijn of haar vertrek weer in te schakelen.

Ik wil u ook iets meegeven wat u in uw achterhoofd dient te houden tijdens het proces. Betsy Grant was niet de enige erfgenaam van Edward Grant. U zult ook horen dat Alan Grant, die onder hoge financiële druk staat, de helft van zijn vaders erfenis van vijftien miljoen zou erven. Als Betsy Grant wordt veroordeeld, erft hij alles. Hoe dit ook uitpakt, de dood van Edward Grant maakt van Alan Grant een rijk man. En u zult horen dat het onderzoek van de officier van justitie inzake Alan Grant op zijn best te verwaarlozen valt.

Dames en heren, ik kijk ernaar uit om u aan het eind van het proces weer toe te spreken. Ik wil u eraan herinneren dat Betsy Grant haar onschuld niet hoeft te bewijzen, alhoewel we het bewijs fervent zullen aanvechten. Net zoals in elke strafzaak, moet de bewijslast van de staat buiten gerede twijfel staan, wat betekent dat de jury er volledig van overtuigd moet zijn dat de beklaagde schuldig is. Het bewijs dat zal worden aangevoerd zal die twijfel niet kunnen wegnemen.'

10

Zodra Robert Maynard weer zat, zei rechter Roth: 'Officier, u mag uw eerste getuige oproepen.'

De eerste getuige voor de staat was politieagent Nicholas Dowling uit Alpine, die als eerste ter plaatse was. Met zijn dertig jaar oud en al vijf jaar werkzaam bij zijn bureau was hij duidelijk zenuwachtig. Dit was de eerste keer dat hij moest getuigen in de rechtszaal.

Hij had een normaal postuur, met kort bruin haar en een jongensachtig gezicht, en hij droeg een uniform dat onberispelijk was. Nadat hij de eed had afgelegd, nam hij plaats in de getuigenbank.

Als reactie op de vragen van de officier van justitie, legde hij uit dat hij op 22 maart van vorig jaar aan het patrouilleren was op de motor. Een paar minuten over acht werd hij door het bureau naar het huis van dr. Edward Grant gestuurd. Er was hem verteld dat de verzorgster had gebeld om te zeggen dat ze dacht dat dr. Grant in zijn slaap was overleden.

Minder dan een minuut later arriveerde hij bij het huis van de Grants.

'Was u al eens eerder bij dat huis geweest?' vroeg de officier van justitie.

'Ja. Een paar maanden eerder had ik dienst en werd ik er om vier uur 's nachts heen gestuurd. Toen werd ik bij de deur opgewacht door een vrouw die zich voorstelde als zijn echtgenote, Betsy Grant.'

'Hoe ging ze gekleed?'

'Ze droeg een badjas.'

'Hoe gedroeg ze zich?'

'Ze was kalm maar duidelijk van slag. Ze vertelde dat haar echtgenoot was gevallen toen hij geprobeerd had over het traphekje te klimmen. Mevrouw Grant zei dat zij en de verzorgster hem niet op konden tillen om hem in bed te krijgen.'

'Heeft ze u toen verteld wat zijn fysieke en mentale toestand was?'

'Ze vertelde me dat hij aan een vergevorderde vorm van alzheimer leed en dat zijn fysieke en mentale gezondheid wezenlijk waren verslechterd.'

'Wat deed u toen?'

'Mevrouw Grant begeleidde me naar de trap, waar hij op het vloerkleed lag te kreunen. De verzorgster, Angela Watts, zat naast hem geknield. Ze hield zijn hand vast en was hem aan het troosten.

De verzorgster vertelde me dat ze had gehoord hoe hij viel, maar dat hij eerder geschrokken was dan dat hij echt pijn had. Ik vroeg haar en mevrouw Grant of ik een ambulance voor ze moest bellen. Ze zeiden allebei nee, ze dachten dat het niet nodig was. Vervolgens hielp ik hem met opstaan, brachten we hem naar de slaapkamer en stopten hem in bed. We wachtten een paar minuten tot alles oké was. Mij werd verteld dat hij in slaap was gevallen.'

'Herinnert u zich nog iets anders over mevrouw Grants gedrag op dat moment?' vroeg Elliot Holmes.

'Nou, toen ik wegging bedankte ze me. Ze was rustig, maar leek erg bedroefd, erg triest. Ze zei dat het zo moeilijk was om haar echtgenoot in deze toestand te zien, vergeleken met hoe hij vroeger was.'

'Om terug te gaan naar 22 maart, wat gebeurde er toen u bij het huis aankwam?'

'Ik werd bij de deur opgewacht door de verzorgster, dezelfde dame van een paar maanden geleden. Ze zei dat ze dacht dat dr. Grant dood was en dat mevrouw Grant bij hem in de slaapkamer was.'

'Wat gebeurde er toen?'

'Ze bracht me naar een slaapkamer op de begane grond.'

'Was het dezelfde slaapkamer waar u hem een paar maanden eerder naartoe had gebracht?'

'Dat klopt.'

'Wat zag u toen u binnenkwam?'

'Dr. Grant lag op zijn rug op bed, zijn hoofd op een kussen. De deken was opgetrokken tot zijn borstkas en zijn armen lagen daarop. Hij droeg een pyjama met lange mouwen. Mevrouw Grant zat op de rand van het bed en aaide zijn haar en zijn gezicht met haar linkerhand. Ze keek op toen ik binnenkwam en schudde alleen maar met haar hoofd. Ik vroeg haar of ze opzij wilde gaan zodat ik zijn hartslag kon controleren. Dat deed ze.'

'Wat merkte u op?'

'Hij haalde geen adem en hij voelde koud aan. Door mijn training als politieagent, waar een certificatie als ambulancebroeder bij hoort, kon ik vaststellen dat hij overleden was.'

'Zag u verwondingen aan zijn gezicht of handen?'

'Nee.'

'Zag u bloed of andere tekenen van verwondingen?'

'Nee, dat ook niet.'

'Zag u tekenen van een worsteling of andere vormen van geweld?'

'Nee, ook niet.'

'Hebt u zijn achterhoofd onderzocht?'

'Nee, dat heb ik niet gedaan.'

'Had u enige reden om aan te nemen dat hij een verwonding aan zijn achterhoofd had?'

'Nee, dat had ik niet. Zoals ik al zei, er waren geen bloedingen of andere aanwijzingen dat er sprake was van geweld.'

'En u was daar een paar maanden eerder al geweest. Is dat correct?'

'Ja.'

'En u wist dat hij erg ziek was, klopt dat?'

'Ja.'

'Onder deze omstandigheden geloofde u dat hij in zijn slaap een natuurlijke dood gestorven was.'

'Ja, dat geloofde ik. Ik had absoluut geen reden om iets anders te denken.'

'Wat deed u toen?'

'Ik deed wat mij geleerd is: ik hield me aan de procedure en vroeg zijn vrouw om de naam van zijn arts, zodat ik contact met hem kon opnemen. Mevrouw Grant gaf mij die naam en ik belde dr. Mark Bevilacqua.'

'U sprak toen met dr. Bevilacqua?'

'Ja, inderdaad. Ik legde de omstandigheden aan hem voor en de dokter vroeg toen om mevrouw Grant. Aan de telefoon vertelde ze hem dat hij erg van streek was geweest toen hij de vorige avond rond ongeveer negen uur naar bed was gegaan.'

'Wat gebeurde er toen?'

'Ik sprak weer met de dokter en hij zei dat hij geloofde dat dr. Grant een natuurlijke dood was gestorven en dat hij de overlijdensakte zou tekenen. Ik vroeg mevrouw Grant toen met welke begrafenisondernemer ze contact op wilde nemen, zodat ze het lichaam zouden kunnen ophalen. Ze vertelde me dat ze het Hecker Uitvaartcentrum in Closter zou bellen.'

'Wat gebeurde er toen?'

'Ik bleef een uur in het huis van de Grants wachten tot de begrafenisondernemer arriveerde.'

'Wat deed mevrouw Grant tijdens dit uur?'

'Ze bleef in de slaapkamer, bij dr. Grant. Ze was vooral aan de telefoon. Ik weet nog dat ze zijn zoon belde en wat andere mensen.'

'Waar was u tijdens dit uur?'

'Ik wachtte vlak buiten de deur van de slaapkamer. Ik gunde haar haar privacy.'

'Tijdens het uur dat u wachtte, kwam er toen iemand anders langs bij het huis?'

'Ja, er kwam een vrouw binnen die zei dat ze de huishoudster was. Ze zei dat haar naam Carmen Sanchez was.'

'Hoe reageerde zij toen haar werd verteld dat dr. Grant dood was?'

'Ze leek erg bedroefd. Ze zei: "God hebbe zijn ziel, zijn lijdensweg is nu voorbij."'

'Hoe leek Betsy Grant eronder tijdens dit uur?'

'Ze was erg kalm. Ze huilde niet, maar leek erg somber.'

'Wat deed u toen de begrafenisondernemer arriveerde?'

'Ik sprak kort met hem en hij zei dat hij voor het lichaam zou zorgen. Ik hoorde hem uitleggen aan mevrouw Grant, de verzorgster en de huishoudster dat het beter zou zijn als ze in een ander deel van het huis zouden wachten terwijl hij en zijn assistent het lichaam gereedmaakten.'

'Edelachtbare, ik heb verder geen vragen meer,' zei Elliot Holmes.

Rechter Roth keek naar de tafel van de verdediging. 'Wilt u

de getuige ondervragen, meneer Maynard?'

Maynard keek snel naar zijn aantekeningen voordat hij opstond en zich tot de getuigenbank wendde.

'Agent, u heeft verklaard dat u een paar maanden voor dr. Grants overlijden bij het huis was. Klopt dat?'

'Ja, meneer.'

'Is het waar dat mevrouw Grant zich veel zorgen maakte om haar echtgenoot die avond?'

'Dat leek inderdaad zo.'

'En dat er goed voor dr. Grant werd gezorgd?'

'Ja, dat klopt.'

'En vertelde mevrouw Grant u toen u vertrok hoe erg ze het vond om hem zo te zien lijden?'

'Ja.'

'Die eerste keer, zei ze toen dat ze gefrustreerd raakte door de situatie?'

'Nee.'

'Leek ze moe te zijn in de zin dat ze uitgeput aan het raken was?'

'Ja, dat leek me wel.'

'Maar ze uitte nooit woede of wrok?'

'Nee, dat niet.'

'En ze hielp u en de verzorgster om hem van de grond op te tillen en hem terug het bed in te krijgen?'

'Ja.'

'En ze was hem aan het troosten toen jullie hem terug naar bed brachten?'

'Ja, dat klopt.'

'Laten we nu naar de ochtend gaan toen u wederom naar het huis ging. Werd de deur opengedaan door zijn verzorgster?'

‘Ja.’

‘Heeft de verzorgster toen u daar was ergens uit laten blijken dat ze mevrouw Grant verdacht, of dat ze aan de oorzaak van zijn dood twijfelde?’

‘Nee.’

‘Hebt u gezien hoe de verzorgster en mevrouw Grant met elkaar omgingen?’

‘Ja.’

‘Zag u enige spanning tussen hen?’

‘Nee, dat niet.’

‘Is het waar dat ze elkaar aan het troosten waren?’

‘Ja, dat is waar.’

‘Zag u enige spanning tussen mevrouw Grant en de huishoudster?’

‘Nee, ook niet.’

‘Is het waar dat ook zij elkaar aan het troosten waren?’

‘Ja.’

‘U heeft mevrouw Grant beschreven als kalm. Klopt dat?’

‘Ja.’

‘Zou u haar ook beschrijven als erg bedroefd?’

‘Dat leek ze te zijn.’

‘Is het een feit dat ze ook erg uitgeput leek?’

‘Dat leek zo, ja.’

‘Was er ook maar iets waaruit bleek dat zich een worsteling of enig ander voorval had voorgedaan?’

‘Nee, daar heb ik niets van gezien.’

‘Was er iets aan dr. Grants lichaam dat deed vermoeden dat hij verwondingen had of dat er een worsteling was geweest?’

‘Helemaal niets.’

‘Een laatste vraag. Meneer, als u iets ongebruikelijks had gezien, wat had u dan gedaan?’

'Als ik iets van kwade bedoelingen had vermoed, had ik de dienstdoend rechercheur bij het politiebureau gebeld en die zou de dienstdoend rechercheur van de afdeling moordzaken bij het bureau van het Openbaar Ministerie hebben gebeld.'

'Maar dit gebeurde niet omdat u hier absoluut geen reden toe had. Is dat correct?'

'Dat klopt, meneer.'

'Edelachtbare, ik heb verder geen vragen meer.'

11

De volgende getuige was Paul Hecker, de begrafenisondernemer. Hij verklaarde dat hij door Betsy Grant was verzocht om naar het huis van de Grants te komen nadat ze hem verteld had dat haar echtgenoot, die aan alzheimer leed, overleden was in zijn slaap. Hij had onmiddellijk zijn technische assistent gebeld, die de lijkwagen had opgehaald en iets later ook bij het huis van de Grants arriveerde.

Hecker verklaarde dat Betsy Grant de deur voor hem opendeed en hem naar dr. Grants slaapkamer bracht. Een jonge agent uit Alpine stond buiten de kamer en knikte naar hem toen hij naar binnen ging.

'Is de persoon die u heeft ontmoet en die zichzelf voorstelde als Betsy Grant in de rechtszaal aanwezig?'

'Ja.'

'Kunt u haar aanwijzen?'

'Ze zit aan de tafel rechts van me.'

'Hoe zou u de gemoedstoestand van Betsy Grant op dat moment beschrijven?'

'Ze was vriendelijk, ingetogen.'

'Beschrijf wat u aantrof in de slaapkamer.'

'Ik trof de overledene in bed aan. Hij droeg een pyjama.'

'Zag u enige sporen van een verwonding?'

'Nee.'

‘Wat deed u toen?’

‘Ik vertelde aan mevrouw Grant dat het beter zou zijn als zij en de verzorgster, die Angela Watts heet, de slaapkamer zouden verlaten zodat mijn assistent en ik het lichaam naar de lijkwagen konden brengen die buiten geparkeerd stond.’

‘Luisterden ze naar u?’

‘Ja.’

‘Kunt u de gemoedstoestand beschrijven van de twee vrouwen die de slaapkamer uit gingen?’

‘Mevrouw Grant verliet de kamer in stilte. De verzorgster was luid aan het huilen.’

‘Hebt u het lichaam naar het uitvaartcentrum gebracht?’

‘Ja.’

‘Had u op dat moment enig vermoeden dat dr. Grant een verwonding was toegebracht?’ vroeg de officier van justitie.

‘Nee, dat had ik niet. Het had er alle schijn van dat dr. Grant in zijn slaap was overleden.’

‘Toen u in zijn kamer was, is u toen iets ongebruikelijks opgevallen?’

‘Ik zou niet het woord “ongebruikelijk” in de mond willen nemen, maar ik merkte dat er iets niet helemaal op zijn plek was, bij gebrek aan een betere bewoording.’

‘Wat bedoelt u daarmee?’

‘Ik wist natuurlijk dat Edward Grant arts was. Op het nachtkastje naast zijn bed, op een granieten plaat, stond een ouderwetse vijzel die onderdeel leek te zijn van een set. Aan die plaat zat een plaque met een inscriptie. Daarop stond TER ERE VAN DR. EDWARD GRANT, HET HACKENSACK-ZIEKENHUIS.’

‘Wat was er opvallend aan?’

‘De stamper ontbrak.’

‘Meneer, ik weet niet zeker of iedereen hier weet wat een

vijzel is of hoe die eruitziet. Kunt u ons dat vertellen?'

'Apothekers, de drogisten van vroeger, gebruikten een vijzel en een stamper om hun medicijnen fijn te stampen. In lekentaal zou een stamper eruitzien als een honkbalknuppel, maar slechts een paar decimeter lang. Het is een enigszins zwaar voorwerp met afgeronde uiteindes, en zwaarder en dikker aan de onderkant.'

'Van wat voor materiaal waren de plaat en de vijzel die u zag gemaakt?'

'Zwart marmer.'

De officier gebruikte allebei zijn handen om een voorwerp op te pakken van de tafel waaraan hij had gezeten. Hij bracht het naar de getuige en zei: 'Meneer, ik laat u nu het voorwerp zien dat ter identificatie gelabeld is als bewijsstuk 25. Hebt u dit object eerder gezien?'

'Ja meneer, dat klopt.'

'En wat is het?'

'Dit is de vijzel zonder stamper. Ik zie dat de gegraveerde plaque naar dr. Grant verwijst.'

'Is hij in precies dezelfde staat als toen u hem die ochtend zag?'

'Precies dezelfde, meneer. De stamper die toen ontbrak is nog steeds afwezig.'

'Kunnen we redelijkerwijs aannemen dat de ontbrekende stamper van hetzelfde materiaal gemaakt is?'

'Ja, dat zou hij normaal gesproken wel zijn.'

'En is hij zwaar genoeg om als wapen gebruikt te worden?'

Robert Maynard was weer opgestaan. 'Bezwaar, edelachtbare!'

'Toegewezen,' zei de rechter snel.

'Hoe zwaar zou een stamper bij zo'n vijzel zijn?'

'Het is een massief marmeren voorwerp, dus waarschijnlijk ongeveer een halve kilo.'

'En de stamper zou normaal gesproken met het zware uiteinde naar beneden in de komvormige vijzel liggen?'

'Dat klopt. Nogmaals, het feit dat hij ontbrak was wat mijn aandacht trok.'

'Meneer Hecker,' ging de officier verder, 'hebt u het lichaam van dr. Edward Grant van zijn slaapkamer naar uw uitvaartcentrum gebracht?'

'Ja, dat klopt.'

'Wanneer gebeurde dat?'

'Kort nadat ik aankwam.'

'U zei dat er een verzorgster aanwezig was?'

'Ja, er werd mij verteld dat de verzorgster bij haar aankomst naar dr. Grants slaapkamer ging en besefte dat hij niet meer ademde toen ze aan zijn zijde stond. Zij belde het alarmnummer.'

'Was u verteld dat de aanwezige politieagent dr. Grants arts had gebeld en dat die erin had toegestemd om de overlijdensakte te tekenen?'

'Ja, dat wist ik.'

'Was er bij u op dat moment enige reden om aan te nemen dat er kwade opzet in het spel was?'

'Nee, die was er niet.'

'Wat gebeurde er toen u dr. Grants lichaam bij uw uitvaartcentrum had gebracht?'

'We volgden onze normale procedure om het lichaam voor het opbaren en de begrafenis voor te bereiden.'

'Deed u dit zelf?'

'Ja, maar ik werd geholpen door een van mijn technici.'

'Merkte u iets ongebruikelijks op tijdens dit proces?'

'Ja.'

'Wat was dat?'

'Dr. Grants achterhoofd voelde zacht aan. Het was duidelijk dat hij daar een verwonding had opgelopen.'

'Had u op dat moment enig idee wat voor verwonding?'

'Ik dacht onmiddellijk aan de ontbrekende stamper.'

'Had dr. Grant die, gezien de plek en de aard van de verwonding, zelf kunnen toebrengen?'

'Absoluut niet.'

'Wat deed u toen?'

'Ik stopte met het prepareren van dr. Grants lichaam en belde de patholoog. Hij zei onmiddellijk dat hij de politie zou bellen en een ambulance zou sturen om dr. Grant naar zijn faciliteit, het mortuarium, te brengen.'

'Wat gebeurde er daarna?'

'Voor zover ik weet is er toen autopsie verricht en werd twee dagen later het lichaam naar mij gestuurd voor de begrafenis.'

'Dank u, meneer Hecker. Ik heb verder geen vragen.'

Delaney luisterde naar Robert Maynard, die maar één vraag stelde aan deze getuige.

'Is het uw gewoonte om de voorwerpen in een kamer te bekijken terwijl u aan het werk bent?'

'Het is een automatisme. Het hoort bij mijn werk. Wanneer ik een overledene meeneem, kijk ik altijd goed om me heen naar de nabije omgeving.'

Maynard wist dat hij absoluut niets met deze getuige aan kon, en zei: 'Ik heb verder geen vragen, edelachtbare.'

Vanaf haar plek keek Delaney naar Betsy Grant, die verbaasd leek over het feit dat haar advocaat niet meer vragen stelde.

De officier van justitie riep toen dr. Martin Caruso op, de patholoog-anatoom. Nadat hij zijn lange medische loopbaan uit de doeken had gedaan en had uitgelegd dat hij in zijn twintig jaar als patholoog-anatoom al duizenden secties had verricht, vertelde hij wat hij had ondervonden tijdens dr. Edward Grants autopsie. Hij verklaarde dat de schedel van de overledene op vier verschillende plekken was gebroken, waarna de hersens waren opgezwollen en er interne bloedingen waren opgetreden.

'Is het mogelijk dat dr. Grant deze verwonding aan zijn hoofd had kunnen oplopen dankzij een val?'

'Ik zou zeggen dat het bijna onmogelijk is om zo'n verwonding op te lopen door een val.'

'Waarom?' vroeg de officier.

'Omdat als hij op zijn hoofd was gevallen, de klap van de val zo hevig was geweest dat hij hoogstwaarschijnlijk het bewustzijn had verloren. En dan zou hij niet zelf terug in bed hebben kunnen kruipen.'

'Dr. Caruso, ik leg u voor dat het bewijsmateriaal voor deze zaak aannemelijk heeft gemaakt dat er een marmeren stamper van ongeveer een halve kilo ontbrak uit de slaapkamer waar dr. Grant sliep. Bent u, als professionele medicus, de mening toegedaan dat het slachtoffer op het achterhoofd is geslagen met een dergelijk voorwerp?'

'Ja. De verwonding die ik heb onderzocht kan veroorzaakt zijn door een stamper of iets soortgelijks van een dergelijke grootte. Laat me dit uitleggen. Als het slachtoffer door een groter, zwaarder object zou zijn geslagen, zoals een hamer of een honkbalknuppel, dan zou de externe verwonding groter zijn, net als de bloedingen. Een verwonding van een kleiner object, zoals een stamper, zal wel een interne verwonding veroorzaken, maar geen externe bloedingen.'

'Was hier sprake van externe bloedingen?'

'Nee, die waren er niet.'

Terwijl het ondervragen voortduurde, probeerde Delaney de reactie van de jury op de verklaringen te analyseren. Ze merkte dat alle ogen op Betsy Grant waren gericht. Tranen rolden stilletjes over haar wangen terwijl ze de waarheid aanhoorde over de klap die haar echtgenoot had gekregen.

Delaney luisterde hoe Robert Maynard slechts een paar vragen aan de patholoog-anatoom stelde. Het was duidelijk voor haar dat de getuige ontegenzeglijk had vastgesteld dat Edward Grant was overleden aan een klap op zijn hoofd, niet onder andere omstandigheden of aan de gevolgen van een ongeluk.

Toen de ondervraging van deze getuige stopte, was het bijna één uur. Rechter Roth zei tegen de jury dat het tijd was voor een lunchpauze. 'Dames en heren, we gaan om kwart over twee verder. Bespreek deze verklaringen tijdens deze pauze niet met de andere juryleden of iemand anders. Geniet van uw lunch.'

Toen de zitting verderging, riep de officier van justitie Frank Bruno op, de advocaat die dr. Grants zaken behartigde. Hij was ongeveer zestig jaar oud en maakte een gereserveerde en ernstige indruk. Hij legde uit dat na de dood van dr. Grants eerste vrouw, zijn zoon Alan Grant de enige erfgenaam was geweest. Dr. Grant had zijn testament opnieuw op laten maken nadat hij met Betsy Grant was getrouwd. Toen werden ze gelijkwaardige erfgenamen, behalve dat het huis en de inboedel naar Betsy zouden gaan. Hij had ook beschikt dat, mocht hij geestelijk onbekwaam worden, Betsy Grant volmacht zou hebben om zijn wettelijke, financiële en medische beslissingen te maken.

Bij verdere ondervraging van de officier verklaarde hij dat

de huidige waarde van de erfenis, buiten het huis en de inboedel, ongeveer vijftien miljoen dollar bedroeg. Hij zei ook dat twee niet-familieleden, Angela Watts en Carmen Sanchez, in het testament waren opgenomen. Ieder van hen zou vijfentwintigduizend dollar krijgen. Bruno wist niet of zij hiervan op de hoogte waren voordat dr. Grant stierf.

Robert Maynard begon toen met zijn verhoor.

'Meneer Bruno, hoe oud is Alan Grant nu?'

'Hij is vijfendertig jaar oud.'

'Is het zo dat hij om verschillende redenen over de afgelopen jaren grote financiële druk heeft ervaren?'

'Ik zou zeggen dat dat klopt.'

'Is het zo dat zijn vader hem veel financiële ondersteuning verleende?'

'Ja, dat klopt.'

'Is het ook zo dat zijn vader zijn levensstijl tien jaar geleden al meer dan zat was?'

'Ja. Hij was alleen werkzaam als commercieel fotograaf, een onzeker bestaan.'

'Weet u of Betsy Grant een mening had over deze situatie?'

'Ja, dat had ze. Ze drong erop aan dat zijn jaarlijkse toelage beperkt zou worden tot honderdduizend dollar per jaar, wat minder dan de helft was van wat hij daarvoor ontving.'

'Ging de dokter daarin mee?'

'Ja.'

'Weet u wat Alan Grants reactie was?'

'Hij was woedend en sprak amper met zijn vader in de daaropvolgende maanden.'

'Hoe voelde hij zich ten opzichte van Betsy?'

'Hij gaf haar de schuld van zijn vaders beslissing en nam het haar enorm kwalijk.'

'Meneer Bruno, u bent een expert wat betreft erfrecht. Klopt dat?'

'Dat mag ik hopen, na vijfendertig jaar ervaring.'

'Als iemand schuldig bevonden wordt aan het opzettelijk doden van een ander, mag die persoon dan profiteren van het slachtoffer?'

'Nee, die persoon mag niet profiteren van moord.'

'Dus, meneer Bruno, als Betsy Grant schuldig wordt bevonden, dan is Alan Grant de enige erfgenaam, toch?'

'Dat klopt.'

Robert Maynard keek met een schuine glimlach naar de jury. 'Meneer Bruno, zou u ons kunnen helpen herinneren wat Alan Grant zou ontvangen als Betsy schuldig wordt bevonden?'

'Hij zou de volledige erfenis ontvangen, waarvan de totale waarde vijftien miljoen dollar bedraagt. Zijn vader was deels eigenaar van het huis in Alpine, dus dat deel, waarvan de waarde ongeveer drie miljoen dollar is, zou hij ook krijgen. Ten slotte zou hij ook al zijn vaders persoonlijke bezittingen ontvangen, zoals sieraden en kleding.'

'Heel erg bedankt, meneer,' zei Maynard.

Officier Elliot Holmes stond op. 'Edelachtbare, het is inmiddels na drieën. Ik weet dat er een middagpauze zal komen. Ik verzoek dat de staat zijn volgende getuige morgenochtend mag oproepen.'

'Dat is goed,' antwoordde rechter Roth. Nadat hij de jury wederom waarschuwde om de zaak niet te bespreken, geen kranten te lezen of naar andere media te luisteren, was de zitting voor die dag ten einde.

12

Robert Maynard had een auto geregeld die Betsy naar huis bracht. 'Ik haal je morgenochtend om acht uur op,' zei hij, 'maar ik dacht dat je vanavond onderweg naar huis wel wat tijd voor jezelf kon gebruiken.'

'Dat klopt. Dank je,' zei Betsy zacht. Toen het portier dichtging, was ze zich bewust van de camera's die foto's van haar maakten, iets wat ze bleven doen tot ze wegreed. Ze ontspande en sloot haar ogen. Deze dag in de rechtszaal scheen haar onwerkelijk toe. Hoe kon iemand echt geloven dat ze Ted kwaad zou doen? Ze besefte dat haar hoofd continu bezig was met herinneringen aan hun eerste dagen. De dag dat ze elkaar ontmoetten was ze zijn patiënte geweest nadat ze haar been had gebroken bij het schaatsen. Het was een nare breuk en bij de eerste hulp van het Hackensack-ziekenhuis hadden ze hem laten halen om het bot te zetten.

Ze herinnerde zich nog hoe hij de kamer leek te vullen met zijn aanwezigheid. Hij hield de röntgenfoto's van haar been voor zich. 'Nou, je hebt jezelf wel wat aangedaan, Betsy,' zei hij vrolijk, 'maar we zullen je weer helemaal oplappen.'

Ze was toen vijfentwintig en geschiedenislerares aan de Pascack Valley High School in Hillsdale, en ze woonde een paar kilometer verderop in Hackensack. Ze kwam er al snel achter dat Ted een weduwnaar was die in Ridgewood woonde, eveneens een paar kilometer verderop. De wederzijdse aantrekkingskracht tussen hen was sterk geweest. Een jaar later trouwden ze.

Alan was toen een eerstejaars geweest aan Cornell University en had haar met open armen ontvangen. Hoeveel hij zijn moeder ook miste, hij wist dat ik zijn vader weer gelukkig maakte, dacht Betsy bitter. Maar sinds ik Ted overreedde om zijn toelage te verminderen, haat hij me. Hij weet heel goed dat ik zijn vader nooit kwaad zou doen.

Onbewust schudde ze met haar hoofd. Haar mond voelde plotseling droog aan en ze reikte naar het flesje water in de houder naast haar. Wederom dacht ze aan de dag dat Ted haar meenam naar het huis in Alpine. Toen Ted zei het bod in contanten te willen voldoen, zei de makelaar dat hij bereid was om de verkoop binnen twee weken rond te maken. Op een prachtige lente-ochtend twaalf dagen later werd het hun nieuwe huis.

Ze waren er acht jaar lang gelukkig geweest, dacht ze. En toen begon het. Voortekenen. Ze begonnen toen Ted eenenvijftig was.

Het eerste voorteken was zijn vergeetachtigheid geweest. Ted maakte zich opeens enorm druk over kleine dingen. Een patiënt die een afspraak verzette ergerde hem enorm. Hij begon persoonlijke afspraken te vergeten. Hij klaagde dat hij het te druk had en het was duidelijk dat hij depressief werd. Maar pas toen hij tijdens het rijden de weg naar huis niet wist, zelfs als ze maar een stad verderop waren, wist ze dat er iets verschrikkelijk mis was.

De auto was de Palisades Parkway overgestoken en nu naderden ze Alpine. Betsy wist wat Carmen voor het eten zou maken. Ze had uitgekeken naar een avond zonder gezelschap, maar toen ze aankwam, wachtten er drie ex-collega's, leraren uit Pascack Valley, op haar. Toen ze haar allemaal een knuffel gaven, zei Jeanne Cohen, die nu schoolhoofd was, vol overtuiging: 'Betsy, straks is dit allemaal voorbij. Maar het is afschuwelijk dat jij dit moet meemaken. Iedereen die jou kent zag hoe je voor Ted zorgde.'

'Ik hoop het,' zei Betsy zacht. 'In de rechtszaal begon ik op een monster te lijken.'

Ze hadden op haar gewacht in de woonkamer. Ze dacht aan alle fijne tijden die ze hier hadden beleefd. Buiten lengden de schaduwen. Het voelde alsof ze op haar af kropen. Ze keek naar de clubfauteuil, Teds favoriete plek. Hij had er voor het laatst in gezeten op de laatste avond van zijn leven. Maar toen ze hier waren samengekomen voor het diner, was hij opgestaan en naar haar toe gekomen. Hij had haar hand gepakt en gesmeekt: 'Betsy, help me het te vinden.'

Een uur later was hij gewelddadig geworden. Maar in dat ene moment van helderheid had het geleken alsof hij haar iets wilde vertellen.

13

Gebiologeerd keken en luisterden Alvirah en Willy naar Delaneys verslag van de gebeurtenissen tijdens het proces van Betsy Grant. Toen het voorbij was, keken ze elkaar aan. Willy sprak als eerste. 'Het ziet ernaar uit dat vandaag geen goede dag was voor Betsy Grant.'

'Het is pas de eerste dag,' zei Alvirah hoopvol. 'Die officier van justitie weet het wel goed te brengen, zeg.'

'Vind je het nog steeds jammer dat je de rechtszaak niet mag doen?' vroeg Willy.

'Ik zal in het publiek zitten als de verdediging aan de beurt is. Maar Willy, er is iets anders waar ik me op wil richten. Delaney heeft er zo'n enorme behoefte aan om haar biologische moeder te vinden. En nu haar adoptieouders verhuisd zijn, denkt ze echt dat dit haar kans is om te gaan zoeken zonder hen pijn te doen.'

'Dat klinkt niet heel logisch,' zei Willy.

'Jawel,' zei Alvirah. 'Toen ze hun huis vaker bezocht, wist Delaney dat Jennifer Wright het persoonlijk opnam wanneer Delaney het over de adoptie had. Ze hebben ook op de geboorteakte gelogen door zichzelf als de ouders te registreren. Dus laten we eens kijken wat ik kan vinden. Je weet dat ik een best goede detective ben.'

Alvirah was het nog steeds niet gewend om met de computer

om te gaan. Maar ze was vastbesloten om Delaneys geboorteakte zelf te bekijken. Met wat hulp van Willy kreeg ze eindelijk de informatie die ze wilde, het was alleen niet genoeg. De akte zei alleen dat Delaney Nora Wright zesentwintig jaar geleden geboren werd. De geboorteplaats was Oak Street 22 in Philadelphia. De namen van de vader en de moeder luidden James Charles Wright, vijftig, en Jennifer Olsen Wright, negenenveertig, met als woonplaats Oyster Bay, Long Island.

'Willy, de enige informatie die de Wrights Delaney konden geven was de naam van de vroedvrouw, Cora Banks, en de plek waar ze geboren was, Oak Street 22. Delaney vertelde me dat er in Philadelphia vier keer een Cora Banks in de telefoongids stond. Ze zei dat zij ze allemaal al had gebeld, maar dat ze veel jonger waren dan de vroedvrouw Cora Banks vandaag de dag zou moeten zijn. Ze wisten ook allemaal verder niets van haar.'

Willy printte de informatie op de geboorteakte uit. Alvirah las het nog eens door en staarde ernaar, haar uitdrukking somber. 'Dit is minder behulpzaam dan ik hoopte.'

Willy zei: 'Ik denk dat ik dat adres online wel kan vinden. Even kijken wat er staat.'

De luchtfoto liet een industrieel gebouw zien tussen kleinere huizen in Oak Street.

'Ziet ernaar uit dat het huis op Oak Street 22 gesloopt is,' zei Willy.

Alvirah zuchtte luid, teleurgesteld. 'Nou, dat maakt mijn werk alleen maar moeilijker. Maar kijk er eens op deze manier naar, Willy, ik heb altijd al gezegd dat ik voor ik sterf Philadelphia nog eens wilde zien. Laten we er deze week naartoe rijden.'

14

De ochtend erna ging om halfnegen de rechtszaak verder.

'Edelachtbare,' zei Elliot Holmes, 'de staat roept Alan Grant op.'

De deur naar de rechtszaal ging open en de jury en de toeschouwers keken nauwlettend toe hoe de zoon van de vermoorde dokter langzaam naar de getuigenbank liep. Hij was knap en droeg een overduidelijk duur marineblauw sportjasje, een nette grijze broek en een overhemd met een open kraag. Hij legde de eed af en nam plaats in de getuigenbank.

De officier van justitie stelde verschillende vragen over Grants achtergrond. Hij was afgestudeerd aan Cornell University, een professioneel fotograaf, gescheiden van de moeder van zijn twee kinderen en had ook een tien jaar oude zoon uit een eerdere relatie.

Holmes ging vervolgens in op de dynamiek van de familie Grant.

'Was u blij met het huwelijk van uw vader en Betsy Ryan?'

'Heel erg,' antwoordde Alan zacht. 'Mijn vader was pas veertig jaar oud toen mijn moeder stierf. De twee jaar daarna was hij heel erg eenzaam. Toen hij Betsy ontmoette en een jaar later met haar trouwde, was ik verrukt van blijdschap.'

'Was u aanwezig bij het diner op de avond toen uw vader werd vermoord?'

‘Ja, dat klopt.’

‘Wie was er nog meer?’

‘Betsy natuurlijk. Het was mijn vaders verjaardag en ze had de twee andere dokters met wie hij samen de orthopedische praktijk was begonnen uitgenodigd. Hun vrouwen ook. Dr. Kent Adams, zijn vrouw Sarah, en dr. Scott Clifton en zijn vrouw Lisa waren aanwezig.’

‘Beschrijf uw vaders gedrag die avond.’

‘Hij was eerst rustig. Hij leek blij om iedereen te zien, ook al denk ik niet dat hij ons echt herkende. Misschien had hij flitsen waarop hij zich er even van bewust was wie we waren, maar dat is lastig te zeggen.’

‘Zei uw stiefmoeder iets over zijn gedrag?’

‘Jazeker. Ze zei dat hij de twee dagen daarvoor al erg van streek was. Hij gooide de inhoud van laatjes over de vloer en trok de boeken van de planken in zijn bibliotheek. Ze zei dat ze het diner bijna had afgezegd, maar die ochtend was hij rustig en vriendelijk wakker geworden, dus had ze het door laten gaan.’

‘Toen u aankwam, zag u een blauwe plek op haar gezicht?’

‘Ja, dat klopt. Ze had hem geprobeerd te verbergen met make-up, maar hij was nog steeds te zien.’

‘Vroeg u ernaar?’

‘Ja.’

‘Wat vertelde ze u?’

‘Dat mijn vader haar twee dagen geleden had geslagen.’

‘Leek ze boos?’

‘Nee, eerder gelaten.’

‘Veranderde uw vaders gedrag gedurende die avond?’

‘Ja. We dronken eerst cocktails in de woonkamer. Hij niet, natuurlijk. Maar net voordat we aan tafel wilden gaan, raakte hij plots erg opgewonden.’

'Wat deed hij?'

'Opeens, zonder iets te zeggen, raakte hij heel erg overstuur en begon hij naar ons te wijzen.'

'Wat gebeurde er toen?'

'Betsy ging naar hem toe, deed haar armen om hem heen en probeerde hem te kalmeren. Hij werd onmiddellijk rustig.'

'En wat gebeurde er toen?'

'Tijdens de maaltijd was het prettig. Hij was erg stil en at goed. Net toen we aan de koffie en het dessert zouden beginnen, stond pap opeens op en viel hij letterlijk de tafel aan, in de richting van dr. Clifton en zijn vrouw Lisa.'

'Wat gebeurde er toen?'

'Betsy greep pap bij zijn arm en hij draaide zich om en sloeg haar in haar gezicht. Het was een harde klap. Ze viel terug op haar stoel en begon te huilen. Dr. Clifton, Angela, de verzorgster en ik brachten pap terug naar zijn kamer. Plotseling verslapte hij, alsof hij uitgeput was. Angela gaf hem een pil om te kalmeren. We trokken hem zijn pyjama aan en stopten hem in bed. Na een paar minuten sloot hij zijn ogen en werd zijn ademhaling regelmatig. Hij viel in slaap.'

'Wat deed u op dat moment?'

'Ik merkte dat Angela erg bleek zag en vroeg haar wat er mis was. Ze vertelde me dat ze waarschijnlijk een virusje onder de leden had, want ze had verschrikkelijke buikpijn.'

'Wat was uw reactie?'

'Ik stelde voor dat ze naar huis ging.'

Terwijl hij sprak, vond Delaney dat de pijn op Alan Grants gezicht te rauw was om gespeeld te zijn.

'Wat deed ze?'

'Ze zei dat als ze zich niet snel beter zou voelen, ze maar weg moest gaan.'

‘Meneer Grant, was u bekend met het interieur van uw vaders slaapkamer?’

‘Ja.’

‘Stond er op het nachtkastje naast zijn bed een prijs, pronkstuk of iets ter decoratie?’

‘Ja, er stond een vijzel met stamper. Het was een geschenk dat het Hackensack-ziekenhuis hem had gegeven. Ik was bij het feestmaal op de avond dat hij hem ontving.’

‘Weet u nog of de stamper aanwezig was toen u die avond in uw vaders kamer was?’

‘Ja, ik weet absoluut zeker dat die aanwezig was. Dr. Clifton, Angela Watts en ik waren allemaal met pap aan het praten om hem te kalmeren. Ik herinner me nog heel goed dat ik naar de prijs wees en iets zei als: “Pap, weet je nog hoe leuk het was die avond toen we naar dat diner gingen? Je gaf zo’n goede speech.” Wie zal zeggen of hij iets begreep van wat ik zei. Maar de hele tijd toen ik erover praatte keek ik of naar hem of naar het geschenk.’

‘En de stamper zat in de vijzel?’

‘Jazeker.’

‘Laten we even teruggaan naar toen u voorstelde dat mevrouw Watts naar huis zou gaan, wat deed u daarna?’

‘Ik ging terug naar de eetkamer. Dr. Adams had een koud doekje op Betsy’s gezicht gelegd. Ze zat nog steeds aan tafel te huilen met dat doekje tegen haar gezicht.’

‘Zei uw stiefmoeder iets tegen u?’

‘Ze zei: “Ik kan het niet meer aan. Het spijt me, ik kan het gewoon niet meer.”’

‘En hoe reageerde u daarop?’

‘Ik had medelijden met Betsy. Mijn vader had haar net geslagen. Ze was uitgeput.’

‘Vatte u haar uitspraak “Ik kan het niet meer aan” op als een bedreiging voor uw vader?’

‘Op dat moment niet. Helemaal niet. Pas later begon ik me af te vragen of het een bedreiging was.’

‘Wanneer hoorde u dat uw vader was overleden?’

‘De volgende ochtend.’

‘Wie vertelde u dat hij overleden was?’

‘Betsy belde me.’

‘Hoe zou u haar gemoedstoestand beschrijven, gebaseerd op hoe ze klonk aan de telefoon?’

‘Erg zakelijk.’

‘Weet u nog wat ze precies zei?’

‘Ja, dat weet ik. Ze zei: “Alan, papa is gisteren overleden. Ik weet zeker dat je het met me eens bent dat het voor hem een zegen is.”’

‘Hoe reageerde u?’

‘Ik voelde me eerst intens verdrietig. Maar toen zei ik iets als: “De vader die ik kende was er de laatste paar jaar al niet meer. Je weet hoe ik me erover voel, Betsy. Ik ben blij dat zijn lijdensweg voorbij is.”’

‘Vermoedde u op dat moment dat er kwade bedoelingen in het spel waren?’

‘Absoluut niet.’

‘Wat was uw reactie toen u hoorde dat het lichaam naar het laboratorium van een patholoog was gestuurd?’

‘Ik geloofde het niet. Ik dacht dat er een fout was gemaakt.’

‘Toen u hoorde dat hij het slachtoffer was van een fatale klap tegen zijn achterhoofd, wat was toen uw reactie?’

Alan Grant keek recht in de ogen van de officier. ‘Mijn eerste gedachte was dat Betsy hem die klap gegeven moest hebben.’

Robert Maynard sprong op en schreeuwde: 'Bezwaar, edelachtbare, eenzijdig en volledig ongepast.'

'Toegewezen,' zei rechter Roth onmiddellijk. 'Het antwoord wordt hierbij geschrapt. De jury zal het negeren.'

'Ik zal het anders verwoorden. Beschrijf uw vaders gedrag tijdens het laatste half jaar.'

'Hij werd steeds lastiger. De nacht voor hij stierf leken Betsy's woorden "Ik kan het niet meer aan" me een uitroep van wanhoop.'

'Hoe zou u uw relatie met Betsy Grant beschrijven na uw vaders dood?'

'De eerste vierentwintig uur waren we erg hecht. We troostten elkaar en maakten plannen voor de begrafenis.'

'Wanneer hield deze vriendschappelijke relatie met Betsy Grant op?'

'Toen ik hoorde dat mijn vaders schedel was ingeslagen en dat de stamper uit de vijzel naast het bed ontbrak.'

'Wanneer kwam u erachter dat uw stiefmoeder afspraakjes had met een andere man?'

'Daar kwam ik pas na de dood van mijn vader achter.'

'Wat was uw reactie?'

'Ik was geschokt. Woedend. Teleurgesteld.'

'Hoe gedroeg Betsy Grant zich ten opzichte van uw vader in de maanden voor zijn dood?'

'Erg liefdevol. Erg begripvol. Een dokter had voorgesteld te overwegen om hem in een verzorgingshuis te stoppen.'

'Waarom stelde de dokter dit voor?'

'Hij dacht dat mijn vader het gevaar liep om serieus te verongelukken.'

'Kunt u mij een voorbeeld geven?'

'Pap dwaalde soms naar de bovenverdieping en hing dan

over de balustrade. Hij trok dingen uit laatjes in de slaapkamer.'

'Wat was Betsy Grants reactie op het voorstel van de dokter?'

'Ze sloot de toegang tot de eerste etage af en verhuisde naar beneden om in de slaapkamer te slapen die als kamer voor het dienstmeisje diende bij de vorige eigenaar. Met andere woorden, ze probeerde hem onder controle te houden.'

'Bezwaar,' riep Maynard.

'Edelachtbare, ik zou graag aan meneer Grant willen vragen wat hij bedoelt met "hem onder controle te houden",' reageerde Holmes.

'Ik zal een uitleg toestaan,' zei de rechter zachtjes.

'Meneer, kunt u alstublieft uw antwoord uitleggen?'

'Natuurlijk. Wat ik bedoelde was dat ze probeerde hem tegen zichzelf te beschermen.'

'Was het mevrouw Grants beslissing om uw vader thuis te houden, zelfs na het advies van de dokter?'

'Ja, dat was zo.'

'Wat waren haar redenen voor deze beslissing?'

'Ze zei dat mijn vader haar nodig had. Ze zei dat er momenten waren dat hij helder was. Dan smeekte hij haar of hij bij haar mocht blijven. Ze vertelde me ook dat iemand met mijn vaders soort alzheimer gewoonlijk niet veel langer zou leven dan de zeven jaar die hij al had doorstaan.'

'Maar die avond voordat uw vader de fatale klap kreeg die zijn leven beëindigde, riep Betsy Grant toen niet "Ik kan het niet meer aan"?'

'Bezwaar. Suggestieve vraag.' Dit keer was het een van Maynards compagnons die sprak.

'Toegewezen,' zei de rechter weer.

Elliot Holmes draaide zich om en keek naar de jury. Delaney

kon zien dat hij het punt had gemaakt dat hij wilde maken. 'Verder geen vragen, edelachtbare,' zei hij zachtjes.

'Meneer Maynard,' zei rechter Roth, 'u mag met uw ondervraging beginnen.'

'Dank u, edelachtbare,' antwoordde Maynard. 'Meneer Grant, hoe oud bent u?'

'Ik ben vijfendertig.'

'Toen u afstudeerde aan de universiteit, hebt u toen doorgeleerd of ging u direct werken?'

'Ik ging gelijk werken.'

'Dus dat betekent dat u al dertien jaar werkt?'

'Ja.'

'Wat voor soort werk doet u?'

'Ik ben altijd freelance fotograaf geweest.'

'Met freelance bedoelt u dat u geen vast loon krijgt? U krijgt alleen geld als u werk hebt. Klopt dat?'

'Ja.'

'Hoeveel hebt u gemiddeld per jaar verdiend de afgelopen jaren?'

'Gewoonlijk tussen de vijftig- en de tachtigduizend dollar.'

'En is het waar dat u al vanaf het begin van uw carrière financiële steun kreeg van uw vader?'

'Ja. Hij hield van me. Ik was zijn enige zoon en hij wilde me helpen.'

'Hoe hielp hij u? Gaf hij u geld elke keer als u het vroeg of was er een andere regeling?'

'In de jaren nadat ik net was afgestudeerd moest ik voor mijn camera vaak nieuwe spullen zoals lenzen en filters kopen om werk te krijgen. Als ik mijn vader om hulp vroeg zei hij vaak ja.'

‘Is die regeling veranderd?’

‘Drie of vier jaar nadat hij met Betsy getrouwd was, overtuigde ze hem om mij maar een keer per jaar te helpen. Met kerst gaf mijn vader mij een cheque van honderdduizend dollar.’

‘En u heeft deze kerstbonus van honderdduizend dollar elk jaar tot en met deze afgelopen kerst gekregen?’

‘Ja, dat klopt.’

‘Oké, dus honderdduizend dollar met kerst en gemiddeld verdiende u vijfenzestigduizend dollar, wat betekent dat u gewoonlijk honderdvijfenzestigduizend dollar per jaar had om uw uitgaven te bekostigen. Klopt dat?’

‘Ja.’

Delaney maakte de volgende paar minuten aantekeningen terwijl Maynard diep inging op Alan Grants financiële situatie. Ze had er spijt van dat ze niet beter had opgelet tijdens dat ene vak boekhouden dat ze op de universiteit had gevolgd. Als Maynard probeerde te bewijzen dat Grants persoonlijke financiën een rommeltje waren, dan slaagde hij daar prima in.

Als antwoord op Maynards vraag gaf Grant toe dat hij een dure scheiding achter de rug had en alimentatie moest betalen aan de moeder van zijn twee kinderen, en een toelage voor zijn andere kind. Zijn vader had een woning voor hem gekocht toen hij afstudeerde, maar hij had een hypotheek op dit huis afgesloten. Die lening moest maandelijks worden afbetaald, net als het onderhoud van de woning, zijn ziektekostenverzekering en betalingen voor zijn auto en de garage. Bij zijn toch al redelijk hoge kosten van levensonderhoud telde hij drie vakanties per jaar op. Grant gaf onwillig toe dat zijn uitgaven van bijna achttienduizend dollar per maand de jaarlijkse toelage van honderdvijfenzestigduizend dollar substantieel overschreden.

Maynard ging verder.

'Sprak uw vader ooit met u over een carrièreswitch?'

'Hij zei dat fotografie niet genoeg betaalde en dat het werk te sporadisch was. Hij had liever dat ik ander werk vond dat me een vast inkomen bood.'

'Volgde u het advies van een andere carrière op?'

'Nee.'

'Laten we teruggaan naar de financiële gebreken die we hebben geïdentificeerd. Hebt u nog meer leningen om de eindjes aan elkaar te knopen?'

'Naast de hypotheek op mijn woning hebben vrienden me ook geld geleend.'

'Betaalt u rente over deze leningen?'

'Ik betaal de bank rente over de hypotheek. De meesten van mijn vrienden hebben erin toegestemd dat ik de volledige leningen inclusief rente zou afbetalen wanneer ik mijn erfenis kreeg.'

'U verklaarde eerder al dat u de jaarlijkse toelage afgelopen kerst nog kreeg, na uw vaders dood. Is dat correct?'

'Ja. Ik heb met de vastgoedjurist overlegd. Die heeft het verzoek ingediend bij de civiele rechter om dit voorschot goed te keuren.'

'En Betsy Grant had geen bezwaar tegen dat voorschot, of wel?'

'Ik heb niet met haar gepraat, dat deed de jurist. Hij informeerde me dat ze geen bezwaar maakte.'

'Deed u drie maanden geleden een verzoek bij de civiele rechter om nog een voorschot?'

'Ja, dat klopt. Omdat de nalatenschap is bevroren tot deze

rechtszaak afgelopen is, krijg ik mijn erfenis niet. Er werd geadviseerd dat ik een verzoek kon doen om een gedeeltelijk voorschot vanwege mijn uitgaven.'

'En hoeveel heeft het hof goedgekeurd?'

'Honderdvijftigduizend dollar.'

'Meneer Grant, u zult de helft van de erfenis van vijftien miljoen dollar erven als Betsy niet wordt veroordeeld, en u zult de gehele vijftien miljoen dollar erven als dat wel gebeurt. Klopt dit?'

'Voor zover ik het heb begrepen, meneer.'

'Meneer Grant, laten we achttien maanden terug in de tijd gaan, toen uw vader nog leefde. Is het waar dat u in zware geldnood zat, maar tevens meerdere miljoenen zou erven die uitgekeerd zouden worden wanneer uw vader stierf?'

'Ja, maar ik hield van mijn vader en ik had niets te maken met zijn dood.'

Delaney keek toe hoe Alan Grant onrustig op zijn stoel bewoog terwijl hij de vragen beantwoordde. Hij was duidelijk slecht op zijn gemak.

'Meneer Grant, na het verjaardagsetentje voor uw vader, waar ging u toen heen?'

'Ik ging terug naar New York. Ik had met iemand afgesproken in een café vlak bij mijn huis.'

'Hoe laat kwam u daar aan?'

'Rond tien uur.'

'Hoelang bleef u daar?'

'Een paar uur. Ik vertrok rond middernacht.'

'U ontmoette daar een ex-vriendin. Klopt dat?'

'Dat klopt.'

'Hoe heet ze?'

'Josie Mason.'

'Vertrokken jullie samen?'
'Ja.'
'Waar ging u heen?'
'Naar haar flat, een paar straten verderop.'
'Bracht u de nacht door in haar flat?'
'Ja.' Alans gezicht was rood en boos geworden. 'Ik weet waar u heen wilt, meneer Maynard. Mijn gangen zijn compleet na te trekken vanaf het moment dat ik mijn vaders huis verliet tot ik de volgende ochtend het bericht van Betsy kreeg dat mijn vader was overleden. Het café heeft een beveiligingscamera en haar flatgebouw ook. Het Openbaar Ministerie heeft dit allemaal nagetrokken.'
'Natuurlijk is dat gebeurd,' zei Maynard sarcastisch. 'Vertel eens, meneer Grant, kende u de code voor het alarmsysteem in uw vaders huis?'
'Nee, die kende ik niet.'
'Is er een reden dat u hem niet kende?'
'Het kwam gewoon nooit ter sprake.'
'Hebt u ooit een sleutel gehad van uw vaders huis?'
'Nee, dat ook niet. Ook dat kwam niet ter sprake.'
'Dus als er een noodgeval was in het huis, dan had u geen sleutel en kende u de code voor het alarm niet.'
'Zoals ik al heb gezegd, het was nooit een onderwerp van gesprek geweest. Er waren altijd andere mensen in het huis, de huishoudster, de verzorgster. Er was geen specifieke reden dat ik een sleutel of de code zou moeten hebben.'
'U zag uw vader redelijk vaak, of niet?'
'Ja, minstens elke paar weken, ook toen hij ziek was.'
'Uw vader had ook zijn heldere momenten, zelfs de laatste paar jaren nog. Is dat correct?'
'Ja, die koesterde ik.'

‘Vroeg u hem ooit tijdens deze heldere momenten wat de code voor het alarm was?’

‘Absoluut niet.’

‘Het onderzoek laat zien dat een van de huissleutels niet teruggevonden is. Uw vaders sleutel.’

‘Ik weet helemaal niets van die sleutel.’

‘Edelachtbare,’ zei Maynard met licht sarcasme, ‘ik heb verder geen vragen voor deze getuige.’

‘Oké,’ antwoordde de rechter. ‘Het is tijd voor de lunchpauze.’

15

Delaney had de hele ochtend rustig aantekeningen gemaakt. Het was haar gewoonte om in de eetzaal van de rechtbank te eten, waar veel van de toeschouwers zich verzamelden. Ze probeerde af te luisteren wat hun meningen waren over de verklaring die ze net hadden gehoord. Noch de officier van justitie, noch Betsy Grant en haar advocaten waren aanwezig.

De eetzaal was lawaaiig, maar ze koos een klein tafeltje uit naast eentje dat bezet was door vijf vrouwen die ze tijdens de zitting had gezien en die de gebeurtenissen van die ochtend bespraken. Ze hadden allemaal grijs haar en leken dik in de zeventig te zijn. Vanwege het lawaai spraken ze luid. Wat ze hoorde was niet onverwacht. 'Ik denk dat ze het heeft gedaan,' zei een vrouw. 'Ik bedoel, ik weet het bijna zeker. Mijn oma had alzheimer en mijn moeder kreeg bijna een zenuwinzinking toen ze voor haar zorgde. Oma was de liefste, aardigste, leukste persoon die je ooit hebt gekend. Maar aan het einde wantrouwde ze iedereen, dacht ze dat mijn moeder haar wilde vermoorden en spuugde ze haar medicijnen uit. We beschouwden het als een zegen toen ze stierf, want toen konden we ons herinneren hoe geweldig ze vroeger was, en konden we vaak lachen om hoe grappig ze was geweest.'

'Wilde je moeder haar ooit vermoorden, Louise?'

'O, natuurlijk niet,' antwoordde Louise geschokt.

'Maar je gelooft wel dat Betsy Grant haar echtgenoot heeft vermoord?'

'Ja, dat geloof ik. Ik bedoel, denk je eens in. Haar echtgenoot kreeg alzheimer toen hij vijftig jaar oud was. Zij was pas drieëndertig. Je kon zien dat ze aan het eind van haar Latijn was. Als je het mij vraagt is Betsy Grant een alleraardigst persoon, maar is ze onder de druk bezweken.'

Een derde vrouw aan tafel deed ook een duit in het zakje. 'En vergeet niet, niet alleen zou ze heel veel geld erven, ze had ook nog een andere man. Ik heb ergens gelezen dat liefde en geld de twee belangrijkste redenen zijn om iemand te vermoorden. Betsy Grant had allebei die motieven.'

Een vierde vrouw schudde haar hoofd. 'En die zoon dan? Hij werd vreselijk verwend door zijn vader, maar Betsy liet zijn toelage beperken. Het klonk alsof hij tot over zijn oren in de schulden zat. Hij kon alleen uit de schulden raken als zijn vader doodging.'

'Maar ze hebben het nagetrokken en hij was die avond zeker in de stad.'

'Heeft iemand het misschien voor hem gedaan?'

'Hij zou de alarmcode moeten weten en de sleutel moeten hebben.'

'En hij wist voor die avond niet dat de verzorgster plotseling ziek zou worden en naar huis zou gaan.'

'Hij is geen lot uit de loterij, zeker niet, maar ik denk niet dat hij erbij betrokken was.'

'Laten we turven. Heeft ze het gedaan, ja of nee?'

Delaneys gezicht vertrok toen ze hoorde dat er met vier tegen een tegen Betsy gestemd werd.

De eerste twee getuigen bij de zitting die middag waren de vrouwen van de twee dokters. Zij hadden hun echtgenoten vergezeld naar het diner op de avond dat Edward Grant stierf. In wezen herhaalden zij simpelweg wat Alan Grant al eerder had verklaard over die avond.

De derde getuige was Josie Mason. Ze was begin dertig en getuigde dat zij en Alan Grant de afgelopen twee jaar een knipperlichtrelatie hadden. Op 21 maart vorig jaar was ze rond tien uur 's avonds samen met hem in een café in New York City geweest. Hij had haar verteld dat hij eerder die avond een diner had gehad bij zijn vader thuis. Ze stelde dat ze rond middernacht naar haar appartement een paar straten verderop waren gegaan en dat hij de nacht met haar had doorgebracht.

Mason zei dat ze er absoluut zeker van was dat hij die nacht haar huis niet had verlaten. Ze zei dat hij om acht uur 's ochtends was weggegaan. Ze gaf verder nog aan dat de rechercheurs van het Openbaar Ministerie naar de opzichter van haar gebouw waren gegaan en de surveillancetape verkregen hadden waarop te zien was hoe ze die nacht naar binnen liepen en hoe hij de volgende ochtend pas weer vertrok.

Toen de zitting verdaagd was, ging Delaney direct naar de studio om zich voor te bereiden op de uitzending van zes uur. Ze keek opnieuw naar de beelden van Betsy Grant die de rechtbank binnenging en later weer verliet. Op de film van de namiddag waren de spanning op Betsy Grants gezicht en haar afgematte houding duidelijk te zien.

Ze kijkt alsof ze te uitgeput is om rechtop te staan, dacht Delaney met een golf van medelijden. Ik hoop voor haar dat er thuis een paar vrienden op haar wachten.

16

Betsy's huishoudster, Carmen Sanchez, was de eerste getuige van de volgende ochtend. Met klamme handen en een trillende stem zei ze haar naam en woonplaats en beantwoordde de eerste vragen over hoe ze huishoudster was geworden bij de Grants in Alpine.

'Ik begon voor dr. Ted te werken net nadat zijn eerste vrouw stierf,' antwoordde Carmen.

'Hoelang was dat geleden?'

'Negentien jaar.'

'En hoeveel jaar nadat u voor dr. Ted Grant begon te werken hertrouwde hij?'

'Twee jaar later.' Zonder iets gevraagd te worden ging Carmen enthousiast verder: 'U kunt zich de verandering in dr. Ted niet voorstellen. Hij was zo gelukkig. Zijn eerste vrouw die hem zo dierbaar was heeft jaren kanker gehad.'

'Mevrouw Sanchez, beantwoord alstublieft alleen de vragen zoals die gesteld worden,' stuurde de rechter haar bij.

'O, het spijt me,' zei Carmen verontschuldigend. 'Maar wanneer ik denk aan dr. Ted en mevrouw Betsy, en hoe ze naar elkaar keken...'

Dit keer klonk de stem van de rechter strenger. 'Mevrouw Sanchez, alstublieft, geen uitgebreide antwoorden.'

'O, edelachtbare, mijn excuses,' verontschuldigde Carmen

zich weer. Ze keek naar de officier en verzuchtte: 'Ik wist dat ik hier niet goed in zou zijn.'

'Mevrouw Sanchez, de avond voor dr. Grants dood, was u toen in het huis?'

'Ja, mevrouw Betsy had een verjaardagsetentje voor dr. Ted gepland. Ik bereidde het eten en serveerde het.'

'Raakte dr. Grant die avond op enig moment erg van streek?'

'Ja, maar ik was in de keuken toen het gebeurde. Ik hoorde de commotie en rende de eetkamer in. Ik zag dat hij erg overstuur was en dat dr. Clifton, Alan Grant en Angela hem naar de slaapkamer brachten.'

'Wat deed u toen?'

'Nou, dr. Ted was bijna over de tafel heen gevallen en sommige borden en glazen waren gebroken. Ik raapte de rommel op en zei dat ik koffie en cake zou halen voor wie dat wilde, maar niemand hoefde iets. Ik ruimde alles op en ging toen naar huis. Op dat moment waren de gasten net begonnen met gedag zeggen en ik denk dat ze vlak na mij vertrokken.'

'Wist u dat Angela Watts ook op een bepaald moment naar huis zou gaan?'

'Ja. Ze voelde zich niet goed en wilde thuis slapen.'

'Vroeg mevrouw Grant of u wilde blijven omdat Angela Watts er die nacht niet zou zijn?'

'Ik bood het aan, maar ze bedankte me en zei dat het niet nodig was.'

'Mevrouw Sanchez, hoe laat kwam u het huis van de Grants binnen op de ochtend van dr. Grants dood?'

'Ik kom altijd rond half negen aan.'

'Kwam u op de dag dat dr. Grant dood aangetroffen werd om half negen 's ochtends aan?'

'Nou, ik zat vast achter een schoolbus, dus het was ongeveer tien over half negen.'

Carmen keek naar Betsy en die gaf haar een bemoedigende glimlach. Houd vol, dacht Betsy.

De officier van justitie ging verder. 'U kwam rond acht uur veertig aan bij het huis op de ochtend dat dr. Grant dood werd aangetroffen?'

Beantwoord alleen de vraag, dacht Carmen. 'Ja, dat klopt.'

'Toen u het huis betrad, wie waren er toen?'

'Er stond een politieagent in de slaapkamer, samen met Angela Watts, de verzorgster. En mevrouw Betsy. Angela vertelde me dat dr. Ted dood was.'

'Wat deed u toen?'

'Ik ging naar boven, naar de grote slaapkamer.'

'Waarom deed u dat?'

'Ik wilde iets doen. Het was het enige wat ik kon bedenken. Ik wist zeker dat mevrouw Betsy naar haar oude slaapkamer terug zou willen nu dr. Ted er niet meer was. Ik wist dat ze het boven veel meer naar haar zin zou hebben.'

'Wat deed u in die kamer?'

'Ik verschoonde het beddengoed. Ik zorgde ervoor dat de badkamer in perfecte staat was. Ik stofte af en ik heb gestofzuigd.'

'Wanneer was u vóór die ochtend waarop dr. Grant dood werd aangetroffen voor het laatst in die kamer?'

'O, ik ging altijd een keer per week naar die kamer om ervoor te zorgen dat hij schoon bleef.'

'En wanneer had u vóór dr. Grants dood voor het laatst de kamer schoongemaakt?'

'Ik had die kamer de dag ervoor nog gedaan.'

Carmen pauzeerde. Ze stond op het punt om te zeggen dat

ze zich herinnerde dat er wat vuiligheid op het vloerkleed lag, maar ze herinnerde zich ook de waarschuwing van de rechter om alleen de vraag te beantwoorden zoals die gesteld werd. Ik weet niet hoe ik de dag voordat dr. Ted stierf dat vuil op het kleed heb gemist, dacht ze. Maar ik denk dat ik weet wat er gebeurd is. De glazenwassers waren net na mij in die kamer, nadat ik al gestofzuigd had.

'Wat deed u nadat u de kamer had opgeruimd?'

'Ik ging naar beneden en zette koffie. Ik wilde dat mevrouw Betsy iets at, maar ze nam alleen koffie. Angela en ik bleven bij haar in de ontbijtkamer terwijl de begrafenisondernemer dr. Teds lichaam meenam.'

'Hoe gedroeg mevrouw Grant zich?'

'Wat?' vroeg Carmen.

'Wat was mevrouw Grants emotionele gesteldheid op dat moment?'

'Ze was erg stil. Ze stond bij het raam en keek toe hoe dr. Grants lichaam in de lijkwagen werd getild.'

'Zei ze iets tegen u?'

'Ze zei: "Het is voorbij. Goddank is het voorbij".'

Dat zei ik niet, wist Betsy nog. Ik zei: 'Goddank voor hem is het voorbij.'

'Verder geen vragen,' zei de officier van justitie.

Robert Maynard stond op. 'Geen vragen, edelachtbare.'

Rechter Roth wendde zich naar de jury en zei: 'Dames en heren, voor deze week is de zitting voorbij. We gaan volgende week dinsdag weer verder, om negen uur.'

17

Op dinsdagochtend acht uur bezocht een jurylid de rechter in zijn kamers en gaf verontschuldigend aan dat ze ziek was geworden. Ze had bronchitis. Ze zei dat ze dacht dat het de volgende dag weer beter zou gaan. Na met de advocaten besproken te hebben of ze haar van haar plicht zouden ontslaan en verder zouden gaan, of dat ze voor die dag de zitting zouden annuleren, besloot de rechter met tegenzin om de rechtszaak op te schorten tot de volgende dag.

18

Het zesuurjournaal van die avond besteedde vooral aandacht aan het laatste nieuws dat Steven Harwin, de negenentwintig jaar oude zoon van de beroemde filmregisseur Lucas Harwin, dood in zijn appartement in SoHo was aangetroffen na een overdosis. Het geval was nog tragischer omdat Steven als tiener leukemie had overleefd en een actieve fondswerver was geworden voor kankeronderzoek. Hij was het 'Vijf dollar per maand'-fonds begonnen dat al driehonderdduizend geldschieters had. Een week voor hij stierf had hij een speech gehouden tijdens een liefdadigheidsevenement. 'Mijn generatie moet zijn verantwoordelijkheid nemen en betrokken raken bij de zoektocht naar een behandeling van kanker.'

'Afgrijselijk. Wat een verlies,' mompelde Delaney. Zij en Don zaten naast elkaar in hun nieuwslezersstoelen te wachten tot ze weer in beeld waren.

'Ik heb pas gehoord dat iemand met wie ik op de universiteit zat ook hieraan is overleden,' was Dons zachte antwoord. 'Zesendertig, twee kinderen. Ik zou willen dat we alle dealers naar Mars konden verbannen.'

'Ik ook.'

De reclames waren voorbij. 'En dan is het nu tijd voor sport,' begon Don. Hij keek naar Rick Johnson, de sportcommentator. 'Hoe ziet dit seizoen eruit voor de Giants, Rick?'

Na de nieuwsuitzending begon Delaney aan haar gebruikelijke wandeling naar huis. Vaak ging ze nog uit eten met haar vrienden in een restaurant in de buurt, maar vanavond niet. Ze wilde wat tijd voor zichzelf. Haar eigen huis was altijd een oplaadpunt wanneer haar behoefte om de waarheid te weten een obsessie werd en ze haar biologische moeder moest vinden.

Ze wist dat deze hunkering weer sterker was geworden door het nieuwsitem van de moeder en zoon die elkaar weer hadden gevonden, en dat het was aangewakkerd door haar gesprek met Alvirah en Willy in Patsy's restaurant. Ik vraag me af of Alvirah het serieus meende dat ze zelf rond ging speuren, dacht ze terwijl ze Sixth Avenue overstak. Toen moest ze onwillekeurig glimlachen. Wanneer Alvirah Meehan zei dat ze iets zou doen, dan meende ze dat ook, besloot ze. Maar wie weet? Misschien zou ze op de een of andere manier die vroedvrouw wel vinden.

Ze was onmiddellijk opgevrolijkt door die gedachte en dacht weer terug aan de rechtszaak. De officier van justitie verrichtte goed werk en leverde stapels bewijs aan waardoor het zeker aannemelijk leek dat Betsy Grant haar echtgenoot had vermoord. De verdediging had het moeilijk met Alan Grant, omdat de aanklager kon bewijzen dat hij de desbetreffende nacht in New York had doorgebracht.

Maar waar was de stamper, vroeg Delaney zich af. Goed, Betsy had meer dan genoeg tijd gehad om ervan af te komen. Maar waar was hij heen? Volgens alle artikelen in de kranten had de patholoog, nadat hij gebeld was door de begrafenisondernemer, contact opgenomen met de politie om de verdachte botbreuk te melden. De politie had onmiddellijk een huiszoekingsbevel gekregen en was naar het huis teruggekeerd. Ze hadden het, samen met het omliggende terrein, binnenstebuiten gekeerd. Maar natuurlijk was er, voordat het huis daadwerkelijk werd doorzocht, al minstens dertig uur verstreken sinds dr. Grants lijk bij het uitvaartcentrum was aangekomen, de ontdekking van de verwonding aan de schedel was gedaan, de patholoog de autopsie had verricht en de politie een huiszoekingsbevel had geregeld.

En de huishoudster? Er was iets met haar aan de hand geweest tijdens haar getuigenis. Was ze gewoon erg nerveus geweest omdat ze steeds moest nadenken over hoe ze haar antwoorden formuleerde? Het feit dat de rechter haar er steeds op wees om alleen de vragen te beantwoorden had haar duidelijk uit haar evenwicht gebracht.

Terwijl ze wachtte tot het verkeerslicht op groen sprong, voelde Delaney een hand op haar arm. Een bekende stem vroeg: 'Wilt u wat met mij eten, mevrouw?'

Onthutst keek ze op. Het was Jonathan Cruise, die ze twee maanden geleden bij het huwelijk van een vriendin had ontmoet. Hij was een onderzoeksjournalist voor de *Washington Post* en ze waren erachter gekomen dat ze veel gemeen hadden. Ze waren uit eten gegaan toen hij een maand geleden zijn zus in Manhattan kwam bezoeken. Hij had haar gebeld om te zeggen dat hij had genoten van haar gezelschap en daar was de kous mee af geweest. Dit was het eerste contact dat ze weer met hem had sinds dat telefoontje. Maar ze had vaak aan hem gedacht en beseft hoe teleurgesteld ze was dat hij niet nog een keer had gebeld.

Ze had sneakers aangetrokken voor haar wandeling naar huis en het viel haar op hoe lang hij leek, totdat ze zich herinnerde dat ze de twee andere keren dat ze met hem was geweest hoge hakken aan had gehad. Toen was hij maar een centimeter of vijf langer geweest. Zijn gitzwarte haar droeg een paar sporen van zilver en ze wist nog dat hij haar had verteld dat hij vóór zijn veertigste waarschijnlijk wit haar zou hebben. 'Gebeurde ook bij mijn vader,' had hij op zakelijke toon gezegd. 'Maar misschien zal ik er gedistingeerd uit gaan zien.'

Dit schoot allemaal door Delaneys hoofd toen ze naar hem keek.

'Jon. Verschijn je altijd zo uit het niets?' vroeg ze.

Hij had een warme, moeiteloze glimlach die zijn normaal strenge gezicht deed oplichten.

'Nee, niet echt. Ik ben om vijf uur uit Washington aangekomen. Ik checkte de zender en wist dat je vanavond op televisie zou zijn. Mijn grote plan was om je buiten de studio op te wachten zodra je eruit kwam, maar het verkeer heeft dat in het water laten vallen. Het zou nog erger zijn als je vanavond al plannen had. Heb je die?'

'Nu wel,' zei Delaney met een glimlach.

19

Alvirah en Willy voerden 'Oak Street 22, Philadelphia' in op het navigatiesysteem en reden naar Pennsylvania.

'Schat, je moet wel beseffen dat het op die luchtfoto leek alsof dat huis er niet meer stond,' waarschuwde Willy haar weer toen de kaart op het scherm liet zien dat ze nog drie kilometer van hun bestemming verwijderd waren.

'Dat maakt niet uit,' zei Alvirah, het mogelijke obstakel wegwuivend. 'Er is altijd een manier om meer informatie te krijgen als je een beetje rondspit. Vergeet niet dat er, ook al is het originele gebouw weg, nog steeds inwoners van zesentwintig jaar geleden in de buurt kunnen wonen.'

Het lag op het puntje van Willy's tong om te herhalen dat het adres geen woonhuis meer was maar een bedrijf, maar hij besloot het niet te doen. Hij wist dat Alvirah zich met hart en ziel wierp op de kans om Delaneys echte moeder te vinden en hij wist hoe teleurgesteld ze zou zijn als het zou mislukken.

Oak Street bleek een haveloze wijk waar oudere, kleine gezinshuizen langzaam plaats moesten maken voor pakhuizen en winkels.

Oak Street 22 was een gebouw van drie verdiepingen met een bord waarop stond SAMS VOORDELIGE TEGELFABRIEK. De etalage had uitstallingen van tegels in elke kleur en maat. Ze konden zien dat er in de winkel minstens twee werknemers en vier klanten stonden.

'Laat dit maar aan mij over,' mompelde Alvirah. Ze trok de deur open.

Een oudere man met dun haar en een naambordje met SAM erop liep snel op hen af.

'Welkom bij Sams Voordelige Tegelfabriek,' zei hij met warme stem. Zijn glimlach leek oprecht. 'Waarmee kan ik u van dienst zijn?'

'Ik zal niet uw tijd verdoen door te doen alsof ik iets wil kopen,' zei Alvirah. 'Alhoewel ik toen ik naar die prachtige tegels in de etalage keek wel bedacht dat onze keuken er erg ouderwets uitziet.'

O kom op, Alvirah, dacht Willy, de keuken is prima zoals die is. Tenminste, dat hoop ik.

Sam bleef lachen. 'Dat hoor ik van veel klanten. Ze komen hier naar binnen omdat ze onze advertentie hebben gezien en denken dat ze alleen maar nieuwsgierig zijn, maar dan besluiten ze om toch iets aan hun keuken of badkamer te doen. Misschien bent u wel een van hen.'

'Misschien wel,' was Alvirah het volmondig met hem eens. 'Maar als u een momentje of twee voor me hebt...'

Weer glimlachte Sam meegaand. 'Natuurlijk.'

'Hoelang zit u hier al?'

'Zestien jaar.'

'Hebt u dit gebouw zo gekocht?'

'Nee. We kochten twee huizen die naast elkaar te koop stonden, sloopten ze en zetten toen dit pand neer.'

'Weet u toevallig de namen nog van de mensen van wie u de huizen heeft gekocht?'

‘Ik weet de naam van een van hen nog, Cora Banks. Dat was me een puinzooi.’

‘Waarom?’ Alvirah kon haar enthousiasme bijna niet bedwingen.

‘Ze had ons verteld dat ze een verpleegkundige was. Maar vlak nadat ze ons haar huis had verkocht – dit was nog voordat het werd gesloopt – verscheen er een politieagent met een arrestatiebevel. Blijkbaar was ze een vroedvrouw die hielp met bevallingen, alleen maar om vervolgens de baby’s te verkopen.’

‘Weet u of ze ooit is gearresteerd?’

‘Volgens mij niet. Ze is te snel de stad ontvlucht.’

En dat was dat, dacht Willy.

Nadat ze Sam had bedankt voor het gesprek, zei Alvirah dat ze graag even wilde kijken naar zijn ruime assortiment tegels.

Ze volgden Sam de trap op naar de eerste verdieping, waar tegels stonden uitgestald met ernaast foto’s van hoe ze er in een keuken of badkamer uitzagen.

Het bleek dat Sam een prater was. ‘Niet iedereen vond het fijn dat deze buurt veranderde,’ zei hij. ‘Sommigen gingen zelfs protesteren nadat ze gehoord hadden dat dit gebied een commerciëler bestemmingsplan kreeg. De vrouw in het huis hiernaast was woest. Ze zei dat ze hier al dertig jaar zat en dat ze geen tegelzaak naast zich wilde hebben. Ze was zo van streek dat ik aanbood ook haar huis te kopen, maar ze zei dat ze alleen haar huis zou verlaten wanneer ze haar eruit moesten dragen.’

Willy zag dat Alvirah de crèmekleurige tegel die ze vasthield bijna liet vallen.

‘Woont ze er nog, Sam?’ was Alvirahs volgende vraag.

‘O, zeker! Ze heet Jane Mulligan. Ze is een weduwe en

woont alleen. Ze moet bijna tachtig zijn, maar telkens wanneer ik haar zie, zegt ze nog steeds dat de buurt waarin ze opgroeide verpest is.'

Alvirah kon niet wachten om te kijken of de buurvrouw thuis was. Ze dwong zichzelf om nog even te blijven en keek naar tegels met verschillende patronen. Daarna bedankte ze Sam en beloofde hem dat ze zou nadenken over de monsters die hij haar meegaf.

Toen ze de winkel hadden verlaten zei ze opgewonden: 'Willy, als deze Jane Mulligan ons naar Cora Banks leidt, kom ik hier terug om tegels uit te kiezen, zodat jij de keuken en de badkamers onder handen kan nemen.'

Toen ze bij het naburige huis kwamen, stopte Alvirah. 'Willy, gezien de tijden waarin we leven... Mocht Jane Mulligan thuis zijn, dan zal ze misschien te argwanend zijn om twee vreemden binnen te laten. Jij kunt beter in de auto wachten.'

Willy wist dat Alvirah gelijk had, maar hij zag haar liever niet alleen een huis ingaan, ook al woonde er alleen maar een vrouw van rond de tachtig. Hij wist dat hij de discussie alleen maar zou verliezen, dus liep hij met tegenzin terug naar de stoep en stapte in hun pas gekochte tweedehands Mercedes.

Nadat Alvirah had aangebeld, duurde het een paar seconden voordat er iemand door het kijkgat van de deur keek.

'Wie bent u en wat wilt u?' vroeg een klagerige stem.

'Ik ben Alvirah Meehan, journalist voor de *Daily Standard*. Ik wil graag een reportage maken over veranderende buurten en de reacties van bewoners die er al lang wonen,' zei Alvirah. Ze hield haar perskaart omhoog zodat Jane Mulligan hem kon zien.

Ze hoorde een klik die betekende dat de deur van het slot werd gehaald. Jane Mulligan deed de deur een stukje open en bekeek haar van top tot teen. Blijkbaar gerustgesteld deed ze de deur toen helemaal open.

'Kom binnen,' zei ze. 'Ik heb over dat onderwerp veel te zeggen.'

Ze bracht Alvirah naar een kleine woonkamer, smetteloos schoon, met een oubollige bank, bijpassende fauteuils, een piano en een ronde tafel gevuld met foto's.

Jane Mulligan bood haar een zitplek aan, maar eerst bekeek Alvirah de foto's. Kleinkinderen, dacht ze onmiddellijk.

'Wat een knappe koppies,' zei ze gemeend. 'Zijn dit uw kleinkinderen?'

'Alle tien.' Nu lag er trots in Mulligans stem. 'Geen slimmere of leukere troep in de hele wereld.'

'Ik snap waarom u dat zegt,' was Alvirah het met haar eens. Ze ging zitten.

'Wat wilt u dat ik u vertel over het verpesten van buurten door ze opeens commercieel te maken?'

Voordat Alvirah haar antwoord kon geven, stak Mulligan een tirade af over dat er geen mooiere straat geweest was dan deze. 'Iedereen kende iedereen. De deuren hoefden niet op slot.'

Alvirah wist er een vraag tussen te krijgen. 'Ik begrijp dat er twee huizen gesloopt zijn om ruimte te maken voor die tegelzaak. Kende u de mensen die er woonden?'

'Jazeker. Ik was vrienden met de mensen twee deuren verderop. Zij hebben het verkocht omdat ze dichter bij hun dochter wilden zijn. Zij woont tegenwoordig in Connecticut.'

'En het andere huis?'

'De oorspronkelijke eigenaar is destijds naar een aanleunwoning verhuisd. De vrouw aan wie ze het huis verkocht heeft strekte de buurt tot schande.'

‘Wat was er met haar?’

‘Ze was een vroedvrouw.’

‘Hoelang is dat geleden?’

‘Ongeveer dertig jaar.’

Snel rekende Alvirah het uit. Dat betekende dat Cora Banks nog in het huis woonde toen Delaney werd geboren.

‘Ik wist dat er iets verdachts aan de hand was,’ zei Mulligan. ‘Ik zag mensen in en uit lopen, steeds hetzelfde liedje. Een of twee mensen brachten een zwanger meisje naar binnen en zo’n acht tot tien uur later kwamen ze weer naar buiten en ondersteunden ze dat meisje op weg naar de auto.

Het duurde even voor ik doorhad wat er aan de hand was. De mensen die met de baby weggingen waren niet dezelfde die het zwangere meisje brachten. Ik dacht eigenlijk dat Cora Banks een adoptiebureau beheerde. Dit ging veertien jaar zo door, maar pas toen de politie met een arrestatiebevel kwam hoorde ik dat ze baby’s verkocht. Ik stond er versteld van.’

‘Weet u waar ze toen heen is gegaan?’

‘Nee. Dat hoefde ik niet te weten.’

‘Werd ze weleens door vrienden bezocht?’

‘Ze was nogal een einzelgänger.’

Alvirah probeerde de teleurstelling uit haar stem te houden toen ze vroeg: ‘U kunt niemand bedenken die een vriend van haar had kunnen zijn?’

‘Wie wil er nou bevriend zijn met iemand die baby’s verkoopt?’ vroeg Mulligan. ‘Als Cora Banks al een sociaal leven had, vond het niet plaats in dat huis.’

Daarna zei Alvirah gedag, vertrok en ging naar de auto. ‘Tijd om te gaan,’ zei ze tegen Willy.

Aan de teleurstelling in haar stem kon hij horen dat het gesprek met Jane Mulligan haar niet verder had geholpen. Hij luisterde naar haar samenvatting van het gesprek.

'Dus je hebt niets gehoord wat Delaney zou kunnen helpen haar biologische moeder te vinden?'

'Nee, dat niet, maar ik weet wel waarom Jennifer Wright de adoptie niet graag bespreekt met Delaney. Ze wil niet dat haar dochter weet dat ze voor haar hebben betaald.'

'Misschien was dat de enige manier waarop ze een baby konden krijgen,' zei Willy. 'Ze waren bijna vijftig toen ze haar kregen. Het laat ook zien hoe graag ze haar wilden.'

'Misschien wel,' gaf Alvirah toe. 'Maar voor mij is het één ding voor een jonge vrouw om haar kind op te geven, maar iets heel anders om het daarna aan de hoogste bieder te verkopen.'

Ze was even stil en zei toen: 'Ik ga dit niet aan Delaney vertellen. Ik zeg wel dat het een doodlopend spoor was.'

'Ga je het opgeven of blijf je zoeken naar Delaneys moeder?'

'Natuurlijk blijf ik zoeken,' zei Alvirah overtuigd. 'Ik weet dat de vrouw die hen in contact heeft gebracht met Cora Banks dood is, maar met een beetje geluk was ze een loslippig tiepje en heeft ze iets tegen haar vrienden of familie gezegd.'

'Wie zijn dat?'

'Daar moet ik achter komen,' zei Alvirah. 'Ik zal haar rouwadvertentie opzoeken. Daar staan vast familieleden in. Daar kan ik bij beginnen.'

Ze staken de brug van Pennsylvania naar New Jersey over en reden op de tolweg richting Manhattan toen Alvirah plotseling zei: 'Weet je, Willy, ik vond sommige van die tegels echt mooi. Ik ben echt wakker geschud door al die foto's van hoe ze er in een keuken of een badkamer uit zouden zien. Ik heb mezelf beloofd dat we gaan renoveren als we Delaneys moeder opsporen. Maar alleen als we haar hebben gevonden.'

Willy zuchtte. ‘Schat, je bedoelt dat ik ga renoveren terwijl jij toekijkt.’

Alvirah glimlachte naar hem. ‘Willy, ik heb altijd al gezegd dat je een slimmerik was.’

20

Delaney en Jon liepen naar 75th Street. Vlak voordat ze First Avenue bereikten gingen ze het restaurant Neary's binnen.

'Toen ik in New York opgroeide, kwam ik hier vaak met mijn vader,' zei Jon terwijl ze naar een tafel werden gebracht. Hij keek om zich heen. 'Het is hier tijdloos. Er is niets veranderd.'

'Het is mijn eerste keer,' bekende Delaney.

'Het heeft een rijke historie. Het was de favoriete stek van gouverneur Carey, die erom bekendstaat dat hij zei dat de Heer water in wijn veranderde en dat Jimmy Neary precies het omgekeerde deed.'

Delaney moest lachen. Ze besefte dat het voelde alsof ze Jon al jaren kende. Ze voelde ook dat ze enorm blij was dat hij plotseling verschenen was nadat hij een maand niets van zich had laten horen.

Het was een avond waarop ze elkaar beter leerden kennen. Ze vertelde hem dat ze rechtbankverslaggever was en het een geweldige baan vond, maar dat ze op het punt stond de vaste nieuwslezer van het zesuurjournaal te worden in plaats van alleen maar een plaatsvervanger.

'Dat is een flinke promotie,' merkte Jon op. 'Trouwens, ik weet nog dat je van chardonnay houdt.'

'En jij van wodka-martini's,' reageerde Delaney.

Zij zat op een bank. Hij zat tegenover haar en keek haar recht in haar ogen.

Nadat hij de drankjes besteld had, zei Jon: 'Hoor ik twijfel in je stem over een fulltime nieuwslezer worden?'

'Nee hoor. Ik vind het geweldig, maar ik vind rechtbankverslaggever zijn ook leuk. Ik vraag me af of mensen echt weten hoe het is om te zien hoe een verdachte in de rechtszaal moet toekijken terwijl getuigen de laatste nagels in zijn of haar doodskist slaan.'

'Jij doet de rechtszaak van Betsy Grant. Ik heb erover gelezen.'

'Ja, dat klopt.'

'Het kwam over als een uitgemaakte zaak. Ze was alleen in huis met haar echtgenoot, want die verzorgster ging zomaar opeens ziek naar huis.'

'Insinueer je nu dat Betsy Grant de verzorgster iets heeft gegeven zodat ze ziek werd?' vroeg Delaney, verbaasd over de woede die ze opeens voelde.

'Ho ho, je hoeft niet boos op me te worden,' protesteerde Jon. 'Delaney, zoals Will Rogers zei: "Ik weet alleen wat ik in de kranten heb gelezen".'

Delaney liet zich vermurwen. 'Ja, natuurlijk. Ik reageer wat heftig, maar ik kromp bijna ineen toen ik zag hoe ze keek naar de begrafenisondernemer en die stiefzoon van haar. Toen de patholoog over de klap vertelde die haar echtgenoot had gedood, bleef ze maar met haar hoofd schudden, alsof ze het ontkende.'

Jon keek haar aan zonder te antwoorden.

'Ik weet wat je denkt,' verweerde Delaney zichzelf. 'Of ze nou schuldig of onschuldig is, ze had precies hetzelfde kunnen reageren.'

Jon knikte.

Delaney wist dat het tijd was om van onderwerp te veranderen. Ik ben best goed in objectief blijven tijdens rechtszaken. Waarom verdedig ik de vrouw die heel goed schuldig kan zijn aan de moord op een weerloze alzheimerpatiënt? Ze wist het antwoord op die vraag niet. De ober zette hun drankjes op tafel.

'Toen ik vroeg wat je naar New York bracht zei je dat ik de reden was. Dat is een lief compliment, maar het is niet waar. Waarom ben je vanuit Washington hiernaartoe gekomen?'

Jon wachtte tot de ober buiten gehoorsafstand was.

Hij fluisterde zo zacht dat Delaney hem bijna niet kon verstaan. Hij zei: 'Van Washington tot aan Boston, dus langs de hele East Coast, verkoopt een geraffineerde groep dokters via apothekers illegale recepten door aan voorname mensen, zoals beroemdheden en Wall Street-types. Er worden zo bakken met geld verdiend door de dokters. Ze hebben kort een afspraak met een patiënt, of soms zelfs dat niet eens, en geven ze dan een recept voor sterke pijnstillers als Percocet en Oxycodon. Apothekers zijn wettelijk verplicht om de autoriteiten te waarschuwen wanneer ze verdachte recepten krijgen, maar ze verdienen geld met het verstrekken van de medicijnen, dus sommigen staan het oogluikend toe. Het proces creëert niet alleen duizenden verslavingen, maar houdt ze ook in stand.'

'Waren deze verslaafden vooral recreatieve gebruikers?'

'Sommigen begonnen inderdaad als recreatief gebruiker, en raakten vervolgens verslaafd. In andere gevallen zijn het mensen aan wie op medische grond pijnstillers werden voorgeschreven door dokters. Als de behandelende artsen geen recepten meer voor hen wilden uitschrijven, vonden ze een andere dokter die dat wel deed. Voor de *Washington Post* doe ik onderzoek naar zo'n criminele groep. Ik weet dat de politie enkele apothekers en dokters in de gaten houdt in Washington en Boston.'

'Je bedoelt dat ze aan mensen als Steven Harwin verkopen?' vroeg Delaney.

'Dat is precies wat ik bedoel. Hij kreeg waarschijnlijk sterke pijnstillende medicijnen tijdens zijn leukemiebehandelingen. Uiteindelijk raakte hij verslaafd.'

'Heb je ook al aanwijzingen of namen voor dit gebied?'

'Een paar, niet veel. Genoeg voor een begin.'

Toen ze de menukaarten kregen, zei Jon monter: 'Nog even interessant doen: toen Bloomberg burgemeester was, belde hij Jimmy vaak om te zeggen dat hij en Diana onderweg waren en hij de gebraden kip alvast klaar kon gaan maken.'

'Dat is precies wat ik wilde nemen.'

Nadat ze hun bestelling hadden doorgegeven, nipte Jon van zijn martini en Delaney van haar wijn. Tijdens hun eerste afspraak vorige maand hadden ze hun hobby's vergeleken. Toen Delaney hem had verteld dat haar favoriete bezigheden paardrijden, *hiken* en skiën waren, had Jon gezegd: 'Die laatste twee doe ik ook, maar ik heb nooit de kans gekregen om paard te rijden toen ik opgroeide. Ik 'bereed' vooral de metro. Mijn vader en grootvader waren inspecteurs bij de politie van New York.'

De avond vorderde en het gesprek werd intiemer terwijl ze over zichzelf praatten. Jon was twee jaar ouder dan zij. Dat had hij bij het diner vorige maand al gezegd, maar vanavond voegde hij eraan toe: 'Ik was een eeneiige tweeling. Mijn broertje stierf tijdens de geboorte. Ik weet dat mijn moeder nog steeds om hem rouwt. Ik zie nog steeds tranen in haar ogen wanneer we mijn verjaardag vieren.'

Delaney had Jon verteld dat ze geadopteerd was, maar toch verbaasde ze zichzelf toen ze zei: 'Ik vraag me af of mijn moeder om mij rouwt op mijn verjaardag.'

'Vast wel.'

Twee uur later betaalde Jon de rekening en liep hij met haar naar haar huis. Delaney besefte weer hoe fijn het voelde om Jons arm om zich heen te hebben. Tijdens hun etentje was de septemberavond sterk afgekoeld.

'Het skiseizoen valt misschien wel vroeg dit jaar,' zei Jon met een tevreden stem.

'Ik hoop het,' zei Delaney enthousiast.

In de foyer van haar gebouw nodigde ze hem nog uit om naar boven te komen voor een slaapmutsje, maar hij schudde zijn hoofd. 'Een ander keertje.' Hij gaf haar een kus op haar wang en terwijl de portier de deur voor hem openhield, draaide hij zich om en liep hij naar haar terug.

'Delaney, geloof je in liefde op het eerste gezicht?'

Hij beantwoordde zijn eigen vraag al voor zij dat kon. 'Ik wel.'

Toen was hij weg.

21

Angela Watts, de verzorgster, was de volgende getuige. Delaney vond dat ze net zo nerveus leek als Carmen was geweest. Nadat haar achtergrond en haar ervaring als verzorgster in de thuiszorg waren vastgesteld, vroeg de officier van justitie naar haar relatie met de familie Grant.

In tegenstelling tot Carmen beantwoordde ze de vragen zonder uit te weiden.

'U was dr. Grants verzorger?'

'Ja, dat klopt.'

'Hoelang werkte u al voor hem?'

'Drie jaar, twee maanden en vier dagen.'

'Op welke tijden zorgde u voor dr. Grant?'

'Ik werkte zes volle dagen, maar op zondag was ik vrij.'

'Wie verzorgde dr. Grant op zondag?'

'Mevrouw Grant.'

'Was u in het huis aanwezig de avond dat dr. Grant stierf?'

'Ja. Ter ere van zijn verjaardag werd er een diner gehouden.'

'Wie waren bij dit diner aanwezig?'

'Dr. en mevrouw Grant, Alan Grant. Twee dokters met wie dr. Ted vroeger samenwerkte en hun vrouwen.'

'Hoe gedroeg dr. Grant zich die avond?'

'Toen er cocktails werden gedronken in de woonkamer raakte hij plotseling overstuur. Hij stond op, begon in zichzelf te mompelen en agressief in het rond te wijzen.'

'Wat gebeurde er toen?'

'Mevrouw Betsy sloeg haar armen om hem heen en hij kalmeerde onmiddellijk. Een paar minuten later was het tijd om te eten.'

'Zat u aan tafel?'

'Ja. Carmen Sanchez had gekookt en serveerde het diner.'

'Hoe gedroeg dr. Grant zich tijdens het eten?'

'Aanvankelijk prima. Hij was stil, maar gedroeg zich goed.'

'Wat gebeurde er toen?'

'Hij stond opeens op. Zijn gezicht stond boos, bijna verwrongen van woede. Hij duwde zijn stoel zo hard weg dat die omviel. Hij wierp zichzelf bijna over de tafel heen en gooide veel borden en glazen omver.'

'Wat was mevrouw Grants reactie?'

'Ze probeerde hem terug te trekken, maar hij draaide zich om en sloeg haar in het gezicht. Toen werd hij door de andere dokters en zijn zoon gegrepen, die hem wilden kalmeren. Hij was enorm van slag en moest huilen. Terwijl zij hem troostten, stelde ik voor om hem naar zijn slaapkamer te brengen en hem in bed te leggen.'

'Wat gebeurde er daarna?'

'Dr. Clifton, Alan en ik brachten hem naar zijn slaapkamer.'

'En toen?'

'Ik wilde hem net zijn pyjama aantrekken toen ik me plotseling ziek voelde.'

'Kunt u dit plotselinge gevoel beschrijven?'

'Ik voelde me misselijk en licht in mijn hoofd. Heel erg licht.'

'U zei dat dit plots kwam opzetten?'

'Het kwam volledig uit het niets.'

'Wat deed u toen?'

'Iedereen bleef maar zeggen: "Ga toch naar huis en doe rustig aan. Wij zorgen voor hem." Ze vroegen of ik wel kon autorijden. Ik zei dat ik dat wel kon en uiteindelijk ben ik vertrokken. Thuis ging ik onmiddellijk naar bed. Ik werd op mijn gebruikelijke tijd wakker, zes uur. Wat er ook mis met me was geweest, het was voorbij. Ik voelde me prima.'

'Weet u of er die avond iemand anders dan mevrouw Grant in het huis bleef?'

'Mevrouw Grant vertelde me dat alle andere gasten nog een uurtje bleven en weggingen toen ze zeker wisten dat hij sliep.'

'En dat betekent dat mevrouw Grant 's nachts alleen met haar echtgenoot in het huis was, toch?'

'Ja.'

'Bent u de volgende ochtend naar het huis van de Grants teruggegaan?'

'Ja.'

'Hoe laat?'

'Acht uur.'

'En u kende de code van vier getallen om het alarm uit te zetten?'

'Ja, dat klopt.'

'Toen u de ochtend waarop dr. Grant dood werd aangetroffen arriveerde, was de voordeur toen op slot of niet?'

'Op slot.'

'Stond het alarmsysteem uit- of ingeschakeld?'

'Het stond aan. Ik heb het met de code uitgezet.'

'Wat deed u toen u het huis betrad?'

'Ik hing mijn jas op en ging direct naar dr. Grants kamer. Eerst dacht ik dat hij nog sliep, maar toen ik naast het bed stond zag ik dat hij niet meer ademde. Ik raakte zijn nek en zijn gezicht aan. Ze waren zo koud. Ik wist dat hij dood was.'

'Wat deed u toen u wist dat hij dood was?'

'Ik belde het alarmnummer en haastte me toen naar mevrouw Grants kamer om het haar te vertellen.'

'Lag mevrouw Grant nog in bed?'

'Ze was in de badkamer. Toen ik haar riep deed ze de deur open. Ze had de föhn in haar hand en was haar haar aan het drogen. Ik vertelde haar dat dr. Grant in zijn slaap was overleden.'

'Wat was haar reactie?'

'Ze zei geen woord. Ze keek me alleen aan. Toen gooide ze haar föhn op het bed en liep langs me heen. Ik volgde haar naar dr. Grants kamer.'

'Wat deed ze daar?'

'Ze aaide zijn gezicht met haar handen.'

'Zei ze iets?'

'Ja, ze zei: "O, lieveling, nu hoef je niet meer te lijden."'

'Hoe gedroeg ze zich?'

'Kalm, heel kalm. Ze zei: "Angela, je zei dat je het alarmnummer gebeld had?" Toen ik dat beaamde, zei ze: "Ik kan me beter gaan aankleden." Ze liep dr. Grants slaapkamer uit zonder nog een keer naar hem te kijken.'

Het klinkt allemaal zo slecht, dacht Betsy paniekerig. Ik was in shock. Ik voelde me al enkele jaren alsof het zwaard van Damocles boven mijn hoofd hing. Ik zag hoe deze prachtige man aftakelde. Ik had net besloten dat ik hem in een verpleeghuis moest stoppen voordat hij zichzelf of mij of iemand anders pijn deed. Ik was opgelucht dat hij overleed voordat dat nodig was. Ze probeerde de brok in haar keel weg te slikken toen ze terugdacht aan hoe Ted haar in zijn rationele momenten had gesmeekt om hem thuis te houden.

'Wat gebeurde er toen?'

'Mevrouw Grant kleedde zich heel snel aan. Ze was net terug in dr. Grants slaapkamer toen de politieagent aankwam.'

Elliot Holmes wachtte even en zei toen: 'Mevrouw Watts, laten we teruggaan naar wat er onmiddellijk na het diner gebeurde. U heeft verklaard dat u, Alan Grant en dr. Scott Clifton dr. Grant terug naar zijn kamer brachten omdat hij van streek was geraakt bij het eten. Stond er een voorwerp of iets ter decoratie naast zijn bed?'

'Ja.'

'Kunt u het alstublieft beschrijven?'

'Het was een vijzel met daarin een stamper die op een plaque stond. Dr. Grant had hem gekregen als een geschenk van het Hackensack-ziekenhuis.'

'En de stamper was een voorwerp dat opgepakt kon worden en weggehaald kon worden uit de vijzel. Klopt dat?'

'Ja.'

'Mevrouw Watts, herinnert u zich of de stamper zich op het nachtkastje bevond toen u dr. Grant naar bed bracht na het diner?'

'Ja. Die was er nog. Hij zat in de vijzel.'

'En dat weet u zeker?'

'Ja, dat weet ik zeker.'

'Mevrouw Watts, ik ga u nu vragen stellen over een ander onderwerp. Hebt u Peter Benson ooit ontmoet?'

'Nee, die heb ik nooit ontmoet.'

'Kent u de naam wel?'

'Ja, dat wel.'

'Weet u of mevrouw Grant ooit met meneer Benson afsprak?'

'Ja, dat weet ik. Ze had soms een eetafspraak met hem en ze heeft me zijn telefoonnummer gegeven voor het geval ik haar moest bereiken en ze haar mobieltje niet opnam.'

'Wanneer u het woord "soms" gebruikt, hoe vaak bedoelt u dan?'

'Ik zou zeggen een paar keer per maand.'

'Wanneer had ze voor het laatst met hem gegeten?'

'De avond voor de verjaardag.'

'Praatte mevrouw Grant weleens met u over Peter Benson?'

'Nee, ze had alleen verteld dat hij een oude vriend was van de middelbare school. Veel meer zei ze niet. Maar ze leek altijd erg opgewekt als ze met hem had afgesproken.'

'Verder geen vragen meer,' zei de officier van justitie. Er lag duidelijk een grijns op zijn gezicht toen hij een blik wisselde met de voorzitter van de jury.'

De rechtszaal was stil toen de officier terugliep naar zijn stoel. Delaney vroeg zich af hoe de verdediging de getuigenis van de verzorgster ging aanvechten. De rechter zei: 'Meneer Maynard, uw getuige.'

'Mevrouw Watts, u gaf aan dat u zes dagen per week in het huis woonde. U impliceerde dat dit voor de hele dag gold. Klopt dat?'

'Ja.'

'Wanneer mevrouw Grant wegging om Peter Benson te zien, hoe laat ging ze dan vaak van huis weg?'

'Meestal tussen half vijf en vijf uur.'

'En hoe laat kwam ze dan terug?'

'Meestal tussen half elf en elf uur.'

'Kunt u zich een keer herinneren dat ze hetzij niet thuiskwam, hetzij tot later weg bleef?'

'Nou, om eerlijk te zijn, meestal viel ik rond tien uur in slaap. Maar ik slaap erg licht en ik hoorde haar vaak thuiskomen wanneer de garagedeur openging. Maar ik zou absoluut zweren dat ze nooit later dan elf uur thuis is gekomen.'

'Heeft ze u ooit verteld dat ze niet thuis zou komen na een van deze etentjes?'

'Nee, ze kwam altijd thuis.'

'En ze sliep altijd in de kleine slaapkamer op de begane grond zodat ze bij dr. Grant in de buurt zou zijn als hij 's nachts wakker werd?'

'Ja, ze hielp me altijd om voor hem te zorgen als hij 's nachts wakker werd.'

'Mevrouw Watts, u heeft verklaard dat u uw eigen voordeursleutel had en dat u de code van het alarm kende. Is dat correct?'

'Ja.'

'Had, voor zover u weet, iemand anders de sleutel en de alarmcode?'

'Nou, mevrouw Grant had natuurlijk een sleutel, en Carmen, de huishoudster. Zij wisten ook allebei de code.'

'Dan zitten we op drie sleutels. Had iemand anders een sleutel, of waren er nog reservesleutels?'

'Toen ik er net begon met werken waren er vier sleutels. Dr. Grant had er eentje. Maar een paar jaar geleden verloor hij die of raakte hij hem kwijt. We hebben hem nooit teruggevonden.'

'Mevrouw Watts, de meeste moderne alarmsystemen houden elektronisch precies bij wanneer een alarm in- of uitgeschakeld wordt en zelfs wanneer welke sleutel gebruikt wordt. Kon het alarmsysteem bij de Grants thuis dat ook?'

'Nee, het was een erg oud systeem. Dat was allemaal niet mogelijk.'

'Werd er ooit de mogelijkheid geopperd om het systeem te moderniseren of het te vervangen voor een nieuwe?'

'Ik vroeg mevrouw Grant er weleens naar, maar ze zei dat het makkelijker was voor dr. Grant als de dingen zo veel mogelijk hetzelfde bleven. Toen ik begon als verzorgster van dr. Grant, kon hij zelf de deur van het slot halen en op echt goede dagen tikte hij ook zelf de code in. Maar de afgelopen paar jaar lukte hem dat niet meer.'

'Hebt u ooit gezien dat dr. Grant op een van zijn goede dagen de code intikte?'

'Ja.'

'Terwijl hij de getallen intikte, deed hij dan ook wat anders?'

'Ja. Hij zei de getallen hardop.'

'Zei hij ze hard genoeg zodat jij ze kon horen?'

'Ja.'

'Dus u verklaart dat, in de tijd dat u in het huis van de Grants werkte, er in totaal vier sleutels waren en dat de alarmcode in al die jaren hetzelfde is gebleven. En een van de vier sleutels die iemand toegang konden verschaffen tot het huis is een paar jaar geleden verdwenen. En dr. Grant had de gewoonte om de alarmcode zo hard uit te spreken dat iedereen die erbij was het zou hebben kunnen horen. Is dat correct?'

'Ja.'

Maynard wachtte een moment terwijl hij naar de jury keek. Toen draaide hij zich naar de rechter en zei: 'Verder geen vragen meer.'

22

Steven Harwins vader gaf twee dagen na de dood van zijn zoon een persconferentie.

'Steven was pas drieëntwintig maar had al leukemie overwonnen. Hij studeerde cum laude af van Bowdoin College en begon toen het 'Vijf dollar per maand'-fonds om vooral jonge mensen betrokken te krijgen bij het onderzoek voor kanker. Hij slikte pijnstillers tijdens zijn gevecht tegen leukemie en raakte verslaafd, iets waar hij dapper tegen vocht maar wat hij niet wist te overwinnen. De pillen die werden aangetroffen in zijn appartement waren sterk. Ik zal de persoon of personen vinden die hem deze pillen verkocht hebben en laten zien wat voor schoften het zijn.'

Daarna werd het de regisseur van vier Academy Award-winnende films te kwaad en draaide hij weg van de camera's.

Delaney zat in de studio met Don Brown. Samen keken ze naar het interview.

'Ik zou niet de man willen zijn die die pillen aan Lucas Harwins zoon verkocht heeft,' merkte Delaney op.

'Ik zou me ook zo voelen als het mijn zoon was geweest,' zei Don fel. 'Sean is zestien, precies de leeftijd waarop kinderen in de problemen raken. Ik heb geluk dat ik hem naar een particuliere school kon sturen. Ik weet dat dat geen garantie is dat hij van drugs weg zal blijven, maar ze hebben wel vorig jaar een ouderejaars van zijn oude school geschorst die drugs verkocht in de kleedkamer.'

Vince Stacey, de regisseur van het nieuws, begon af te tellen. Bij 'een' waren ze weer live en begon Delaney haar verslag van het proces van Betsy Grant.

'De getuigenis van Angela Watts, de verzorgster van wijlen Edward Grant, was niet gunstig voor Betsy Grant,' begon Delaney, 'vooral toen ze vertelde dat Betsy de avond voor het verjaardagsfeestje een etentje had gehad met Benson, een oud-klasgenoot.'

Ze vatte daarna de rest van de getuigenis van de verzorgster samen. 'Het alarm stond aan toen de verzorgster die ochtend bij het huis aankwam, een grote meevaller voor de officier van justitie. Het maakt het zeker een stuk moeilijker voor de verdediging om te beargumenteren dat een insluiper het huis heeft betreden.'

'Hoe reageerde Betsy Grant terwijl ze naar die getuigenis luisterde?' vroeg Don.

'Ze leek erg kalm,' zei Delaney, 'maar we reageren allemaal anders.'

'Goede reportage, Delaney. Bedankt.' Don keek naar camera een. 'De politie van New York City is op zoek naar...'

Reageerde iedereen echt anders? vroeg Delaney zich af terwijl de reclame van start ging. Ze besefte dat ze zesentwintig jaar was, maar nog niet de dood van een familielid of vriend van dichtbij had meegemaakt. Zelfs toen haar adoptieouders de vijfenzeventigjarige verjaardag van haar moeder hadden gevierd, had ze zichzelf gerustgesteld met de gedachte dat vijfenzeventig het nieuwe zestig was en dat ze allebei makkelijk nog vijftien of twintig jaar zouden kunnen leven.

Toen de uitzending voorbij was, zei ze dat tegen Don.

‘Jij hebt ook verdriet gekend in je leven,’ zei hij zakelijk. ‘Weet je nog hoe emotioneel je was toen we naar dat stuk keken over de reünie van de vader en de zoon? Wat je voelde was je verdriet over je eigen situatie, niets meer of minder.

‘Dat klopt misschien wel,’ was Delaney het met hem eens. ‘Je hebt gelijk.’

Ze herinnerde zich een item dat de zender zes maanden geleden had uitgezonden. Een tweejarige was ’s nachts uit huis geglipt. De moeder, die doodsangsten uitstond, had de volgende ochtend vroeg voor de camera gestaan, smekend om hulp. Het kind werd ongeveer een kilometer verderop ongedeerd gevonden, slapend op een parkbankje. Delaney kon zich nog heel goed de blijdschap van de moeder voor de geest halen terwijl ze de peuter vasthield en uitvoerig de vrouw bedankte die haar had gevonden.

Ze vrolijkte zichzelf op met de hoop dat Alvirah misschien die langverwachte hereniging voor haar zou kunnen realiseren.

23

Alvirah was bij het proces aanwezig geweest toen dr. Grants verzorgster haar verklaring aflegde. Ze had niet de kans gezien om met Delaney te praten, omdat die snel terug moest naar de studio.

De middag was warm geweest. Zij en Willy dronken hun vijfuurcocktail op het balkon van het appartement. Ze keek peinzend naar het park aan de overkant van de straat.

'Willy, hoe zou jij je voelen als je werd verteld dat je ouders je hadden gekocht?'

'Ik denk dat ik me gevleid zou voelen dat iemand geld voor me zou willen betalen.'

'Maar hoe zou je je voelen als je biologische moeder, of haar ouders omdat zij te jong was, hadden besloten om je te verkopen, maanden voordat je geboren was?'

'Ik zou niet veel goeds over hen te zeggen hebben,' zei Willy kordaat.

'Ik ook niet. Dat baart me zorgen. Ik bedoel, stel dat ik Delaneys echte moeder vind. Zal Delaney wel willen weten dat ze als kind als een meubel- of kledingstuk verpand is?'

'Dat is moeilijk te zeggen. Maar als de moeder zelf ook nog maar een kind was, dachten haar ouders misschien dat ze te jong was om voor een baby te zorgen.'

'Waarom zouden ze dan niet naar een rechtmatig adoptiebureau zijn gegaan, waar de adoptieouders zorgvuldig uitgekozen zouden worden?'

'Schat, ik ben het helemaal met je eens. Maar, aan de andere kant, waren de Wrights niet best oud toen ze Delaney adopteerden? Delaney is nu zesentwintig en heeft onlangs haar moeders vijfenzeventigste verjaardag gevierd. Dan was haar moeder toen negenenveertig. Ik weet dat Delaneys vader een of twee jaar ouder is. De regels zijn tegenwoordig soepeler geworden, maar ik durf te wedden dat ze zesentwintig jaar geleden bij een gewoon adoptiebureau zouden zijn weggestuurd.'

Willy nam een slokje van zijn whisky met ijs. Hij genoot van elke druppel, want hij nam nooit een tweede. In tegenstelling tot Alvirah, die zichzelf soms een tweede glas wijn gunde.

De avond begon plotseling af te koelen. 'In plaats van er hier nog eentje te nemen, kunnen we ook naar binnen gaan,' stelde Alvirah voor.

Zoals altijd ging Willy erin mee. Hij nestelde zich in zijn gemakkelijke leren stoel en Alvirah ging op haar gebruikelijke plek op de bank zitten. Willy kon zien dat ze in gedachten verzonken was.

Een paar minuten verstreken. Willy hield de klok in de gaten zodat ze het zesuurjournaal niet zouden missen en naar Delaneys reportage van de rechtszaak konden kijken.

Vlak voordat hij de afstandsbediening wilde pakken om de televisie aan te zetten, zei Alvirah: 'Willy, ik heb Betsy Grant goed bekeken. Ze is een erg mooie vrouw, maar ik zweer je dat er iets aan haar...' Haar stem stierf weg.

'Wat is er met Betsy Grant?' vroeg Willy.

'Ik weet het niet,' zei Alvirah langzaam, 'maar ik kom er wel achter. Ik kom er altijd achter.'

24

Dr. Kent Adams was de volgende getuige. Hij was tweeënzestig jaar, een dunne gestalte gehuld in een grijs krijtstreeppak. Elke lok van zijn dunne witte haar zat keurig op zijn plek. Achter zijn randloze bril gingen milde bruine ogen schuil. Hij straalde evenwichtigheid en zelfvertrouwen uit.

Nadat hij de eed had afgelegd, stak de officier van justitie van wal. Zijn manier van doen was aanmerkelijk minder agressief dan toen hij Carmen en Angela had ondervraagd.

Adams verklaarde dat hij een chirurg was die al vele jaren samengewerkt had met dr. Edward Grant en dr. Scott Clifton in hun orthopedische praktijk.

'Dr. Adams, merkte u na verloop van tijd bepaalde veranderingen op in dr. Ted Grant?'

'Helaas wel. Ik zag ze. Wij allemaal.'

'Wat waren die veranderingen?'

'Ted was een voortreffelijk chirurg die een geweldige band had met zijn patiënten. Hij was enorm zorgzaam voor al zijn patiënten en was altijd vriendelijk en behulpzaam tegenover het personeel. Maar hij veranderde. Hij werd vergeetachtig en deed steeds geïrriteerder en ongeduldiger tegen ons. Deze veranderingen werden door de maanden heen steeds duidelijker.'

'Wat deed u?'

'Dr. Scott Clifton en ik deelden onze bezorgdheid met Betsy Grant.'

'Hoe reageerde zij?'

'Ze was erg van streek, maar dat kwam niet door ons. Ze was het volledig met ons eens dat er iets heel erg mis was met Ted en we besloten om gezamenlijk met hem te gaan praten.'

'Hebt u dat gedaan?'

'Ja. Het was erg onaangenaam.'

'Waarom?'

'Ik denk dat het een combinatie was van Ted die het ons kwalijk nam dat we dit probleem aankaartten, maar tegelijkertijd een erkenning van zijn kant dat we hem de waarheid vertelden en ons erg zorgen maakten om hem.'

'Maakte u zich ook zorgen om het welzijn van zijn patiënten?'

'Absoluut. Dr. Clifton en ik wisten dat we ook dat moesten bespreken.'

'Wat gebeurde er toen?'

'Ted onderging met tegenzin een groot aantal testen en helaas was de diagnose die daaruit kwam dat hij een variant van alzheimer had die zich al op jonge leeftijd deed gelden.'

'Hoe functioneerde hij daarna binnen de praktijk, als hij dat al deed?'

'Hij bleef met enige regelmaat naar het kantoor komen, maar hij voerde geen operaties meer uit en was voor geen enkele patiënt meer de behandelend arts. Naarmate de maanden verstreken nam de tijd die hij in het kantoor doorbracht flink af.'

'Had het zijn weerslag op de rest van de praktijk?'

'Ja. Nu Ted geen actief vennoot meer was binnen de praktijk, was het tijd voor een evaluatie. Dr. Clifton en ik hadden verschillende ideeën over hoe de praktijk gerund zou moeten worden. Na flink wat discussies besloot ik te vertrekken en mijn eigen praktijk op te richten. Sommigen van dr. Grants patiënten gingen met mij mee, anderen bleven bij dr. Clifton.'

'Hoelang geleden ongeveer scheidde u uzelf van de praktijk af?'

'Ongeveer zeven jaar geleden.'

'Hoe ging dat in zijn werk?'

'Ik opende ongeveer twee kilometer verderop een praktijk, nog steeds in Fort Lee. Dr. Clifton bleef op dezelfde plek.'

'Bleef u dr. Ted Grant en Betsy Grant daarna nog zien?'

'Ja, ik bezocht ze bij hen thuis.'

'Weet u of dr. Grant de praktijk bleef bezoeken waar dr. Clifton bleef?'

'Betsy Grant heeft me verteld dat ze hem nog steeds ruwweg om de zes weken naar dr. Cliftons kantoor bracht. Hij genoot ervan om met het personeel te praten en in zijn oude omgeving te zijn.'

'Dr. Adams, ik vraag u nu om uw aandacht te vestigen op 21 maart van vorig jaar, de avond voordat dr. Grant dood werd aangetroffen. Waar was u die avond?'

'Dr. Grants vrouw, Betsy, had besloten om die avond zijn verjaardag te vieren. Mijn vrouw en ik waren uitgenodigd.'

De vragen van de officier ontlokten daarna dezelfde soort informatie die de eerdere getuigen hadden verteld, inclusief dezelfde twee momenten waarop dr. Grant erg van streek raakte. Dr. Adams herinnerde zich dat Ted Grant boos naar iedereen gewezen had tijdens de cocktails, dat hij iets geroepen had waarvan dr. Adams vermoedde dat het het woord 'vind' moest zijn geweest.

Toen hem werd gevraagd of dr. Grant Betsy die avond had

geslagen, antwoordde hij dat Betsy Grant gehuild had toen ze zei: "Ik kan het niet meer aan". Hij voegde eraan toe dat Ted Grant naar zijn idee Lisa Clifton probeerde aan te vliegen toen hij zich op de tafel stortte.

'Dr. Adams, ik heb nog maar een paar vragen over die avond. Waar aan tafel zat Angela Watts?'

'Het was een ronde tafel. Angela Watts zat rechts van Ted. Zijn zoon zat links van hem.'

'Waar zat mevrouw Betsy Grant?'

'Aan de rechterkant van Angela en links van mij.'

'Dank u, dokter. Ik heb verder geen vragen meer.'

Ik zie wat hij insinueert, dacht Delaney. Betsy had iets in Angela Watts' drankje kunnen doen om haar ziek te maken. Maar als ze van plan was om haar echtgenoot te vermoorden, waarom zou ze dan die avond mensen hebben uitgenodigd voor een etentje? Maar misschien heeft de officier van justitie gelijk. Misschien was die klap uiteindelijk toch de laatste druppel.

Robert Maynard stond op. 'Edelachtbare, ik heb een paar vragen. Dr. Adams, zou u zeggen dat Betsy Grant altijd alles probeerde om Ted gelukkig te maken?'

'Ja.'

'Kunt u alstublieft beschrijven hoe ze voor hem zorgde toen zijn gezondheid achteruitging?'

'Ze was altijd bezorgd over hem en aan hem toegewijd. Zijn aandoening brak haar hart, vooral omdat hij een lange tijd doorhad dat hij achteruitging. Hij was altijd een geweldige echtgenoot en een voortreffelijk dokter geweest. Maar hij raakte op een gegeven moment volledig afhankelijk van Betsy en zijn verzorgster.'

'U heeft verklaard dat toen u die avond op het feestje was,

hij haar aanviel en dat ze zei: “Ik kan het niet meer aan.” Hebt u ooit gehoord dat ze hem dreigde pijn te doen?’

‘Helemaal nooit.’

‘Wat is uw visie op haar opmerking van die avond?’

‘Ik had zo veel medelijden met haar. Ze leek gewoon uitgeput. Ik denk dat iedereen hetzelfde gezegd zou hebben onder die omstandigheden.’

Holmes trok een grimas toen Robert Maynard zei: ‘Verder geen vragen meer.’

Dr. Scott Clifton was de volgende getuige. Zijn getuigenis was grotendeels identiek aan die van dr. Kent Adams, maar het was duidelijk dat hij veel gereserveerder was. De toon van zijn stem en zijn houding waren minder meevoelend wanneer hij over Betsy praatte. Hij vertelde ook dat hij zich gericht had op het kalmeren van Ted Grant en de vijzel niet opgemerkt had. Hij kon ook niet vertellen of de stamper daar wel of niet was geweest.

Toen dr. Clifton klaar was, schortte de rechter de zaak op tot de volgende dinsdagochtend.

25

Alvirah zette haar vastberaden zoektocht naar Delaneys biologische moeder voort. 'Stap twee,' zei ze tegen Willy terwijl ze naar Oyster Bay aan de noordkust van Long Island reden. 'Ik wil het huis waar Delaney is opgegroeid goed bekijken,' zei ze. Ze praatte door de stem van het navigatiesysteem heen.

'Dat was "sla over honderd meter rechts af".' Willy hoopte dat hij het bij het rechte eind had en concentreerde zich op de weg in dit onbekende gebied.

Hij ging naar rechts en zag dat de navigatie ongeveer anderhalve kilometer een rechte lijn aangaf, zelfs voor de mechanische stem al zei: 'Over anderhalve kilometer rechts afslaan.'

'Dit is een prachtige omgeving,' zei Alvirah bewonderend. 'Weet je nog hoe ik jaren geleden dat doordeweekse schoonmaakwerk in dat huis in Oyster Bay aangeboden kreeg, maar dat het onhandig was om erheen te gaan zonder auto en jij de auto nodig had voor je werk?'

'Ik weet het nog, schat,' zei Willy. 'Ik had toen nooit gedacht dat we ooit de loterij zouden winnen.'

'Ik ook niet.' Alvirah zuchtte terwijl ze terugdacht aan haar dagen als schoonmaakster, die ze doorbracht met stofzuigen, afstoffen en het slepen van zware handdoeken en beddengoed naar de waskamers in de kelder.

De laatste bocht bracht hen bij Shady Nook Lane. Het was

een doodlopende straat waar de kavels een grondgebied hadden van een halve hectare of meer. De bomen zaten nog goed in het blad en de azalea's en de chrysanten bloeiden in de berm. Er stonden stijlvolle bakstenen gebouwen in tudorstijl, en ook grote villa's met veranda's.

Willy was op de nummers op de brievenbussen aan het letten. 'Deze is het,' zei hij. Hij remde af en stopte voor een grote woning.

'Dat huis doet me denken aan Mount Vernon,' zei Alvirah goedkeurend. Toen voegde ze eraan toe: 'Je kunt zien dat het niet bewoond is omdat er geen gordijnen hangen. Maar Delaney heeft me verteld dat het verkocht is, dus ik denk dat de nieuwe mensen er snel in zullen trekken.'

'Ik denk dat Delaney geluk heeft gehad dat ze door mensen als de Wrights is geadopteerd,' zei Willy. 'Met zo'n onderhandse adoptie is het nog maar de vraag wat voor soort ouders je krijgt.'

'Ik ben het met je eens, maar laten we nu met Delaneys oude oppas praten. We hebben geluk dat ze nog op het eiland woont.'

Een half uur later parkeerden ze voor een huis gebouwd in ranchstijl in Levittown, een gemeenschap die na de Tweede Wereldoorlog was gevormd voor terugkerende veteranen.

Bridget O'Keefe, Delaneys oude oppas, deed zelf de deur open. Een kwiek uitziende, peervormige achtenzeventigjarige met kort wit haar begroette hen met warme hartelijkheid en ging hen voor naar de woonkamer, waar op de tafel een dienblad met kopjes en een schoteltje met koekjes stond. 'Een kopje thee is altijd fijn,' kondigde ze aan. 'Ga lekker zitten, ik ben zo terug.'

Ze verdween naar de keuken.

'Geen wonder dat Delaney haar zo mag,' fluisterde Willy.

Een paar minuten later kwam Bridget terug met een theepot waar de stoom uit de tuit wasemde. 'Ik gebruik geen theezakjes,' zei ze, 'met echte thee kun je altijd nog je toekomst in de blaadjes lezen.'

Nadat ze de thee had ingeschonken en de melk, de suiker en de koekjes doorgaf, kwam ze direct ter zake. 'Jullie proberen Delaneys biologische moeder te vinden.' Het was een constatering, geen vraag.

'Dat klopt,' bevestigde Alvirah. 'We hebben wel de vrouw gevonden die naast de vroedvrouw woonde maar we hebben geen idee waar ze nu is.' Opzettelijk zei ze niet dat de vroedvrouw de baby's die ze op de wereld had gezet daarna verkocht.

'Ik begon te werken voor de Wrights op de dag dat ze Delaney mee naar huis namen,' zei ze. 'Je kunt je geen knappere zuigeling voorstellen. De meesten zijn niet zo mooi tot ze wat vlees op de botten krijgen, maar zij was prachtig, met schitterende bruine ogen en een ivoren huidje.'

'Wat vertelden ze u over haar achtergrond?'

'Victoria Carney, mevrouw Wrights vriendin die de adoptie had geregeld, had mevrouw Wright verteld dat de moeder erg jong was en het kind van Ierse komaf.'

'U kwam nooit meer te weten over haar echte moeder?'

'Niets meer. Ik denk ook niet dat de Wrights meer wisten. Maar vanaf het moment dat ze op haar derde hoorde dat ze geadopteerd was, begon Delaney zich haar moeder voor te stellen.'

'Ja, dat is ongeveer wat ze ons vertelde,' zei Alvirah. 'En de vriendin die de adoptie had geregeld?'

'Victoria Carney was een erg vriendelijke vrouw. Ze stierf

toen Delaney tien was. Ik weet dat de Wrights zich er afschuwelijk over voelden.'

'Dat is wat Delany ons heeft verteld. Ze heeft contact gehad met de nicht van Victoria Carney, maar die vertelde dat haar tante nooit over Delaneys geboorte praatte en dat ze al het papierwerk van haar tante al had weggegooid.

Zo veel wisten we al,' ging Alvirah verder, een hint van verslagenheid in haar stem, 'en we weten dat ze zo haar vraagtekens had bij de vroedvrouw die de adoptie regelde. Kunt u iemand anders bedenken met wie we zouden kunnen praten over Delaneys komaf?'

'Daar heb ik over nagedacht sinds jullie me belden,' zei Bridget. Ze zette haar kopje neer en liep naar de secretaire in de hoek van de kamer. Uit een la haalde ze foto's. 'Ik heb deze opgediept. Ik weet niet zeker waarom ik ze heb bewaard. Op een dag kwam mevrouw Carney naar het huis en vroeg ze of ze een foto kon maken van haar, Delaney en haar vriendin Edith Howell, die meegekomen was. Ze zei dat ze had opgeschept tegen mevrouw Howell over hoe mooi Delaney was en dat mevrouw Howell een foto met haar wilde nemen.

Hoe dan ook, ik nam de foto's met mevrouw Carneys camera, een van mevrouw Carney die Delaney vasthield en een van mevrouw Howell die hetzelfde deed. Ze was zo vriendelijk om me een afdruk van allebei de foto's te sturen. Ze heeft op de achterkant geschreven.'

Gretig pakte Alvirah de foto's aan. Op de achterkant van de ene stond DELANEY EN IK en de datum; op de andere stond DELANEY, EDITH HOWELL EN IK.

De andere vrouw was duidelijk veel jonger dan Victoria Carney.

‘Hebt u enig idee waar Edith Howell woonde?’ vroeg Alvirah.

‘Ik weet alleen dat ze naast mevrouw Carney woonde in Westbury,’ zei Bridget. ‘Ik heb haar opgezocht in het telefoonboek. Als het dezelfde Edith Howell is, woont ze er nog steeds.’

Het was geen al te duidelijk spoor, dacht Alvirah berustend. Maar als Edith Howell de buurvrouw was, bestond er altijd de hoop dat Victoria haar iets had toevertrouwd over de adoptie bij een kop thee of een glas wijn.

Ze bedankte Bridget O’Keefe overvloedig, maar op weg naar buiten stopte ze even. ‘Bridget, je spreekt nog regelmatig met Delaney, toch?’

‘Ja, dat klopt.’

‘Vertel haar alsjeblieft nog niet over Victoria Carneys buurvrouw. Als ze daarvan hoort, zal ze alleen maar hoop gaan koesteren en teleurgesteld zijn als het op niets uitloopt.’

Bridget beloofde het en moest toen lachen. ‘Als we elkaar als kinderen iets beloofden, zeiden we altijd: “Ik zweer het op het graf van je moeder”.’

Toen ze weer in de auto zaten, zei Willy: ‘Schat, waarom bel je deze dame niet meteen en vraag je of we even langs kunnen wippen?’

‘Daar heb ik over nagedacht,’ zei Alvirah, ‘maar ik heb besloten dat het geen goed idee is. Je hoorde dat Bridget zei dat ze zich door mijn telefoontje weer dingen wist te herinneren. Als ik met Edith Howell ga praten, wil ik haar eerst de tijd geven om hetzelfde te doen nadat ik haar heb verteld waarom ik bel.’

‘Dat is logisch,’ zei Willy, ook al merkte hij dat het verkeer richting huis al drukker aan het worden was. Hij schikte zich in het feit dat de terugreis lang zou duren en zette de radio aan. Hij hoorde dat er een ongeluk was gebeurd op de Long Island Expressway en dat men lange vertragingen kon verwachten.

26

Nadat ze het aan de telefoon hadden over het feit dat ze allebei van Italiaans eten hielden, spraken Jon en Delaney af bij restaurant Primola's. Het was pas hun derde afspraakje, maar Delaney merkte hoe erg ze zich op haar gemak voelde bij Jon.

Ze vroeg hem hoe het onderzoek naar de medicijnhandel ging.

'Ik heb Lucas Harwin, de vader, opgezocht,' zei hij. 'Ik vertelde hem dat ik een onderzoek deed voor de *Washington Post* naar een verbond van medicijnhandelaren in Washington, New York en New Jersey die, denken wij, pijnstillers verkopen aan prominenten. Hij verzekerde me dat hij dit geheim zou houden.'

'Hoe was de vader eronder toen je met hem praatte?'

'Als je ooit het gezicht van vleesgeworden rouw wilt zien, dan moet je naar hem kijken. Zijn vrouw was er ook. Zij leek er beter mee om te gaan dan hij, maar dat zegt niet veel. Steven was enig kind.

Ze vertelde me dat ze zo had uitgekeken naar het hebben van kleinkinderen en dat dat nu nooit meer zou gebeuren. Ze zei dat de overdosis niet alleen Steven had vermoord, maar ook de volgende generatie en die erna.'

'Had Lucas Harwin enig idee waar zijn zoon zijn medicijnen vandaan haalde?'

'Zoals hij ook op de persconferentie al zei, was dit niet het soort dat je normaal op de hoek van de straat kunt krijgen. Hij had hoogstwaarschijnlijk een recept, maar wat ze in zijn appartement vonden waren medicijndoosjes zonder etiketten. Het lijkt erop dat de apotheek waar hij heen ging expres hun naam niet op de doosjes zette. De politie gaat ongetwijfeld Stevens mobiele telefoon nalopen om te kijken of ze een telefoontje van of naar een dokter of apotheker kunnen traceren. Het interview met Harwin zal mijn eerste artikel worden in de *Washington Post* en zal morgen verschijnen. Het richt zich op Stevens leven en de invloed van zijn dood op de familie, maar er zal niets in staan over ons onderzoek.'

'En nu?'

Jon ging zachter praten. 'Ik ga naar een paar van die clubs waar iets minder bekende celebrity's heen gaan.'

'Celebrity's die gebruiken?'

'Precies. Het gerucht dat er medicijnen worden verhandeld gaat vooral rond onder de welgestelde gebruikers. Een paar van hun namen zou je herkennen maar ze zijn niet het soort dat ergens heen gaat met een entourage van bodyguards om zich heen. Ik ga kijken of ik kennis kan maken met een paar mensen in die groep en dan zie ik wel wat er gebeurt.'

Toen de kelner hun borden weghaalde, vroeg Jon: 'Ik heb zo veel als ik kon gekeken naar jouw reportage over het proces van Betsy Grant op televisie. Natuurlijk moet je objectief blijven, maar hoe denk je nu over haar?'

Delaney aarzelde en keek hem toen recht aan. 'Het is alsof ze haar doodskist aan het dichtnagelen zijn terwijl ze er nog levend en wel in zit. De verklaringen zijn verpletterend, elk woord. Ik bedoel, haar ontploffing nadat Ted Grant haar had geslagen. De verzorgster die plots ziek werd. Het alarm stond nog aan. En professor Peter Benson, het vriendje. Ze was met hem uit eten gegaan de avond voor de verjaardag van haar echtgenoot.'

'Bestaat er een kans dat hij het heeft gedaan?'

'Nee. Hij kan bevestigen dat hij op het tijdstip van de moord in Chicago was. Hij had afspraken met professoren die hij probeerde te polsen voor betrekkingen aan Franklin.'

'Uit wat je zegt maak ik op dat het er niet goed uitziet voor Betsy Grant.'

'Dat is zo. Maar Jon, als je haar ziet... Ze is zo mooi. Ze is drieënveertig maar zo ziet ze er niet uit. Ze is slank en als ze naast die belangrijke advocaat van haar zit, ziet ze er zo...' Delaney aarzelde. 'Wat is het woord waar ik naar zoek? Ik weet het: kwetsbaar. Ze ziet er zo kwetsbaar uit. Het doet me pijn haar zo te zien.'

'Ik las dat ze geschiedenislerares is geweest bij een middelbare school in New Jersey.'

'Pascack Valley. Ik heb met het schoolhoofd gebeld. Zij heet Jeanne Cohen. Ze was er duidelijk over dat Betsy Grant een briljante lerares was, dat de leerlingen haar geweldig vonden, net als de andere leerkrachten en de ouders. Cohen zei dat Betsy twee jaar voordat haar echtgenoot stierf verlof had opgenomen om voor hem te zorgen. Ze was er stellig over dat Betsy Grant niet eerder het leven van iemand anders genomen zou hebben, vooral het leven van de echtgenoot van wie ze hield, dan dat de hemel op ons zou neerdalen.'

'Erg stellig,' merkte Jon op.

'En Jon, ik geloof niet dat Robert Maynard zich volledig inzet voor haar verdediging. Ik noem maar een voorbeeld: als ze dr. Grant heeft vermoord, en ik zeg "als", waarom zou ze dat dan hebben gedaan door hem tegen zijn hoofd te slaan?

Iedereen gaf aan dat hij extra verdovingen had gekregen na die scène tijdens het avondeten. Denk je eens in, ze gaat naar de slaapkamer, krijgt hem zover dat hij weer gaat zitten, slaat hem tegen het achterhoofd met de stamper en gaat daarna gewoon weer slapen? Het is gewoon niet logisch.'

'Delaney, het klinkt alsof jij Betsy Grants advocaat zou moeten zijn.'

'Was het maar waar. Maar er is een klein probleem: ik heb geen diploma. Maar ik denk wel dat ik het beter zou doen.'

Ze glimlachten allebei en Jon zei: 'Delaney, weet je nog wat ik vorige week zei over liefde op het eerste gezicht?'

'Ik weet zeker dat je deels overdreef. Maar het was een goede versierpoging.'

'Ik overdreef niet, maar ik weet wel dat het te snel was om het te zeggen. Ik bedoel, ik had er liever een maand of twee mee gewacht.'

Delaney lachte. 'Dat klinkt al beter.' Even passeerden in haar hoofd beelden de revue van de mannen met wie ze iets had gehad sinds de universiteit. Sommigen waren ergens wel interessant geweest, maar niet genoeg om een diepere relatie mee aan te gaan.

'Het is geen versierpoging,' zei Jon, 'maar we laten het daarbij.'

Ze keken elkaar een lang moment aan over de tafel. Toen reikte Jon naar haar en heel eventjes raakte hij de hand aan die Delaney onbewust naar hem had uitgestoken.

27

Alan Grant ging vaak in SoHo uit met zijn maatje Mike Carroll. Ze waren samen opgegroeid in Ridgewood en hadden veel gemeen. Mike was ook gescheiden en dat had hem 'van zijn ketenen bevrijd', zoals hij het noemde.

Net als Alan woonde hij aan de westkant van Manhattan, vlak bij Lincoln Center. In tegenstelling tot Alan was hij mede-eigenaar van een ingenieursbedrijf en ook al moest hij zijn ex-vrouw en hun twee kinderen financieel ondersteunen, hij leidde nog steeds een gerieflijk bestaan.

Hij was een rossige, enigszins gezette man van zevenendertig jaar, die met zijn scherpe gevoel voor humor en zijn brede glimlach makkelijk vrouwen wist te versieren. Zoals hij tegen Alan schertste: 'Jij ziet er chic uit, ik sexy. Dat gaat lekker samen.'

Maar ook al waren ze vrienden, toch was Mike boos geweest toen hij in de *Post* had gelezen dat Alan drie maanden geleden een voorschot van honderdvijftigduizend dollar had gekregen. Zodra ze elkaar zagen, trok Mike onmiddellijk een opgevouwen vel papier uit zijn portemonnee. 'Betalen graag, vriend,' zei hij, op opgewekte maar ferme toon.

Alans ogen werden groot toen hij de totale hoeveelheid van de lening plus de rente zag: zestigduizend dollar. 'Ik wist niet dat het zich zo had opgestapeld,' zei hij.

'Reken maar,' zei Mike. 'Vergeet niet dat je het al jaren moeilijk hebt. Ik heb je uit de brand geholpen. En je hebt me beloofd dat je me terug zou betalen zodra je iets van je vaders geld kreeg.'

Alan was euforisch geweest omdat een deel van de erfenis aan hem was uitgekeerd, maar dat gevoel was snel aan het verdwijnen. Waarom was daar tijdens het proces over gepraat? vroeg hij zich af. Nadat ze in een artikel in de *Post* had gelezen hoeveel hij had gekregen, had Justins moeder onmiddellijk gebeld en de toelage voor haar kind geëist. Zijn ex-vrouw Carly had diezelfde dag ook gebeld. Zij had het ook gelezen.

Toen hij het voorschot kreeg, had hij bij Carly de achterstand van vijftigduizend dollar ingelost, maar hij had haar in de daaropvolgende drie maanden niet meer betaald. Hij had net Justins moeder de achtduizend dollar die hij haar nog schuldig was betaald. Daarnaast liep hij achter op zijn lening bij de bank en op het onderhoud van zijn woning en moest hij allerlei rekeningen afbetalen. Na zijn dagelijkse uitgaven van de afgelopen drie maanden en het bedrag dat hij aan Mike moest afstaan, zou hij een schamele tienduizend dollar overhouden om van te leven. En hij wist niet of het een kwestie van weken of maanden zou zijn voor hij de rest van zijn geld ontving.

Ik moet meer werk vinden, dacht hij toen hij de cheque van zestigduizend dollar tekende en over de bar naar Mike schoof. Niet dat er veel tijdschriften waren die hem wilden inhuren. Hij wist dat zijn reputatie in het wereldje was dat hij heel goed was, maar onbetrouwbaar.

'Het lijkt mij dat je stiefmoeder veroordeeld gaat worden,' zei Mike terwijl hij naar de barman gebaarde voor een nieuw drankje. 'Ik las in de krant dat ze een vriendje had. Dat zal haar niet helpen. Wist jij ervan?'

'Nee,' zei Alan fel. 'Ik bedoel, ze speelde altijd het aardige, liefhebbende vrouwtje voor pap, terwijl ze waarschijnlijk een affaire had met die man. Toen ik daarachter kwam, was het alsof ik in mijn maag werd gestompt.'

Maar de vraag gaf hem weer hoop. Mike was een slimme jongen en dit was zijn visie op het vriendje. Heel goed! Als Betsy schuldig wordt bevonden, krijg ik alles, dacht hij, tot de laatste stuiver.

De barman zette Mikes drankje voor hem neer. Plotseling opgevrolijkt liet Alan de zorgen over het feit dat zijn vermogen snel aan het afnemen was van zich afglijden. 'Vergeet mij niet,' zei hij tegen de barman en hij wees naar zijn lege glas.

Drie uur later, ietwat onvast op zijn benen, was hij terug in zijn huis. Het lampje op zijn telefoon was aan het knipperen. 'Bel me morgenochtend gelijk,' was de korte boodschap.

Waar gaat dat over? vroeg Alan zich nerveus af.

Hij sliep die nacht onrustig. De volgende ochtend belde hij om acht uur terug.

Toen het gesprek voorbij was, verborg hij zijn gezicht in zijn handen en begon hij te snikken.

28

Op dit punt van het proces kon Delaney de toenemende stress op Betsy Grants gezicht zien. Haar huid was lijkbleek en het leek alsof ze zichzelf moest dwingen de rechtszaal te betreden in plaats van hem te ontvluchten. Elke dag van de rechtszaak droeg ze dezelfde soort ingetogen kleding: een jasje en een rok in donkerblauw of donkergrijs, met daarbij altijd dezelfde parelketting, pareloorbellen en haar brede gouden trouwring.

Het scheen Delaney toe dat zelfs in die paar weken Grant was afgevallen, in plaats van slank te zijn straalde ze een bepaalde breekbaarheid uit. Desondanks zat ze rechtop in haar stoel, haar uitdrukking kalm, behalve wanneer in een verklaring de klap die haar echtgenoot had gedood ter sprake kwam. Delaney kon zien dat, wanneer dat gebeurde, Betsy haar ogen sloot alsof ze het beeld probeerde uit te bannen.

De rechtszaal zat elke dag vol. Delaney begon een paar van Betsy's voorvechters te herkennen: ouders van de school waar ze lerares was geweest en vrienden uit de buurt. Tijdens de lunch ondervroeg ze enkelen van hen en zonder uitzondering zeiden ze dat het onmogelijk was om zelfs maar te denken dat Betsy Grant de moordenaar was.

Ze wist dat ze tijdens het zesuurjournaal moest vertellen

wat er was gebeurd en niet de mening kon spuien die ze maar niet van zich af wist te schudden, dat steeds sterker wordende gevoel dat Betsy Grant ondanks al het bewijs tegen haar onschuldig was.

'Wat mij opviel,' zei ze tegen Don Brown nadat de uitzending voorbij was, 'is dat Betsy geen familie heeft die haar steunt tijdens het proces. Ik ben erachter gekomen dat ze enig kind is en dat haar moeder twintig jaar geleden overleden is en dat haar vader in Florida woont en hertrouwd is. Zou je niet denken dat hij hier nu bij Betsy zou willen zijn?'

Zonder te aarzelen antwoordde Don: 'Ik zou dat zonder meer denken.' Hij stopte even. 'Tenzij de vader te oud of te ziek is om de reis te maken.'

Delaney schoof haar laptop naar Don zodat hij het scherm kon zien.

'Dit stond gisteren op zijn Facebook. Het is Betsy Grants vader, Martin Ryan, met zijn kleinzoons bij een voetbalwedstrijd op hun middelbare school in Naples.'

Het was een foto van een kwieke man in de zeventig met een brede glimlach, zijn armen om twee jongens die vijftien of zestien leken geslagen. Onder de foto stond de boodschap: 'Zo trots als ik zijn kan op mijn kleinkinderen! Allebei onderdeel van een ongeslagen team. Wat heb ik een geluk!'

Don Brown las het en keek toen ongelovig naar Delaney. 'Zijn dochter staat terecht voor de moord op haar echtgenoot en hij is over zijn kleinzoons aan het opscheppen?'

'Stiefkleinzoons,' corrigeerde Delaney hem. 'En zijn dochter, zijn eigen vlees en bloed, zijn eigen kind, heeft geen enkel familielid om haar te steunen.'

Ze wachtte terwijl Don het Facebookbericht met groeiend ongeloof herlas, en zei toen: 'Don, ik heb het vermoeden dat deze vervreemding tussen Betsy Grant en haar vader een stukje van de puzzel is. Ik ga in mijn vrije tijd zelf op onderzoek uit.'

29

Jon Cruise, informeel maar duur gekleed, ging langs de populairste nachtclubs in SoHo. Zijn knappe verschijning, het dure Rolex-horloge dat hij opzichtig om zijn pols droeg en de grote fooien aan de vriendelijke of onvriendelijke portiers bij de deur garandeerden dat hij overal welkom was, zelfs op de plekken waar men zei: 'De tafels zitten vol, maar u bent welkom aan de bar, meneer.'

Binnen een week begon hij een patroon te ontdekken in de gangen van de beroemdheden, sommigen van hen landelijk bekend, en van gewone bezoekers, van wie er volgens hem veel aan de drugs leken. Discrete vragen hadden het gewenste antwoord als resultaat en hem werd verteld om met iemand in het mannentoilet een deal te sluiten.

Met geld van de *Washington Post* sloot Jon twee transacties. Een analyse van de pillen in een privélaboratorium toonde aan dat wat hij gekocht had verdund was, niet van de hoge kwaliteit waarin hij geïnteresseerd was.

Tien dagen na zijn interview met Lucas Harwin en zijn vrouw was Jon verrast om een telefoontje te krijgen van de filmlegende, die hem vroeg om zo snel mogelijk naar zijn kantoor te komen.

'Ik zit midden in het regisseren van een documentaire,' legde Harwin uit. 'Het is een krappe deadline, maar dat is juist goed. Ik moet dit weekend naar de set in Massachusetts en ik wil niet gaan voordat ik je wat mogelijke aanwijzingen geef over Stevens dealer.'

Jon snapte wat hij bedoelde. De beste manier om met rouw om te gaan was om bezig te blijven.

Toen hij het kantoor binnenstapte, was hij verbaasd dat het relatief klein was en simpel gemeubileerd. Toen herinnerde hij zich dat het hoofdkantoor van Harwin Enterprises in Hollywood stond.

De receptionist begroette hem met: 'Meneer Harwin verwachtte u al. Loop gerust door.'

Lucas ging informeel gekleed in een overhemd met een open kraag en daarover een trui met lange mouwen. Zijn bureau gaf blijk van het feit dat hij een drukke regisseur was, zoals door de scenario's die erover verspreid lagen, de pagina's veelvuldig becommentarieerd met post-its.

Jon zag de glanzende foto's van bekende gezichten aan de muur hangen. Hij vroeg zich of zij ook in de documentaire zaten.

De diepe lijnen in Harwins gezicht en de treurigheid in zijn ogen waren niet te missen, maar hij begroette Jon met een ferme handdruk. Van een hoek van zijn bureau pakte Lucas een stapel papieren op en schoof die naar hem toe. 'Ik ben door Stevens spullen gegaan,' legde hij uit. 'Ik hoopte dat ik iets kon vinden wat naar zijn dealer zou kunnen leiden.'

'Is dat gelukt?' vroeg Jon snel.

'Ik weet het niet. Het heeft misschien niets te betekenen, maar dit zijn de afschriften van Stevens elektronische tolpasje van de laatste drie maanden. Ik heb ook de afschriften van de maand waarin hij anderhalf jaar geleden een overdosis nam en bijna doodging. Lees ze maar en kijk of je iets opvalt.'

Langzaam las Jon regel voor regel het afschrift van de laatste maand van Harwins leven en daarna het afschrift van de maand voor zijn vorige overdosis.

Met een schok vond hij wat Lucas wilde dat hij zag. In de drie weken voor zijn dood liet Stevens tolpasje zien dat hij twee keer naar New Jersey was gegaan. Op het afschrift van zijn vorige terugval had hij in minder dan drie weken drie keer over de George Washington Bridge gereisd.

Jon keek op en vroeg: 'De ritten naar New Jersey?'

'Precies. Natuurlijk, Steven had vrienden in New Jersey, maar waarom zou hij daar zo vaak heen gegaan zijn in de korte periode voordat hij zijn terugval had?'

'Je denkt dat z'n dealer misschien in New Jersey zit?'

'Inderdaad.'

'Heeft de politie je iets verteld over zijn telefoongegevens?'

'Ja. Ze vertelden me dat ze een gerechtelijk bevel hadden en dat ze door zijn gesprekken van het afgelopen jaar zijn gegaan en dat er niet naar een dokter of apotheker is gebeld. Ze zeiden wel dat het heel goed mogelijk was dat hij van die wegwerpmobieltjes had waar je gewoon een prepaidkaart voor koopt zodat de telefoon niet op iemands naam staat. Ik bedoel,' zei Lucas vermoeid, 'de dealer verkocht de pillen illegaal en Steven kocht ze illegaal. Hij wilde geen sporen achterlaten.'

'Heb je nog iets anders wat in de richting van New Jersey wijst?'

'Ja.' Lucas Harwin opende het bovenste laatje in zijn bureau. 'De rekening van zijn creditcard is net binnengekomen, misschien biedt die een aanwijzing. Steven heeft in de Garden State Diner in Fort Lee gegeten. Een week geleden.'

Hij reikte Jon het afschrift aan en zei: 'Steven gebruikte echt voor elke aankoop zijn creditcard, zelfs voor zijn Starbuckskoffie. Hij maakte altijd de grap dat als hij contant betaalde, hij zijn gratis Airmiles misliep.'

Terwijl Jon naar de rekening keek, pakte Harwin nog twee bankafschriften uit de la, een van de maand van zijn zoons eerste terugval en de tweede van de laatste paar weken. 'Jon, kijk eens naar deze en vertel me wat je opvalt.'

Jons ogen scanden de transacties en vielen op de sectie van het eerdere afschrift, waarop stond dat hij twee keer zeshonderd dollar had opgenomen. Dit was gebeurd op de dag voordat en op de dag waarop hij naar Fort Lee was gereden, een dag voor zijn eerdere overdosis. Het tweede afschrift liet zien dat er dertienhonderd dollar werd opgenomen vlak voor zijn laatste bezoek aan Fort Lee, drie dagen voor hij stierf.

Harwins stem was onrustig. Jon kon zien dat de woede hem de adem benam.

'Mijn zoon had geen reden om twee keer in de korte tijd voor hij stierf naar Fort Lee in New Jersey te gaan, en al absoluut geen reden om zo veel cash op zak te hebben, tenzij dat was waar zijn dealer woonde of werkte.'

'Het spoor lijkt inderdaad naar Fort Lee te leiden,' zei Jon. 'Maar misschien helpt het ons niet veel. Ik weet dat Fort Lee vol staat met grote, dure woningen. Mensen houden van het uitzicht over de Hudson-rivier. Het heeft ook veel eengezinswoningen en kantoren.'

'Er is nog iets wat ons kan helpen. Steven ging trouw naar zijn bijeenkomsten voor verslaafden. Zijn begeleider belde me gisteren. Toen hij zijn vorige terugval had, heeft die begeleider hem gewaarschuwd dat die pillen onder alle omstandigheden gevaarlijk zijn, maar als hij ze van een dealer op straat kreeg, hij geen idee zou hebben wat erin zit.'

Lucas' lippen persten zich samen, alsof hij een vloedgolf aan scheldwoorden aan het onderdrukken was. 'De begeleider zei dat Steven hem had gezegd dat er één ding was waar hij zich geen zorgen om hoefde te maken. Zijn dealer was een dokter.'

'Dat is niet ongebruikelijk, ben ik bang,' zei Jon zacht. 'Het is helaas vaak zo dat een dokter de dealer is.'

'Hebben deze dokters niemand die ze eraan helpt herinneren dat ze de hippocratische eed hebben afgelegd?' vroeg Lucas sarcastisch.

'Meneer Harwin,' zei Jon ferm, 'de onderzoeksjournalisten van de *Washington Post* zijn de besten in hun vakgebied. Ik zal ze vertellen wat u vermoedt, dat een dokter in Fort Lee de dealer is. We zullen onze lijst met dokters die we ervan verdenken dealer te zijn controleren en we zullen ons vooral richten op hen die in de buurt van de Garden State Diner opereren. Er is altijd een kans dat we een verband ontdekken.'

Hij stond op om te vertrekken en Lucas stak zijn hand uit. 'Jon, zoals ik je vorige week al zei, ik wil niet dat er nog iemand het slachtoffer wordt van de schoft die mijn zoon heeft vermoord.'

30

Zodra ze thuiskwamen van hun bezoek aan Bridget O'Keefe, belde Alvirah Edith Howell, de buurvrouw van Victoria Carney.

'O, Victoria voelde zich zo schuldig over die adoptie,' vertelde ze Alvirah. 'Ze zei dat Delaney, zelfs toen ze klein was, al vragen stelde over haar echte moeder. Victoria gaf zichzelf de schuld, omdat ze de adoptie had geregeld. Als de Wrights Delaney geadopteerd hadden via een officieel adoptiebureau, dan had ze haar biologische moeder kunnen traceren. Ik weet nog wel dat Victoria kort voordat ze stierf naar dat huis in Philadelphia is gegaan om te zien of ze informatie kon krijgen.'

'Hoelang is dat geleden?' vroeg Alvirah snel.

'Het was vlak nadat het huis waar Delaney geboren was werd gesloopt voor een tegelzaak. Victoria was enorm teleurgesteld. Ik weet dat ze me vertelde dat ze aangebeld had bij de buren aan allebei de kanten van het nieuwe gebouw om naar de vroedvrouw te vragen. Victoria kreeg een van hen te spreken. Ze vertelde haar dat Delaney geboren was op 16 maart, wat nu zesentwintig jaar geleden zou zijn. De buurvrouw herinnerde zich iets over de dag waarop Delaney geboren was, maar het was niet genoeg om mee verder te gaan. Victoria heeft me nooit precies verteld wat het was.'

'Ze kreeg een buurvrouw te spreken?' riep Alvirah uit.

'Ja, ze belde bij een paar huizen aan maar slechts een van de buren was thuis. Ik weet de naam niet. Het helpt allemaal niet veel.'

Alvirah bedankte Edith Howell uitvoerig. 'Als die buurvrouw er nog steeds is, kan dat een spoor zijn,' zei ze hoopvol.

Twee dagen na het gesprek met Edith Howell voerden Alvirah en Willy 'Oak Street' weer in op hun navigatiesysteem. 'Daar zijn we weer,' zei Alvirah opgewekt toen ze het WELKOM IN PHILADELPHIA-bord zagen.

'Ja, hier zijn we weer,' zei Willy, 'en laten we hopen dat we deze keer iets meer informatie krijgen.'

'Ik neem het mezelf kwalijk dat ik niet bij de buren aan de andere kant van de fabriek heb aangebeld,' zei Alvirah.

Het kwam niet bij Willy op om te zeggen dat hij het daarmee eens was. Alhoewel de Yankees zijn eerste liefde waren geweest, was hij ook bevangen door de wedstrijd voor de seizoenstitel tussen de Mets en de Philadelphia Phillies die de boeken in zou gaan als een van de meest opwindende ooit. Hij wist dat hij Alvirah had kunnen vragen om een paar dagen te wachten met deze rit, maar hij voelde aan dat ze dit spoor maar al te graag wilde volgen.

Het was een bewolkte dag, met hier en daar motregen. Toen ze Oak Street in reden zag het er net zo grauw uit als ze zich herinnerden.

Ze parkeerden voor de tegelfabriek en Alvirah stelde hetzelfde voor: 'Willy, het is beter als je weer in de auto blijft. Deze buurvrouw, als ze er nog woont, kan nerveus worden als er twee mensen op de stoep staan.'

Dit keer vond Willy het geen probleem om in de auto te

blijven. Hij zette onmiddellijk de radio aan.

Alvirah ging de auto uit en liep langs de tegelfabriek naar het huis ernaast. Het was het soort huis dat ze vaak had schoongemaakt, een vrijstaand huis met dakramen. Het kon wel een likje verf gebruiken, maar het gazon was pas gemaaid en de planten onder de ramen aan de voorkant werden duidelijk goed verzorgd.

Nou, laten we hopen dat wie hier ook woont de deur niet in mijn gezicht dichtslaat. Alvirah belde aan en een moment later werd de deur opengedaan door een man van in de zeventig met een trui van de Philadelphia Phillies aan.

Alvirah zei als eerst iets. 'Ik ben Alvirah Meehan en ik help een jonge vrouw die hiernaast geboren is om haar biologische moeder op te sporen. Ik ben ook een columnist.'

Door de gedeeltelijk geopende deur zag ze een vrouw dichterbij komen. Ze had gehoord wat Alvirah had gezegd. 'Het is goed, Joe. Deze vrouw heeft vorige week met Jane Mulligan gesproken. Jane heeft me over haar verteld.'

Het was duidelijk dat het Joe niet zinde dat hem verteld werd wat hij moest doen. 'Goed, kom binnen,' zei hij met tegenzin.

Alvirah kwam het huis binnen en hoorde dat in de woonkamer de wedstrijd aanstond. Het volume stond hoog en ze gokte dat Joe hardhorend was. 'Jullie kijken de wedstrijd,' zei ze. 'Ik wil jullie niet storen.'

'Ik ben Diana Gibson,' zei zijn vrouw. Haar houding verschilde net zo erg van die van haar echtgenoot als de zon van de maan. 'Laten we naar de keuken gaan om te praten.'

Dankbaar volgde Alvirah de vrouw de kleine maar nette keuken in.

'Ga zitten, ga zitten,' werd haar opgedragen. 'Let niet op

mijn echtgenoot. Hij is de grootste baseballfanaat op aarde.'

'Mijn echtgenoot ook,' zei Alvirah, 'en nu de Mets een beslissende wedstrijd spelen, is hij dolgelukkig.'

Eventjes voelde ze zich schuldig omdat Willy in de auto naar de wedstrijd zat te luisteren, in plaats van in zijn gemakkelijke stoel met een blikje bier in de hand. Toen verdrong ze de gedachte. Ze begon: 'Ik weet dat uw buurvrouw, mevrouw Mulligan, niet blij is met de tegelfabriek naast haar huis. Hoe denkt u erover?'

'Ik vind het wel prima. Onze belastingen zijn gedaald en dat scheelt een hoop, en Sam, de eigenaar van de fabriek, is een erg aardige man. Wanneer het sneeuwt maakt zijn sneeuwruimer ook onze oprit vrij.'

'Heeft mevrouw Mulligan verteld dat ik haar een paar vragen had gesteld over Cora Banks, de vrouw die het huis bezat dat gesloopt is voor de fabriek?'

'Ja, dat heeft ze inderdaad verteld. Cora's vertrek was geen groot verlies voor de buurt. Ik denk dat Jane u verteld heeft dat ze een vroedvrouw was en dat er regelmatig auto's voor het huis geparkeerd stonden. Zwangere meisjes kwamen aan in de ene auto en uren later vertrokken andere mensen in een andere auto met de baby in hun armen. Ik dacht dat Cora een eigen adoptiekliniek had, maar toen de politie langskwam met een arrestatiebevel besefte ik dat ze baby's verkocht. Is dat niet akelig?'

'Ja, inderdaad,' zei Alvirah. 'Een normaal adoptiebureau zou de adoptieouders natrekken en ze zorgvuldig uitkiezen. Ik denk dat Cora ze aan de hoogste bieder verkocht. Kunt u zich nog herinneren dat u Victoria Carney ontmoette, een vrouw die jaren geleden informatie kwam inwinnen over een baby die hier geadopteerd was?'

'Ja, dat weet ik nog. De reden dat ik het me herinner is omdat de vrouw me vertelde dat de baby was geboren op 16 maart, tien jaar eerder. Op 16 maart is onze trouwdag. En zestien jaar geleden, toen de vrouw ons bezocht, waren we dertig jaar getrouwd. Daarom staat het me nog zo helder voor de geest. Ik vertelde haar dat ik de dag waarop de baby geboren werd de hond aan het uitlaten was toen ik een stel zag aankomen met een huilend zwanger meisje. Ze hielden haar bij de armen vast en haastten zich Cora's huis binnen. Het meisje was erg knap en stond duidelijk op het punt een kind te krijgen. Hun auto was een oude zwarte Ford met nummerplaten uit Jersey.'

Alvirah hield haar adem in en vroeg toen hoopvol: 'Het is vragen om een wonder, maar hebt u het nummerbord van die auto onthouden?'

'O, sorry. Nee. Dat spijt me.'

Alvirah vond het moeilijk haar teleurstelling te verbergen. Geen wonder dat Victoria aan Edith Howell had verteld dat de informatie die ze had gekregen niet veel hielp, dacht ze terwijl ze opstond.

Nadat ze mevrouw Gibson uitvoerig bedankt had, vertrok ze en begon ze naar de auto te lopen. Toen ze langs de tegelfabriek liep, deed Sam, de eigenaar, de deur open.

'Ben ik even blij om u te zien,' zei hij. 'Nadat u wegging bedacht ik iets. Ik heb een kopie van het koopcontract van het huis van Cora Banks en ik herinnerde me dat de naam van haar advocaat erop stond. Ik heb het opgeschreven, voor het geval u langskwam om iets te kopen. Het ligt binnen.'

Hij liep naar de toonbank, haalde een opgevouwen vel papier uit de la en presenteerde het haar.

Alvirah moest moeite doen om het niet uit zijn hand te

grissen. Op het papier stond de naam Leslie Fallowfield.

'Leslie Fallowfield,' riep ze uit. 'Daar kunnen er niet al te veel van zijn.'

'Dat dacht ik ook toen ik hem ontmoette,' zei Sam.

'Sam, weet je of hij uit de buurt kwam?'

'Ik ben er vrij zeker van. Geen knapperd. Hij was kort, dun en kalend.'

'En hoe oud was hij?' Alstublieft God, laat hem niet zo oud geweest zijn dat hij nu dood is, bad Alvirah.

'O, ongeveer vijftig jaar. Ik denk dat hij misschien Cora's vriend was, omdat hij het volgens mij had over de gebruikelijke plek waar ze iets zouden gaan drinken.'

Alvirah kon Sam wel zoenen, maar ze hield zich in. In plaats daarvan schudde ze hem enthousiast de hand. 'Sam, ik weet niet hoe ik je moet bedanken. Ik weet écht niet hoe ik je moet bedanken.'

Toen ze weer in de auto stapte, vroeg Willy: 'Is het gelukt?'

'Willy, als wat ik net gehoord heb tot iets leidt, dan gaan we alle vloeren, muren en plafonds in ons huis betegelen.'

31

'Edelachtbare, de staat roept Peter Benson op,' zei de officier van justitie.

De deur achter in de rechtszaal ging open en iedereen draaide zijn nek om hem binnen te zien komen. Hij was een opvallend knappe man, met grijze strepen in zijn donkerbruine haar, ongeveer een meter tachtig. Hij liep door naar de voorkant van de rechtszaal, hief zijn rechterhand en zwoor de waarheid te vertellen. Hij ging in de getuigenbank zitten en de officier van justitie naderde hem.

De jury keek gespannen toe toen de ondervraging van deze langverwachte getuige begon.

Elliot Holmes had al veel getuigen als Peter Benson ondervraagd. Soms was het nodig om een getuige op te roepen die de beklaagde erg na stond en dus de aanklager als vijandig beschouwde. Maar hij had geen keuze, want het was de enige manier om bepaalde informatie te laten horen.

Holmes wist ook dat hij voorzichtig moest zijn, omdat getuigen als deze soms elke mogelijkheid aangrepen om zijn zaak te torpederen. En Peter Benson, drs., was een erg slimme en hoogopgeleide man.

De eerste vragen van de officier van justitie stelden vast dat Benson het hoofd van de faculteit der Geesteswetenschappen was aan de Franklin University in Philadelphia. Zijn vrouw was vijf jaar geleden omgekomen bij een auto-ongeluk. Ze waren bijna dertien jaar getrouwd geweest en hadden geen kinderen. Zijn vrouw was hoogleraar aan dezelfde universiteit geweest.

'Meneer, hoelang kent u de verdachte, Betsy Grant, al?'

'We zijn samen opgegroeid in Hawthorne, New Jersey, en zaten samen op Hawthorne High School. We zijn zesentwintig jaar geleden geslaagd.'

'In uw tijd op de middelbare school, hoeveel contact had u toen met haar?'

'Ik zag haar best vaak. We hadden zelfs even verkering in onze laatste twee jaar.'

'En nadat u beiden geslaagd was, bleef u haar zien?'

'Maar een paar keer. Ze heeft een klas overgeslagen op de basisschool. Ze was pas zeventien en haar ouders vonden haar nog te jong voor de universiteit. Ze vonden het beter dat ze in Milwaukee een jaar bij haar tante ging wonen om te helpen in haar kledingzaak voordat ze ging studeren. Dus in het midden van de zomer vertrok ze naar Milwaukee.'

'Zag u haar de volgende paar jaar?'

'Nee, ik ging naar Boston College en het bedrijf van mijn vader verhuisde naar North Carolina, dus in de vakanties ging ik daarheen. Het contact verwaterde.'

'Wanneer zag u haar weer of had u anderszins weer contact met haar?'

'We ontmoetten elkaar bij toeval bij een expositie in het Metropolitan Museum of Art in Manhattan. Dat was ongeveer drieënhalf jaar geleden. Ik liep langs haar, keek haar aan en keek toen nog een keer. We herkenden elkaar onmiddellijk.'

'Hebt u daarna uw vriendschap weer opgepakt?'

'Als u met weer oppakken bedoelt dat we weer vrienden werden, ja, dat klopt.'

'Vertelde ze u dat ze getrouwd was?'

'Ja, ze vertelde dat haar echtgenoot aan alzheimer leed en ik vertelde haar natuurlijk dat mijn vrouw was omgekomen bij een auto-ongeluk.'

'U woont nu in Philadelphia, is dat correct?'

'Ja.'

'En zij woont in Alpine, klopt dat?'

'Ja.'

'En hoelang duurt het om van Philadelphia naar Alpine te rijden?'

'Dat weet ik niet. Ik ben nooit van Philadelphia naar Alpine gereden.'

Holmes aarzelde even voor hij verderging: 'Hoe vaak hebt u haar de afgelopen drieënhalf jaar gezien?'

'Een of twee keer per maand totdat dr. Grant stierf.'

'En waar ontmoette u haar?'

'We dineerden meestal in een restaurant in Manhattan.'

'U at nooit in New Jersey?'

'Nee.'

'Waarom niet?'

'Daar was geen speciale reden voor. We hielden er gewoon van om naar de stad te gaan. Er waren een paar restaurants die we leuk vonden.'

'Reed u rechtstreeks naar Manhattan?'

'Ja.'

Holmes' stem werd sarcastisch. 'Dus u at nooit in New Jersey, dichter bij haar huis?'

'Zoals ik al zei: we dineerden in New York.'

'Klopt het als ik zeg dat als u naar New York ging, de kans kleiner was om mensen tegen te komen die een van jullie kenden?'

Peter Benson aarzelde even en zei toen zacht: 'Ja, dat klopt.' Toen voegde hij eraan toe: 'Maar het was geen geheim dat we samen dineerden. Mevrouw Grant gaf altijd het nummer van mijn mobiel aan de verzorgster, voor het geval dr. Grants toestand opeens veranderde.'

'Heeft de verzorgster u in die drie jaar weleens gebeld?'

'Nee, dat deed ze nooit.'

'Meneer Benson, u gaf net aan dat u de verdachte niet meer heeft gezien nadat haar echtgenoot stierf. Wanneer hebt u de verdachte voor het laatst gezien?'

'Tot ik vandaag de rechtszaal binnen liep zag ik haar voor het laatst op de avond van 20 maart vorig jaar.'

'En dr. Grant werd op de ochtend van 22 maart dood aangetroffen?'

'Voor zover ik het heb begrepen.'

'Meneer Benson, had u een affaire met Betsy Grant?'

'Nee, dat had ik niet.'

'Was u verliefd op Betsy Grant?'

'Ik respecteerde haar toewijding aan haar echtgenoot.'

'Dat is niet wat ik u vroeg. Meneer Benson, was u verliefd op Betsy Grant?'

Peter Benson keek toen hij de vraag beantwoordde langs de officier van justitie, recht naar Betsy. 'Ja, ik was en ben verliefd op Betsy Grant, maar ik moet er met klem aan toevoegen dat ze toegewijd was aan haar echtgenoot.'

'Dus u wilt ons vertellen dat u haar niet heeft gezien sinds haar echtgenoot stierf?'

'Ja, dat is wat ik u vertel.'

'En waarom hebt u haar niet meer gezien sinds haar echtgenoot stierf?'

'Mevrouw Grant belde me op 22 maart om me te vertellen dat haar echtgenoot was overleden. De volgende dag belde ze weer en vertelde ze me dat de begrafenisondernemer een vreemde verwonding had opgemerkt aan het hoofd van haar echtgenoot en dat de politie haar nu verdacht van het veroorzaken ervan.'

'En wat was uw reactie?'

'Ik was volledig geschokt toen Betsy zei dat de politie haar verdacht. Ik wist dat ze niets met zijn dood te maken had.'

Holmes stopte. 'Edelachtbare, ik zou graag willen dat die laatste opmerking geschrapt wordt, omdat het geen antwoord was op mijn vraag.'

Rechter Roth knikte en wendde zich tot de jury. 'Dames en heren, u zult die opmerking negeren. Is dat duidelijk?'

Alle juryleden knikten en keken weer naar de officier van justitie.

Holmes ging verder. 'Wat heeft mevrouw Grant nog meer tegen u gezegd?'

'Ze zei dat ze niet wilde dat ik betrokken zou raken bij deze verschrikkelijke gebeurtenissen. Ze zei dat ze me niet meer zou zien of zelfs met me zou praten tot het voorbij was. Ze zei dat ze niet wist wanneer dat zou zijn. Ik las een paar weken daarna dat ze gearresteerd was.'

'En wederom: u zegt dat er geen communicatie tussen jullie heeft plaatsgevonden?'

'Dat is precies wat ik zeg.'

'Meneer Benson, ik vraag het nogmaals. Had u vóór dr. Grants dood een affaire met Betsy Grant?'

'Absoluut niet. Ik zei het al, nee, absoluut niet.'

'En u gaf net toe dat u verliefd op haar was, is het niet?'

Peter Benson keek wederom naar Betsy terwijl hij antwoord

gaf. 'Toen we met onze eetafspraken begonnen, was ik nog om mijn vrouw aan het rouwen. Naarmate de tijd vergleed wist ik dat ik sterke gevoelens begon te koesteren voor Betsy. Ik denk dat de tragedie van de ziekte van haar echtgenoot en de tragedie van de dood van mijn vrouw een band tussen ons schiep. Welnu, om uw specifieke vraag te beantwoorden: ik herhaal, ja, ik was en ben verliefd op Betsy Grant, maar ik moet ook herhalen dat ze volledig toegewijd was aan haar echtgenoot.'

'Hebt u haar gevraagd om met u te trouwen sinds haar echtgenoot vermoord is?'

'Ik heb u al gezegd: er bestond geen communicatie tussen ons.'

'Hebt u het ooit in uw relatie over trouwen gehad?'

'Nee.' Peter Benson verschoof in zijn stoel, zijn gezicht rood van woede. 'Meneer Holmes, Betsy Grant hield enorm veel van haar echtgenoot en zorgde thuis voor hem toen hij dit zelf niet meer kon. Ze is helemaal niet in staat om iemand pijn te doen. Wanneer deze vreselijke, valse beschuldiging tegen haar ingetrokken wordt, ja, dan zal ik haar vragen om met me te trouwen.'

Elliot Holmes overwoog even om de rechter te vragen die opmerkingen te schrappen, maar hij begreep dat de jury de woorden al gehoord had en hij ze niet ongedaan kon maken. Hij zou er later wat aan doen, tijdens zijn slotpleidooi.

'Verder geen vragen meer, edelachtbare.'

De rechter wendde zich tot Robert Maynard. 'Meneer Maynard, u mag met uw ondervraging beginnen.'

Het verbaasde iedereen in de rechtszaal toen hij zei: 'Ik heb geen vragen, edelachtbare.'

Toen Peter Benson uit de getuigenbank stapte was het enige

geluid dat in de verder stille rechtszaal klonk het onbeheerste gesnik van Betsy Grant.

32

Op de dag dat Peter Benson getuigde, waren drie van Betsy's buren, haar trouwste supporters, aanwezig in de rechtszaal. Ze wilden dat ze bij een van hen thuis kwam eten, maar ze wees het af. 'Jullie zijn erg lief,' zei ze tegen hen, 'maar ik ben volledig uitgeput. Ik ga direct naar bed.'

Wederom verdrong de pers zich om haar heen toen ze met haar advocaten naar haar auto liep. Peter had niet haar blik proberen te vangen toen hij de zaal had verlaten. Zonder dat hij het zei, wist ze dat hij doodsbang was dat zijn getuigenis haar nadeel zou toebrengen.

In gedachten kon ze hem zien alsof hij naast haar stond toen hij de officier vertelde dat hij van haar hield en haar zou vragen met hem te trouwen. En als ze mij die vraag stellen als ik moet getuigen zal ik hetzelfde moeten antwoorden, dacht ze, want het is waar. Het was al waar sinds ze hem was tegengekomen in het museum. Ze wist dat Peter haar vanavond zou bellen. Het was achttien maanden geleden sinds ze hem voor het laatst had gezien of gesproken en ze hadden elkaar nodig. Het moment waarop duidelijk werd dat ze verdacht werd van de moord op Ted had ze Robert Maynard ingehuurd, en hij had haar gewaarschuwd om geen contact met Peter te hebben tot het proces voorbij was.

Om de een of andere reden moest ze denken aan de korte

tijd die ze in New York City had gewoond toen ze begin twintig was. Ik huurde toen een flat aan de West Side, herinnerde Betsy zich, maar toen ik wist dat ik niet geschikt was om in een pr-bedrijf te werken, ging ik in de avonduren studeren. Toen werd ik aangenomen om bij Pascack Valley te werken en verhuisde ik terug naar New Jersey.

En kwam ik Ted tegen.

De rest van de rit naar huis sloot ze haar ogen en dwong ze zichzelf om niet na te denken over wat er zou gebeuren als ze schuldig werd bevonden.

Ze had Carmen gezegd om zich vooral niet druk te maken om het eten, maar toen ze thuiskwam wachtte Carmen op haar.

'Mevrouw Betsy, ik kan er niet tegen dat u niet de moeite neemt om te eten,' zei ze. 'En vanochtend vertelde u me dat u absoluut geen andere eetafspraken zou maken.'

'Ja, dat is waar,' zei Betsy. Ze besefte dat de geur van gebraden kip waarschijnlijk betekende dat Carmen kippastei aan het maken was, een van haar favoriete gerechten. Ze ging naar boven om een broek en een longsleeve aan te trekken. In de slaapkamer keek ze zoals altijd om zich heen in de hoop dat ze een plek kon bedenken waar Ted misschien de armband bezet met smaragden en diamanten had verstopt. Maar dit was natuurlijk vruchteloos. Zij en Carmen hadden het hele huis overhoop gehaald toen ze ernaar zochten. Ik kan hem net zo goed bij de verzekering aangeven, dacht ze.

Ze ging naar beneden, waar Carmen een glas wijn voor haar had ingeschonken. Ze nipte eraan in de zitkamer terwijl ze naar het journaal van vijf uur keek. Haar proces werd maar kort benoemd, maar tijdens het eten keek ze naar het zesuurjournaal waar Delaney Wright er verslag van deed.

Betsy had Delaney opgemerkt in de rechtszaal en voelde dat ze de hele dag door werd bestudeerd door haar. Natuurlijk viel dat te verwachten omdat ze betaald werd om verslag te doen van wat er gebeurde. Toen Delaney Wright in beeld was, zei ze dat Peter Benson, het hoofd van de faculteit der Geesteswetenschappen aan de Franklin University, onder ede had getuigd dat hij verliefd was op Betsy Grant en haar ging vragen om met hem te trouwen. Ze eindigde haar reportage met de opmerking dat de officier van justitie enorm in zijn nopjes had geleken toen hij die verklaring had gehoord.

Toen de andere nieuwslezer aan Delaney vroeg hoe zij dacht dat het proces ging, zei ze: 'Don, ik denk echt niet dat vandaag een goede dag was voor Betsy Grant. Ik was erg verbaasd toen haar advocaat zei: "Ik heb geen vragen, edelachtbare". Ik denk dat het was omdat hij niet nog eens de nadruk wilde leggen op het feit dat ze afspraakjes had met een man die verliefd op haar is, maar aan de andere kant kon ik zien dat de jury verwachtte dat hij Peter Benson vragen zou stellen die de impact zouden verzachten van wat Benson had gezegd.'

Betsy drukte op de uitknop van de afstandsbediening. Ze wist dat Carmen in de keuken naar de uitzending had gekeken, want toen ze de bijna onaangeroerde pastei weghaalde, drong ze niet bij haar aan om meer te eten.

Ze had haar koffie bijna op toen de telefoon ging. Het was haar vader die haar belde vanuit Florida. 'Hoe gaat het, Bets?'

Hij wist dat ze het haatte om Bets genoemd te worden, maar hij vergat het altijd, of deed alsof. Hij bleef haar maar Bets noemen, dacht ze bij zichzelf nog voordat ze hallo tegen haar vader had gezegd. Niet om haar te stangen, maar omdat hij simpelweg niet de moeite nam te onthouden dat hij haar niet zo moest noemen.

'Hallo pap. Hoe gaat het?'

'O, met mij gaat het prima. Niet slecht voor een man die al tien jaar in de AOW zit.'

Betsy wist dat dit zijn manier was om te zeggen dat ze afgelopen zondag de vijfenzeventigste verjaardag van haar vader was vergeten.

'O, nog gefeliciteerd,' zei ze, niet bijster enthousiast.

'Bedankt. Ik heb over het proces gelezen. Je gelooft het misschien niet, maar het staat hier in alle kranten. Ik ben blij dat er niet naar je familie wordt gevraagd. Of wel?'

'Ik heb gezegd dat mijn moeder overleden is en dat mijn vader bejaard is en in Florida woont. Verder is mij er niet naar gevraagd.'

'Om je de waarheid te zeggen ben ik daar blij om. Ik heb er niets over gezegd en ik zou niet willen dat er op school vragen over worden gesteld aan de kleinkinderen.'

De kleinkinderen! Betsy wilde de hoorn erop gooien. In plaats daarvan zei ze: 'Pap, sorry dat ik je moet afkappen, maar ik verwacht een telefoontje van mijn advocaat.'

'O, ik zal ophangen. Rug recht, Bets. Het komt allemaal goed.'

Toen Betsy ophing probeerde ze de bekende vlaag van woede te onderdrukken die ze altijd voelde bij haar vader. Hij was twintig jaar geleden hertrouwd, een paar maanden nadat haar moeder was overleden, en was toen vervroegd met pensioen gegaan, had het huis verkocht en was naar Florida verhuisd met zijn nieuwe vrouw. Ze wilde dicht bij haar volwassen kinderen zijn, en nu wist Betsy zeker dat het was alsof haar overleden echtgenoot noch zijn overleden vrouw ooit had bestaan.

Of ik, dacht Betsy, of ik.

Als ik nog één foto op Facebook zie waarop hij met zijn kleinkinderen staat te grijnzen, dan word ik gek. Waarom kijk je dan naar zijn berichten op Facebook? vroeg een stemmetje in haar hoofd.

Carmen kwam uit de keuken om haar goedenacht te wensen. 'Probeer wat uit te rusten, mevrouw Betsy,' zei ze.

De slaapkamer was haar toevluchtsoord geworden. Ze liep door het huis en deed beneden de lichten uit die Carmen aan had gelaten. De woonkamer, de gang, de zitkamer, de bibliotheek die er nu weer zo uitzag als voordat ze er Teds kamer van had gemaakt. Voordat ze dat licht uitdeed, keek ze naar de planken en de rijen medische naslagwerken. Hij had ze een paar keer van de planken getrokken toen hij in het holst van de nacht wakker was geworden en Angela hem niet had gehoord. Net als wanneer hij door het hele huis alle laden uit de kasten trok als hij de kans kreeg.

Wederom vroeg Betsy zich af of Ted in zijn gedachten naar iets op zoek was geweest, of dat het gewoon betekenisloze, willekeurige opwellingen waren.

Peter belde om negen uur. Ze lag al in bed en probeerde zich te concentreren op het boek dat ze aan het lezen was. Toen ze zijn stem hoorde, verbrijzelde de kille kalmte die haar tegen haar emoties had beschermd. Ze kon alleen maar snikken: 'O, Peter, hoe zal dit eindigen? Hoe kan dit eindigen?'

33

Jon had Delaney gebeld om te zeggen dat hij op de stoep zou wachten wanneer ze om kwart over zeven de studio uit kwam.

Toen ze de deur opendeed, stond hij naar het verkeer op Columbus Circle te kijken. Een moment lang observeerde ze hem. Zijn zwarte haar was netjes geknipt, in tegenstelling tot dat van zo veel mannen van zijn leeftijd. Zijn handen zaten in de zakken van zijn dichtgeritste jas. Hij kwam ongedwongen en relaxed over, alsof hij volmaakt tevreden was met zichzelf en de wereld.

Ze liep op hem af en tikte hem op de schouder. 'Kan ik u ergens mee naartoe nemen, meneer?'

Hij draaide zich om, omhelsde haar kort en gaf haar een zoen op haar lippen.

'Nee, het spijt me. Ik wacht op een mooie, intelligente, charmante jongedame. Niemand kan aan haar tippen.' Ze lachten allebei en hij zei: 'Ik heb weer een van mijn briljante ideeën. Het is een perfecte avond om buiten te eten en ik kwam langs die plek op Central Park South waar vroeger Mickey's Mantle zat. Er stonden tafeltjes op de stoep.'

'Geweldig plan. We kunnen naar de optocht kijken.'

Ze staken Columbus Circle over en hij vroeg: 'Hoe ging het in de rechtbank?'

'Ik denk dat het niet heel goed ging voor Betsy Grant. De man met wie ze af en toe afsprak moest een verklaring afleggen en de officier van justitie heeft ervoor gezorgd dat hij toegaf dat hij verliefd op haar was en van plan was om met haar te trouwen.'

Jon floot. 'Dat is niet goed.'

'Nee, inderdaad. Zoals ik net op tv al zei, ik stond er versteld van dat de verdediger hem geen vragen stelde. Ik weet dat hij misschien niet het feit wilde benadrukken dat zij en Peter Benson vroeger een serieuze relatie hadden gehad, maar ik kon zien dat de jury meer van hem verwachtte. Ik heb al vanaf het begin gezegd dat Maynard zijn Park Avenue-salaris niet waard is.'

In stilte liepen ze over Central Park South totdat ze bij het restaurant aankwamen dat Jon had uitgekozen.

Zodra ze zich hadden geïnstalleerd, ieder met een glas wijn voor zich, zei Delaney: 'Jon, ik ben een journalist en ik weet dat ik objectief moet zijn, maar ik ben er heilig van overtuigd dat Betsy Grant onschuldig is. Ik kan me niet voorstellen dat ze iemand zou vermoorden, laat staan de echtgenoot die ze volgens iedereen met tederheid omringde.'

'Delaney, ik zou het graag met je eens zijn dat het onlogisch lijkt, maar in de rechtbank zie je zo veel mensen die zelfs in hun stoutste dromen niet hun toevlucht tot geweld zouden nemen, totdat ze tot het uiterste gedreven worden.'

'Dat weet ik,' erkende Delaney, 'maar Jon, als je naar de foto's kijkt: Ted Grant was een grote man. Niet dik, maar zeker wel groot. En dan zou Betsy Grant hem, terwijl hij sliep, in een zittende houding hebben weten te trekken, om daarna precies op de plek toe te slaan waar hij zonder bloedingen een schedelfractuur zou oplopen?'

'Heeft ze, voor zover jij weet, enige medische kennis?'

'Dat is nog niet gebleken, maar zijn bibliotheek blijkt vol te staan met medische naslagwerken,' gaf Delaney toe.

Jon liet het verder rusten. 'Je moet het gewoon laten gebeuren, Delaney,' zei hij.

Delaney besefte dat het zinloos was om verder te speculeren. Maar met bloedend hart dacht ze terug aan de gepijnigde uitdrukking op Betsy Grants gezicht toen de begrafenisondernemer had beschreven aan wat voor klap haar echtgenoot was overleden.

Ze dwong zichzelf om te glimlachen. 'Jon, vertel eens over je onderzoek.'

'Het is enorm interessant. Laten we eerst even naar de menukaart kijken. Mijn lunch was een pretzel die ik op straat heb gekocht en ik heb honger.'

'Mijn lunch was een koude tosti in de eetzaal van de rechtbank. Of, om eerlijk te zijn, was er niets mis met de tosti, maar was ik zo druk bezig mensen om me heen af te luisteren dat ik mijn eten vergat.'

'Wat voor reacties hoorde je allemaal?'

'Ongeveer dezelfde als vorige week. "Ik snap wel waarom ze het deed, maar toch, hoe kan iemand het hoofd van die zielige zieke man hebben ingeslagen? Ook al ben je aan het einde van je Latijn, daar mag je niet mee wegkomen."' Delaney zuchtte. 'Oké, laten we nu naar de kaart kijken.'

Ze kozen alle twee voor de zalm en een salade.

'Vorig jaar had ik wat met een man die zalm haatte,' merkte Delaney op. 'Hij bleef maar zeggen dat het een erg vette vis was die waarschijnlijk vol kwik zat.'

'Ik had wat met een vrouw die alleen salades at. Op een avond begon ze me de les te lezen over waarom ik nooit rood vlees zou moeten eten. Om haar te stangen bestelde ik een hamburger.'

Ze moesten allebei glimlachen. Jon reikte over de tafel naar haar hand en pakte hem vast. 'We lijken het tot nu toe over allerlei belangrijke onderwerpen eens te zijn.'

'Zoals het eten.'

De ober nam hun bestellingen op en Jon zei daarna: 'Je vroeg naar mijn onderzoek. Er is echt sprake van een doorbraak dankzij Lucas Harwin, de regisseur wiens zoon vorige week aan een overdosis is gestorven. Hij heeft me de afschriften van Stevens tolpasje gegeven, waaruit blijkt dat hij in de drie weken voor hij stierf twee keer naar New Jersey is afgereisd. Bijna twee jaar geleden had hij een terugval en toen is hij in de drie weken ervoor ook drie keer naar New Jersey gegaan. Er waren twee creditcardafschrijvingen voor hetzelfde restaurant in Fort Lee, New Jersey, en beide keren had hij voordat hij naar New Jersey ging ongebruikelijk grote bedragen van zijn bankrekening opgenomen. Lucas zei dat Steven tegen zijn begeleider had gezegd dat hij zijn medicijnen van een dokter kreeg.'

'Wat ga je met deze informatie doen?'

'Ik ben een lijst aan het samenstellen van de dokters in Fort Lee en ga beginnen met hen die het dichtst bij het restaurant in de buurt zitten.'

'Staan er nog interessante namen tussen?'

'Ja. Dit moet tussen ons blijven. De praktijken van dokter Grants oude collega's, dokter Kent Adams en dokter Scott Clifton, staan erbij. Ze zitten allebei op loopafstand van het restaurant.'

Delaney negeerde hun bestellingen, die door de ober voor hen werden neergezet. 'Wat ga je nu doen?'

'Verder met het onderzoek, natuurlijk. Ik ga de dokters in dat gebied natrekken. Misschien kan ik erachter komen welke van hen ongewoon veel recepten voor opioïde pijnstillers hebben uitgeschreven.'

'Jon, we zijn allebei op onze eigen manier journalisten. Is het toeval dat dokter Clifton en dokter Adams ook in jouw onderzoek voorkomen?'

'De waarheid is soms vreemder dan verzinsels.' Jon lachte. 'Kom, eet je zalm op voor hij net zo koud wordt als je tosti van vanmiddag.'

34

Voor Alvirah was het niet al te moeilijk om Leslie Fallowfield te vinden. Hij was een geroyeerde advocaat die tien jaar in de gevangenis had gezeten omdat hij kinderen had verkocht. Zijn meest recente adres was een postbus in Rowayton, Connecticut.

'We komen dichtbij, Willy,' zei Alvirah triomfantelijk toen Willy deze informatie had weten op te graven. 'En zie je? Hij moet betrokken zijn geweest bij Cora Banks' verschrikkelijke praktijken.'

'Daar bestaat geen twijfel over. Uitschot, allebei,' zei Willy. 'Maar hij zal niet makkelijk te vinden zijn als hij alleen een postbus heeft. Misschien laat hij zijn post wel daarheen sturen maar woont hij zelf in Californië?'

'Alles op zijn tijd,' zei Alvirah, zeker van haar zaak. 'Als we het geluk hadden dat Sam ons zag toen we in Philadelphia waren, dan hebben we ook genoeg geluk om deze man te vinden. We gaan morgen naar Connecticut.'

Dit keer had Willy daar geen problemen mee. De Mets en de Phillies stonden gelijk en koersten af op de laatste drie wedstrijden van het seizoen. Morgen zouden ze niet spelen, anders was Willy gedwongen geweest om zijn poot stijf te houden en te zeggen: 'Nee, echt niet.'

Het septemberweer bleef veranderlijk, sommige dagen net

zo warm als de dag ervoor, terwijl het juist nu weer kouder werd. Maar, zoals Alvirah had gezegd: 'God heeft ons niet voor niets de vier seizoenen gegeven, dus klaag niet wanneer het te warm is in augustus en ook niet wanneer de temperatuur weer begint te dalen.'

Toen ze onderweg waren, was Alvirah bijna een half uur stil, iets wat, zoals Willy maar al te goed wist, niets voor haar was.

'Lieverd, is er iets mis?' vroeg hij bezorgd.

'Wat? O, nee, er is niets mis. Ik ben gewoon aan het peinzen. We weten dat Delaneys adoptieouders geld voor haar hebben betaald, misschien wel veel geld. Maar zelfs als we een meevaller hebben en Leslie Fallowfield ons naar Cora leidt, denk je dat ze gegevens heeft bijgehouden van de mensen die de baby's verkochten en hen die ze kochten? Ik bedoel, blijkbaar deed ze het al jaren. De buren in Philadelphia zeiden dat ze elke paar dagen wel een zwanger meisje dat huis in zagen gaan. En Delaney is zesentwintig. Zelfs als we Cora vinden, dan heeft ze misschien wel geen idee wat de echte namen van alle betrokken ouders zijn en denkt ze dat ze echt Smith en Jones heten. Als dat het geval is, dan is het echt een verloren zaak.'

'Alvirah, schat, het is niets voor jou om je voor te bereiden op een teleurstelling.'

'Ik bereid me er niet echt op voor, maar ik maak me wel zorgen.' Alvirah zuchtte en begon toen om zich heen te kijken terwijl ze via afslag dertien Route 95 North verlieten. 'O, Willy, heb ik niet altijd al gezegd dat Connecticut de mooiste staat is? Ik weet dat we er niet veel van zullen zien nu we richting de Cape rijden, maar weet je nog toen mevrouw Daniels, mijn werkgever op donderdag, naar Darien verhuisde toen haar echtgenoot een nieuwe baan kreeg? Ik ging er toen een paar dagen heen zodat ik haar kon helpen met de inrichting. Toen heb ik het gezien.'

'O, natuurlijk.' Willy dacht terug aan die gebeurtenis en wanneer die had plaatsgevonden. Hij had die paar dagen aan de waterleiding gewerkt in het bejaardentehuis dat gerund werd door zijn zus, Pauline.

Willy herinnerde zich ook dat het een van de weinige keren in hun huwelijk was geweest dat hij en Alvirah een paar dagen zonder elkaar waren geweest. Dat had hij helemaal niet leuk gevonden. Dat vertelde hij Alvirah nu.

'Ik ook niet,' zei ze. 'En mevrouw Daniels betaalde me precies wat ze me verschuldigd was en geen cent meer voor alles wat ik extra voor haar had gesjouwd. Je weet dat ik niet van opschepperij houd, maar zij was een van de eersten die ik belde om te zeggen dat we de loterij hadden gewonnen.'

'Dat weet ik nog.'

'Ik hoor haar nog met haar tanden knarsen terwijl ze zei: "Wat geweldig voor jullie." Dat voelde erg goed. O, hier is de afslag voor Rowayton.'

Tien minuten later stonden ze in het postkantoor met een van de werknemers te praten. Hij stelde zich voor als George Spahn. Hij was een kleine man met weinig haar en een aandoening aan zijn neus waardoor hij vaak zijn keel moest schrapen.

'Ja, soms leren we de mensen kennen die hier een postbus hebben,' zei hij. 'De meesten komen hier een keer per week hun post ophalen. Anderen, die vaak veel reizen, hebben een postbus zodat de post zich niet op hun drempel opstapelt en dieven niet doorhebben dat er dan niemand thuis is.'

'Erg verstandig,' zei Alvirah bemoedigend. 'Kent u dan Leslie Fallowfield?'

'Dat is geen naam die je snel vergeet,' zei de medewerker met een lach. 'O ja, die ken ik zeker. Een stille man, maar erg aardig. Hij komt elke week op dezelfde dag.'

Alvirah probeerde nonchalant te klinken. 'O, hij woont in de buurt?'

Plotseling keek George Spahn bezorgd. 'Hé, waarom stelt u al deze vragen over meneer Fallowfield?'

'Omdat een goede vriendin van mij haar biologische moeder zoekt. Meneer Fallowfield is de advocaat die de adoptie heeft geregeld. Hij is haar laatste hoop om de informatie te vinden die ze nodig heeft.'

Spahn bestudeerde Alvirahs gezicht en leek gerustgesteld door wat hij zag. 'Dat begrijp ik wel. Maar misschien is het beter als ik hem er eerst naar vraag en dan bij jullie terugkom.'

Hij zal ons niet willen ontmoeten, dacht Alvirah wanhopig.

Willy onderbrak hen. 'Mijn vrouw heeft al zo veel moeite gedaan om te komen waar we nu zijn. Als we meneer Fallowfield te spreken krijgen, kunnen er maar twee dingen gebeuren. Of hij heeft de naam van de moeder, of hij heeft hem niet. Hoe zou u zich voelen als u geadopteerd zou zijn en achter uw afkomst wilde komen? Bent u nooit benieuwd geweest naar uw stamboom?'

'Ik heb weleens op Ancestry.com gekeken,' zei Spahn trots. 'Mijn betovergrootvader was een soldaat in de Burgeroorlog.'

'Dan begrijpt u ook dat een zesentwintig jaar oude vrouw graag wil weten wie haar ouders zijn.'

Er viel een lange stilte. Spahn keek even van hen weg en richtte zich toen weer op hen. 'Laten we het volgende doen,' zei hij. 'Meneer Fallowfield is hier elke woensdag stipt om één uur. Waarom bent u hier dan niet ook? Ik zal "Goedemiddag, meneer Fallowfield" roepen en dan kunt u hem aanspreken. Maar houd u mij er alstublieft buiten.'

'Dat klinkt goed,' zei Alvirah enthousiast. 'Willy, is dat niet geweldig?'

'Absoluut,' zei Willy. Maar de moed zonk hem in de schoenen toen hij besefte dat de Mets op precies die tijd zouden aftrappen.

35

Ondanks Scotts magere pogingen om zich liefhebbend en attent te gedragen, wist Lisa dat het nutteloos was om te proberen hun huwelijk te redden. Of hun aanfluiting van een huwelijk, corrigeerde ze zichzelf.

Ze kende de redenen, of in elk geval een paar ervan. Ted Grants dood had een diepe indruk gemaakt op Scott. De gedachte dat Betsy Grant zo'n meedogenloze klap had kunnen uitdelen aan een hulpeloze man leek hem tot in zijn ziel geraakt te hebben. Hij droomde regelmatig over Ted en mompelde zijn naam in zijn slaap.

Het werd steeds gebruikelijker dat hij na zo'n droom wakker werd en naar beneden ging om televisie te kijken. Althans, dat zei hij.

Lisa wist dat de financiële druk op hem toenam. Het was al erg genoeg geweest dat Ted slachtoffer werd van alzheimer, maar een paar jaar voordat zij met Scott getrouwd was, hadden hij en Kent hun samenwerking beëindigd. Voor zover ze wist was het vooral Adams geweest die weg wilde, en het merendeel van de patiënten was met hem meegegaan.

En natuurlijk studeerden drie van Scotts kinderen. De tweeling was net bezig met hun laatste jaar aan de University of Michigan en de dochter zat in haar tweede jaar aan Amherst.

Het collegegeld was een zware last, maar het einde was in

zicht. Toen Scott haar het hof aan het maken was, leek hij goed in de slappe was te zitten.

Toch was haar een ding volledig duidelijk. Het maakte niet uit hoe vaak hij het tegensprak, ze twijfelde er niet aan dat Scott een affaire had. Te vaak zei hij na het eten dat hij een patiënt moest bezoeken.

Toen ze een keer naar het ziekenhuis had gebeld om met hem te praten werd haar verteld dat dr. Clifton op dat moment geen patiënten in het ziekenhuis had liggen.

Lisa had een heel goede baan bij J&J Pharmaceuticals opgezegd toen ze met Scott trouwde. Nu ze wist dat ze over haar toekomst moest nadenken, belde ze haar baas, Susan Smith. Ze kwam direct ter zake. 'Susan, heb je toevallig een baan voor me?'

'Voor jou altijd. Je timing is perfect, maar voor de functie die ik voor je heb zul je veel moeten reizen.'

'Reizen is geen probleem.'

'Wat vindt Scott daarvan?'

'Dat maakt me niet uit. Dit huwelijk was een grote vergissing en het is absoluut nutteloos om te doen alsof het iets anders was dan dat. Ik ga een afspraak maken met een advocaat en onmiddellijk de scheiding aanvragen.'

'Het spijt me dat te horen. Je leek zo gelukkig.'

'"Leek" is inderdaad het juiste woord. Het was eigenlijk al bijna vanaf het begin duidelijk dat de heftige gevoelens die Scott voor mij koesterde al snel waren uitgedoofd.'

Er viel een lange stilte en toen zei Susan: 'Als je zo zeker bent van je zaak, dan heb ik een suggestie voor je. Staan er veel van jouw persoonlijke bezittingen in het huis?'

'Naast mijn juwelen? Best veel nog. Wat schilderijen van mijn grootvader waarvan ik weet dat ze flink in waarde zijn gestegen. Hij en mijn grootmoeder waren fervente antiekverzamelaars. Daarnaast heb ik van hen een bureau, tafels en lampen uit de zeventiende eeuw, twee Perzische tapijten, Chinees porselein, zilverwerk en een paar originele Shakerstoelen.

Scott heeft zijn eerste vrouw uitgekocht en zij heeft veel van het originele meubilair achtergelaten. De afgelopen drie jaar voelde ik me alsof ik in het huis van een andere vrouw woonde. Hij zei dat we een ander huis zouden kopen en dit huis in de verkoop zouden zetten, maar dat is nooit gebeurd. Ik heb mijn spullen op zolder gestald, omdat ik ze niet met de restjes van de ex-mevrouw Clifton wilde mengen.'

'Ik heb een tip voor je. Voordat je zelfs maar iets over je plannen fluistert tegen Scott, haal eerst alles weg en sla het ergens op. Dat huis staat op zijn naam. Je zou zomaar thuis kunnen komen en merken dat de sloten veranderd zijn en dan zal het lang duren voor je al je bezittingen terugkrijgt.'

'God, daar heb ik nooit bij stilgestaan. Ik ga ergens deze week naar Morristown om te kijken of ik een appartement of huisje kan krijgen.'

Toen Lisa ophing, voelde ze zich ontmoedigd en treurig. Ze had gehoopt dat haar huwelijk met Scott een 'en ze leefden nog lang en gelukkig'-scenario zou zijn. Hij was zo vurig geweest, verlangde er zo erg naar om met haar te trouwen. Dat gevoel was binnen een jaar verdwenen.

Ze wist dat het niet haar schuld was. Ze deelde zijn zorgen over zijn slechtlopende praktijk, verdroeg zijn rusteloze gewoel in bed en probeerde geduld op te brengen voor het feit dat hij haar altijd kleineerde wanneer er anderen bij waren.

Mijn zelfvertrouwen ligt ergens onder het nulpunt, dacht ze. Pas zevenendertig en bijna gescheiden. Ze wist dat de gevoelens die ze had gehad voor Scott door zijn gedrag verdwenen waren en wellicht maakte een derde mevrouw Clifton al haar opwachting.

Ik wens haar veel geluk, dacht Lisa. Ze stond op uit de stoel waarin ze Susan had gebeld. Ze stond in de woonkamer van hun huis in Ridgewood. Het was een grote, fijne kamer, maar ze hield niet van de strenge, monotone inrichting. Scott had verteld dat zijn vrouw de woonkamer en de eetkamer opnieuw had ingericht voor ze vertrok. Ik durf te wedden dat de enige reden dat ze de nieuwe spullen had achtergelaten, dacht Lisa, was omdat ze geen warmte uitstralen. Ze zouden beter staan in de wachtkamer van zijn praktijk.

Bij de Ridgewood Country Club had ze een scheidingsadvocaat en zijn vrouw ontmoet. Alhoewel Paul Stephenson en Scott allebei lid waren, hoopte ze dat hij haar zaak zou aannemen. De huwelijkse voorwaarden waren simpel geweest: wat van jou is is van jou, wat van mij is is van mij. Ze zou niet om alimentatie vragen en had het ook niet nodig. Ze wilde alleen de papierwinkel achter de rug hebben. Ze zou later bellen.

Maar nu voelde ze de plotselinge drang om naar het prachtige bureau en de tafels, lampen en schilderijen te kijken waarmee ze was opgegroeid.

Ze voelde zich ietsje beter en stapte op de eerste trede van de trap naar de zolder.

36

Om half een stonden Alvirah en Willy in het postkantoor van Rowayton, Connecticut. Alvirah was zo zenuwachtig dat ze Leslie Fallowfield zou mislopen dat ze erop stond om er een half uur eerder te zijn dan het tijdstip waarop hij volgens George Spahn altijd zijn post kwam ophalen.

Een gespannen Spahn begroette hen met een kort knikje. Ze begonnen postzegels te plakken op lege enveloppen die bedoeld waren voor rekeningen die pas over drie weken betaald hoefden te worden.

Natuurlijk konden al die rekeningen betaald worden door middel van automatische incasso's, maar Alvirah wilde daar niets van weten. 'Er zijn maar twee mensen die geld van onze bankrekening halen, Willy. Een daarvan ben jij, de ander ben ik.'

Het was bijna een uur. Ze bleef naar de klok kijken. 'O Willy, wat als hij niet op komt dagen?' zei ze zuchtend.

'Hij komt wel,' antwoordde Willy bemoedigend. Precies toen de wijzer van de klok op de een stond kwam er een spichtige man met dun haar binnen. Hij was eind zestig.

Alvirah had Spahns vriendelijke 'Hallo, meneer Fallowfield' niet nodig om te weten dat de man die ze zo ontzettend graag wilde spreken zojuist was binnengekomen. Toen ze hem benaderde, bedacht ze dat ze Willy in de auto had moeten laten wachten, voor het geval Fallowfield haar afwimpelde en wegreed.

Te laat, dacht ze. Met een warme glimlach liep ze op Fallowfield af, die post uit een vakje aan het halen was, en zei: 'Goedemiddag, meneer Fallowfield.'

Fallowfield draaide zich geschrokken om. 'Wie bent u?'

'Ik ben Alvirah Meehan en ben bevriend met een jonge vrouw die verschrikkelijk graag haar biologische moeder wil vinden,' zei Alvirah gehaast. 'Wilt u alstublieft met mij praten? Cora Banks was de vroedvrouw destijds en u was haar advocaat toen ze zestien jaar geleden haar huis aan de eigenaar van Sams Tegelfabriek verkocht.'

Fallowfield keek ongelovig. 'Dus u bent daarachter gekomen?'

'Ik ben een goede detective.'

'Blijkbaar.'

Fallowfield keek om zich heen. Het postkantoor werd drukker. Mensen stonden in de rij om pakketjes te versturen en anderen om postzegels te kopen. 'Dit is geen geschikte plek om te praten,' zei hij. 'Om de hoek zit een eetcafé.'

Hij deed zijn postbus dicht en sloot hem af. De kleine stapel enveloppen werd in zijn jaszak gepropt.

'Dat is mijn echtgenoot, Willy,' zei Alvirah, naar hem wijzend.

'Dan moet hij ook mee.'

Vijf minuten later zat Fallowfield tegenover hen aan een tafel in het nabijgelegen eetcafé. Nadat ze koffie hadden besteld zei Fallowfield: 'U vertelde mij dat Cora bij de geboorte van een kind heeft geholpen dat nu op zoek is naar haar biologische moeder.'

'Ja, ze móét haar vinden,' zei Alvirah fel. 'Ik ga ervan uit dat

Cora Banks waarschijnlijk geen gegevens heeft bijgehouden, maar ik hoop dat ik ongelijk heb.'

Fallowfield keek geamuseerd. 'Ik kan u garanderen dat Cora alles bijhield.'

Het kostte Alvirah bijna een minuut voordat ze de verstrekkende gevolgen van die woorden verwerkt had. Ze herhaalde: 'Ze hield een administratie bij?'

'Cora is een erg slimme vrouw. Dat soort informatie heeft overduidelijk een grote potentiële waarde.'

'Weet u waar Cora Banks nu is?'

'Ja, dat weet ik.' Fallowfield nam een slokje van zijn koffie.

'Kunt u me haar adres geven?'

'Natuurlijk. Ze woont in de Danbury Vrouwengevangenis, maar zal morgen vrijgelaten worden.'

'Waar gaat ze dan heen?'

'O, naar mijn huis in Rowayton. Cora is al jaren een goede vriendin van mij. Ik kan een ontmoeting regelen.'

Fallowfield haalde een klein notitieblokje uit zijn borstzak. 'Kunt u mij details geven over de geboortemoeder, waar de bevalling plaatsvond, de geboortedatum, het geslacht van het kind?'

Het geslacht van het kind, dacht Alvirah. Zou dat betekenen dat ze meer dan een bevalling per dag deed? Ze deed haar best om haar verbijstering niet te laten doorschemeren. 'Kunt u er dan voor zorgen dat Cora ons wil zien zodra ze hierheen komt?'

'Natuurlijk kan ik dat,' zei Fallowfield. 'Maar u moet zich er wel van bewust zijn dat Cora tien jaar in de gevangenis heeft gezeten. Wanneer ze vrijkomt zal ze veel kosten moeten maken. Een ziektekostenverzekering. Ze zal kleding moeten hebben, en wat los te besteden geld. Ze kan nooit meer werken als vroedvrouw. Ze is haar vergunning kwijt en heeft een levenslang verbod op het aanvragen van een nieuwe.'

Willy was aandachtig aan het luisteren. Dit is je reinste chantage, dacht hij. Het was duidelijk dat Alvirah zijn zorgen niet deelde. 'Hoeveel?' vroeg hij.

Fallowfield keek hem recht aan. 'Een man naar mijn hart,' zei hij. 'En ik zag dat u in een erg dure auto rijdt. Ik zou zeggen dat vijftigduizend dollar contant, allemaal in briefjes van twintig, het voor Cora de moeite waard zou maken om door haar administratie te gaan.' Fallowfield sprak op luchtige toon, alsof ze het over het weer hadden.

'U zult het krijgen,' beloofde Alvirah.

'Geweldig,' riep Fallowfield uit. 'En natuurlijk zijn we het er allemaal over eens dat dit een vertrouwelijke transactie is. De enigen die ervan weten zijn wij drieën en Cora.'

'Natuurlijk,' zei Alvirah.

Fallowfield staarde Willy aan. 'Natuurlijk,' beet Willy hem toe. Hij stond op uit zijn stoel.

Tien minuten later waren ze op weg naar huis. 'Schat, ik probeer te bedenken hoe we vijftigduizend dollar op kunnen nemen zonder dat het verdacht lijkt,' begon Willy.

'Dat komt goed,' zei Alvirah kordaat. 'Ik heb geloof ik gelezen dat de bank het pas officieel hoeft aan te geven als je meer dan tienduizend dollar contant opneemt of stort. Maar toen we de loterij wonnen, hebben we ons geld over tien verschillende banken verspreid. We nemen wel vijfduizend dollar op bij elk van hen apart.'

'Schat, we doen voorzichtig met ons geld. Wil je echt zo veel aan die oplichters geven?'

'Absoluut niet. Maar ik wil wel Delaney deze informatie geven. Wie weet? Misschien is haar echte moeder ook wel naar haar op zoek. Ik hoop dat ik erbij ben als ze elkaar ontmoeten.' Met een gelukzalige zucht leunde Alvirah achterover in haar stoel.

37

Dr. Mark Bevilacqua was de laatste getuige van de officier van justitie. Delaney luisterde toe hoe de officier hem eerst ondervroeg over zijn opleiding en zijn ervaring. Hij vertelde dat hij zesenzestig jaar oud was, afgestudeerd was aan Harvard Medical School en de afgelopen twintig jaar een praktijk had die gespecialiseerd was in het diagnosticeren en behandelen van alzheimer. Op verzoek van de officier van justitie accepteerde de rechter hem als expert.

De rechter keerde zich naar de jury en legde uit dat de evaluatie van de getuigenis van de expert volledig bij hen lag.

De officier ging verder met zijn vragen. Dr. Bevilacqua legde uit wat voor ziekte alzheimer was en op welke manieren het de patiënten beïnvloedde.

'Dr. Bevilacqua, onder welke omstandigheden leerde u dr. Ted Grant voor het eerst kennen?'

'Achtenhalf jaar geleden had dr. Grants vrouw een afspraak gemaakt in ons kantoor. Zij en zijn collega-artsen maakten zich zorgen om de veranderingen die ze hadden opgemerkt in dr. Grants gedrag en ze wilde weten wat daarvan de oorzaak was.'

'Kon u het antwoord geven?'

'Ja, na enkele tests was mijn diagnose dat dr. Grant aan een variant van alzheimer leed die vroeg was ingetreden.'

'Dokter, kunt u alstublieft uitleggen wat dat betekent?'

'In een groot aantal gevallen wordt alzheimer pas gediagnosticeerd bij patiënten van boven de vijfenzestig. Bij tien procent van de patiënten wordt het eerder geconstateerd. Bij deze patiënten is het vroeg ingetreden. Dr. Grant was eenenvijftig toen ik de ziekte bij hem constateerde.'

'Bleef u dr. Grant behandelen na deze diagnose?'

'Ja, tot hij anderhalf jaar geleden overleed bleef ik zijn arts.'

'Dr. Bevilacqua, hoe behandelde u hem?'

'Er bestaat geen specifieke behandeling die de voortgang van alzheimer kan tegenhouden. Wel schreef ik verschillende medicijnen voor die kunnen helpen bij het verlichten en vertragen van bepaalde symptomen als slapeloosheid, onrust, ronddolen, gespannenheid en depressie. Deze symptomen bestrijden maakt de alzheimerpatiënt gelukkiger en maakt de zorg vaak ook gemakkelijker.'

'Hielpen ze ook bij dr. Grant?'

'Ze hielpen zeker in de vroege jaren van zijn ziekte. Maar in zijn laatste jaar begon hij ondanks de behandelingen acuter te lijden aan depressie, onrust en slapeloosheid.'

'Dr. Bevilacqua, ik wil graag teruggaan naar de ochtend van 22 maart vorig jaar, toen dr. Grant dood werd aangetroffen in zijn bed. Toen had u dr. Grant bijna zeven jaar behandeld?'

'Dat is correct.'

'Hoe werd er die ochtend contact met u opgenomen?'

'Ik kreeg een telefoontje van een politieagent uit Alpine, die mij informeerde dat dr. Grant in zijn slaap overleden zou zijn.'

'Wat was op dat moment uw reactie?'

'Ik was lichtelijk verbaasd.'

'Hoe bedoelt u, "lichtelijk verbaasd"?'

'Dr. Grant was vier weken eerder in mijn praktijk geweest

voor een onderzoek. Alzheimer is een ziekte die zowel het lichaam als het brein aanvalt. Hoewel zijn mentale gestel rap aan het aftakelen was, leken zijn organen nog in relatief goede conditie te verkeren.'

'Maar toen u toezegde de overlijdensakte te zullen ondertekenen, dacht u toen dat hij een natuurlijke dood was gestorven?'

'Op basis van de informatie die ik toen had wel, ja. Laat me het uitleggen. De medische wetenschap is niet zo exact als u zou denken. Er zijn veel voorbeelden van patiënten die tijdens een onderzoek geen tekenen vertonen van dreigende problemen, maar die toch later die dag aan een hartaanval of een beroerte sterven. Als een individu dat al zeven jaar aan alzheimer lijdt opeens sterft, zelfs als die patiënt relatief gezond leek te zijn, dan is dat niet ongebruikelijk.'

'Dr. Bevilacqua, tijdens dit proces is er bewijs geleverd dat aantoont dat dr. Grant is overleden door een klap op zijn achterhoofd, niet aan een natuurlijke oorzaak. Als dr. Grant niet die verwonding op zijn hoofd had gehad, hoeveel langer had hij dan nog kunnen leven, volgens uw mening als medisch expert?'

'Elke alzheimerpatiënt is anders. De gemiddelde levensverwachting na de diagnose is acht tot tien jaar.'

'U zei gemiddeld. Bestaan er grove afwijkingen?'

'Ja. Sommige patiënten leven slechts drie jaar, andere leven nog wel twintig jaar na hun eerste diagnose.'

'Zou het dan gerechtvaardigd zijn om te zeggen dat dr. Grant nog ettelijke jaren zou hebben kunnen leven?'

'Zoals gezegd is elke patiënt anders. Maar afgaande op dr. Grants hoedanigheid toen ik hem een maand voor zijn overlijden zag, en de goede zorgen waarmee hij werd omringd, is het waarschijnlijk dat hij nog wel een paar jaar had kunnen leven, misschien wel vijf jaar.'

'Verder geen vragen meer, edelachtbare.'

Robert Maynard stond op. 'Dr. Bevilacqua, u heeft verklaard dat u lichtelijk verbaasd was om op 22 maart van vorig jaar aan de telefoon te horen dat dr. Grant was overleden?'

'Lichtelijk verbaasd, maar niet geschokt.'

'En u heeft ook gezegd dat alzheimerpatiënten gemiddeld niet meer dan acht tot tien jaar leven. Is dat correct?'

'Ja.'

'Toen dr. Grant stierf, hoeveel jaar leed hij toen al aan de ziekte?'

'Ik behandelde hem al zeven jaar. En meestal wanneer ik de ziekte bij een patiënt constateer is deze al ten minste een jaar aanwezig.'

'Dus, gemiddeld leven patiënten met deze ziekte acht tot tien jaar na de diagnose. Naar alle waarschijnlijkheid leed dr. Grant al acht jaar aan de ziekte toen hij stierf. Klopt dat?'

'Ja.'

'Dokter, u heeft ook verklaard dat, ondanks de medicatie die u had voorgeschreven en ondanks de goede zorgen van Betsy Grant en zijn verzorgster, de depressie, de onrust en de slapeloosheid significant waren toegenomen in het laatste jaar. Is dat correct?'

'Dat is correct.'

'Verder geen vragen meer, edelachtbare.'

Officier Elliot Holmes stond op. 'Edelachtbare, de staat beëindigt hiermee zijn bewijsvoering.'

De rechter keek naar Robert Maynard. 'Rechter, wij verzoeken om een uur pauze. De verdediging zal dan klaar zijn om te beginnen.'

'Goed,' zei de rechter.

38

Toen Alvirah en Willy voor de derde keer naar Rowayton reden, zinderde Alvirah van de spanning. 'O, Willy, we zouden zomaar eens achter de naam van Delaneys moeder kunnen komen, en misschien ook die van haar vader. Ik hoop maar dat de moeder niet naar Japan of China is verhuisd.'

'Erg onwaarschijnlijk,' zei Willy droogjes. Hij dacht terug aan gisteren, toen ze tien banken hadden bezocht om geld op te nemen. Bij elke bank had hij hetzelfde excuus gebruikt: 'Ik hoop maar dat ik geluk ga hebben in Atlantic City.' Tot zijn opluchting hadden alle kassiers gewoon geglimlacht terwijl ze het geld uittelden en bundelden.

Ze hadden om twee uur afgesproken om Cora te ontmoeten in het huis van Leslie Fallowfield aan Wilson Avenue. Ze waren beiden verbaasd geweest toen hij had gezegd: "mijn huis". Hij merkte hun blikken op en zei toen snel: 'het huis dat ik huur'.

Nu keek Alvirah gespannen naar de kaart, die liet zien dat ze slechts een paar kilometer van het adres dat Fallowfield hun gegeven had verwijderd waren. Een paar minuten later sprak een mechanische stem: 'Over een kilometer rechts afslaan.' Een paar momenten later zei hij: 'U hebt uw bestemming bereikt.'

Ze stonden voor het soort ranch dat in de jaren veertig, na

de oorlog, was gebouwd. Het had slechts een kleine voortuin met een paar schamele struikjes onder het raam. 'Deprimerend,' zei Willy. Hij parkeerde de auto.

Willy ontsloot de achterklep, stapte uit en haalde een oude koffer uit de achterbak. Er zat vijftigduizend dollar, per vijftig biljetten gebundeld, in gepropt.

Alvirah stapte uit en ze liepen over de stoep naar de voordeur.

Het was duidelijk dat Fallowfield op hen had staan wachten, want de deur ging open net toen Willy op de bel wilde drukken.

'Precies op tijd,' zei Fallowfield, alsof hij oude vrienden begroette. Hij hield de deur open. Alvirah zag dat hij snel een blik wierp op de koffer die Willy bij zich droeg.

Fallowfield ging hen voor naar een kleine zitkamer. 'Blijf hier maar zitten, dan haal ik Cora,' zei hij. Ze gingen zitten en Alvirah liet haar dunne herfstjas van zich afglijden. Ze had allerlei nieuwe kleding aangeschaft voor de riviercruise die ze begin september hadden afgerond. Deze jas had ze gedragen als Willy en zij na het avondeten het schip verlieten en een wandeling maakten door de nabijgelegen buurten. Ze dacht één moment terug aan hoe plezierig die reis was geweest, maar toen keerde ze terug naar het heden.

Fallowfield kwam de kamer weer in. 'Voordat ze naar beneden komt wilt Cora het geld tellen. Ik neem het mee naar boven…'

'U telt het hier,' zei Willy snel. Hij legde de koffer neer op het glazen blad van een salontafel. Fallowfield wilde protesteren, maar toen de koffer openging en hij de nette stapels met twintigdollarbiljetten zag, veranderde hij van gedachten. 'Ik ben zo terug.'

Alvirah keek om zich heen. De kamer was leuk ingericht, met tegen twee muren gestoffeerde banken die tegenover elkaar stonden. Aan beide kanten van de open haard stonden twee fauteuils met blauwe en kastanjebruine strepen en er lag een imitatie-oriëntaals tapijt met een vrolijk patroon op de vloer. Wat kan het me schelen hoe de kamer eruitziet? dacht Alvirah, geërgerd door haar gewoonte om altijd haar omgeving in zich op te nemen.

Zij en Willy gingen allebei rechterop zitten toen ze voetstappen naar beneden hoorden komen. Leslie Fallowfield en Cora kwamen een moment later de kamer binnen.

Cora's gezicht zag erg bleek, waarschijnlijk door de jaren die ze in de gevangenis had doorgebracht. Haar broek en haar trui slobberden om haar heen. Haar modderbruine haar had veel grijze strepen. Ze zag eruit alsof ze eind zestig of begin zeventig was. Ze keek amper naar Willy en Alvirah voordat haar ogen op het geld kwamen te rusten dat Willy op de tafel opgestapeld had. Fallowfield zette twee stoelen voor hem en Cora neer.

Cora's lach liet gevlekte tanden zien. 'Ik vertrouw jullie, maar we moeten het natuurlijk wel even tellen.'

'Ga je gang,' zei Willy, 'maar het geld blijft boven tafel.'

Willy en Alvirah keken toe hoe ze aan het werk ging. Het zijn net kinderen die hun Sint Maarten-buit tellen, dacht Alvirah. Ze zou dat op de terugweg tegen Willy zeggen.

Cora en Fallowfield kozen vier willekeurige pakketjes, scheurden het papieren zegel open en begonnen, briefje voor briefje, de vijftig twintigdollarbiljetten te tellen. Ze waren tevreden toen de bundels elk duizend dollar bevatten. Daarna gingen ze door de overgebleven bundels en waaierden ze uit als een pak kaarten, om zo zeker te weten dat het allemaal briefjes van twintig waren. Ze stapelden ze weer op naast de pakketjes die ze uitgeteld hadden en vergeleken de hoogtes tot ze het erover eens waren dat ze allemaal gelijk waren.

'Wat fijn om zaken te doen met eerlijke mensen,' zei Cora met een lach.

Alvirah was niet in de stemming voor kletspraat. 'Goed, jullie hebben het geld. Geef ons nu de naam van Delaneys echte moeder.'

Uit haar zak trok Cora een vel papier en ze vouwde het open. 'De moeder was zeventien jaar. Ze kwam uit Hawthorne, New Jersey. Haar ouders heetten Martin en Rose Ryan. De baby werd op 16 maart geboren op Oak Street in Philadelphia. De geboorte werd geregistreerd op de naam van Jennifer en James Wright uit Long Island, New York. Zij waren officieel de biologische ouders. Ze noemden de baby Delaney.'

39

Allereerst riep Robert Maynard zes getuigen op die voor Betsy konden instaan. Het waren twee leraren van Pascack Valley High School, twee buren en de directeur van het Villa Claire Gasthuis waar Betsy tot drie jaar geleden honderden uren had doorgebracht als vrijwilliger. De laatste getuige was meneer Thomas Quinn, de pastoor van de St. Francis Xavierkerk waar Betsy elke zondag de mis bijwoonde.

Allemaal verklaarden ze dat ze Betsy Grant al jaren kenden en dat ze haar nimmer aflatende toewijding aan haar echtgenoot met eigen ogen hadden gezien.

De getuigenis van de pastoor was bijzonder overtuigend.

'Mijnheer Quinn, hoe vaak bezocht u het huis van de Grants?'

'De afgelopen paar jaar, toen dr. Grant niet langer in staat was om naar de kerk te gaan, ging ik om de twee weken naar zijn huis zodat hij de communie kon ontvangen. Betsy was er altijd om voor hem te zorgen.'

'Wat kunt u zeggen over zijn algemene gesteldheid tijdens het laatste jaar van zijn leven?'

'Ik zag hem dieper en dieper afglijden in de afschuwelijke gevolgen van zijn alzheimer. De arme man heeft enorm geleden.'

'Heeft Betsy Grant het ooit met u gehad over het feit dat ze hem in een verpleegtehuis wilde stoppen?'

'Vorig jaar, op twee verschillende momenten. Ze zei dat er verschrikkelijke uitbarstingen waren geweest en dat hij haar had geslagen. Ze zei dat ze hem liever bij haar in huis hield tot het einde, maar als zijn gedrag verslechterde zou het noodzakelijk worden. Het was alleen als een laatste redmiddel. Ze wist dat hij verpletterd zou zijn als hij niet langer bij haar in huis kon zijn.'

'Mijnheer, met alle respect voor Betsy Grant, hoe is haar reputatie in de gemeenschap als het aankomt op waarheidsgetrouwheid?'

De pastoor antwoordde ongeveer zoals de andere getuigen dat hadden gedaan. 'Iedereen die Betsy Grant kent weet dat ze iemand is met een goed en betrouwbaar karakter.'

'Ik heb verder geen vragen meer, edelachtbare.'

De rechter wendde zich tot Holmes en zei: 'Meneer, u mag hem nu ondervragen.'

Elliot Holmes was een ervaren officier van justitie. Hij wist dat getuigen als deze aanvallen niets zou uithalen. Hij formuleerde zijn vragen rustig en op respectvolle toon. Hij ondervroeg de pastoor op dezelfde manier als de anderen.

'Mijnheer Quinn, u heeft verklaard dat u het huis in de laatste paar jaren van dr. Grants leven om de twee weken heeft bezocht. Klopt dat?'

'Ja meneer, dat klopt.'

'En mijnheer, hoeveel tijd bracht u normaal gesproken in het huis door tijdens deze visites?'

'Meestal ongeveer een half uur.'

'En mijnheer, klopt het als ik zeg dat u geen persoonlijke kennis heeft van wat er in dat huishouden gebeurde buiten uw bezoekjes elke paar weken?'

'Dat klopt ook, meneer.'

'En is het waar dat u niet bij de verjaardag aanwezig was de avond voordat de dokter stierf?'

'Ja, dat is correct.'

'Dus, met alle respect, mijnheer, u heeft absoluut geen kennis van de gebeurtenissen van die avond of van de omstandigheden rondom de dood van dr. Grant?'

'Behalve wat ik in de krant heb gelezen niet, nee.'

'Dank u, mijnheer. Ik heb verder geen vragen.'

Het was al bijna lunchpauze. Rechter Roth stuurde de juryleden terug naar hun kamer en zei dat hij zich spoedig bij hen zou voegen.

'Meneer Maynard,' vroeg de rechter, 'gaat de verweerder ook getuigen?'

'Ja, absoluut,' zei hij.

Rechter Roth sprak toen Betsy Grant aan. 'Mevrouw Grant, u begrijpt dat u een grondwettelijk recht heeft om te kiezen of u wel of niet wilt getuigen?'

'Ja, edelachtbare, dat begrijp ik.'

'Begrijpt u dat, wanneer u getuigt, beide advocaten u zullen ondervragen en dat de jury uw verklaringen samen met al het andere bewijs zal laten meewegen in de uitspraak?'

'Ja, dat begrijp ik ook.'

'Begrijpt u dat als u niet getuigt, ik de jury zal uitleggen dat uw beslissing om niet te getuigen hen niet mag beïnvloeden wanneer ze hun uitspraak bepalen?'

'Ja, edelachtbare, dat snap ik.'

'Tot slot, hebt u genoeg tijd gehad om uw beslissing te bespreken met uw advocaat, meneer Maynard?'

'Ja, meneer de rechter.'

'Goed dan, meneer Maynard. We beginnen na de lunch met haar getuigenis.'

'Edelachtbare,' antwoordde Maynard, 'het is nu donderdag en het is al bijna lunchtijd. Morgen is er geen zitting. De getuigenis van mevrouw Grant zal sowieso ongetwijfeld maandagochtend verdergaan. Ik vraag u om te wachten tot maandag voor we met deze cruciale getuigenis beginnen.'

Geïrriteerd tekende Elliot Holmes kort bezwaar aan, maar hij wist dat de rechter het verzoek waarschijnlijk zou goedkeuren.

Rechter Roth sprak. 'Ik erken dat we op een belangrijk punt in het proces zitten. Er bestaat eigenlijk geen twijfel over het feit dat zelfs als we vanmiddag beginnen, deze getuige pas op maandag of dinsdag klaar zal zijn. Ik keur het verzoek van de verdediging goed.'

De rechter draaide zich om naar de parketpolitie die naast de deur van de jurykamer stond. 'Haal de jury maar terug, ik zal het ze laten weten.'

40

Lisa Clifton begon de meubels, curiosa, dozen en kleden die ze had meegenomen toen ze met Scott was getrouwd te inspecteren.

'Aangezien we toch een nieuw huis gaan kopen, houd ik liever alles apart,' had ze drie jaar geleden tegen Scott gezegd toen ze trouwplannen aan het maken waren. 'Mijn grootvader moet naar een verpleegtehuis en hij wil dat ik alles wat ik uit zijn huis wil meeneem. Hij was een fervent verzamelaar en heeft een paar echt mooie dingen.'

Scott was het ermee eens geweest. 'Mijn ex, Karen, heeft het jaar voordat we uit elkaar gingen van alles gekocht. Ik zweer dat ze wist dat voor ons het einde nabij was en dat ze me met al die moderne troep wilde achterlaten. Er is geen stoel die nog lekker zit in het huis.'

Ze hadden er samen om gelachen. Toen dacht ik nog dat we lang en gelukkig zouden leven, dacht Lisa. Dat duurde een jaar, misschien langer, en daarna veranderde het. Veranderde hij. Ze zou nieuw meubilair moeten kopen voor haar woonkamer en haar slaapkamer, maar voor de rest zou ze klaar zijn om haar nieuwe plek te betrekken wanneer ze vertrok.

Ze maakte een lijst van alles wat ze op zolder had opgeslagen en ging toen naar beneden en belde een verhuisbedrijf. Ze konden haar op zijn vroegst over een week helpen. 'Dat is prima, maar ik sta erop dat jullie om tien uur 's ochtends langskomen. Ik zoek een appartement in Morristown. Als ik er niet gelijk eentje kan vinden, dan zal ik alles bij jullie moeten opslaan.'

'Dat is goed.'

Lisa kon niet weten dat toen de medewerker de verbinding verbrak, hij dacht: nog zo'n vechtscheiding. Ik vraag me af of er ruzie is over welke spullen ze meeneemt. Hoe dan ook, die verbroken relaties zijn goed voor de zaken!

Scott kwam om half zes thuis. Hij gaf haar een dikke zoen en een innige knuffel.

'Hoe is het met mijn meisje?' vroeg hij hartelijk.

Zijn meisje, dacht Lisa. Alsjeblieft. Ik ben niemands meisje, zeker niet dat van jou.

Ze dwong zichzelf te lachen. 'Het gaat goed.' Ze twijfelde of hij het sarcasme in haar stem oppikte.

Zoals gewoonlijk deed Scott zijn jas uit en pakte hij een trui uit de kast in de gang. 'Wat voor cocktail mag ik maken voor de vrouw des huizes?' vroeg hij.

Mijn god, hoeveel clichés gaat hij vanavond nog uitspuwen? vroeg Lisa zich af. Ze begon te beseffen dat de liefde voor haar echtgenoot was omgeslagen in een diepe, pijnlijke minachting. 'Doe maar een glas wijn,' zei ze. 'Voor als we het journaal van zes uur gaan kijken. Ik moet gewoon weten wat Delaney Wright te zeggen heeft over wat er vandaag in de rechtbank is gebeurd.'

Scott fronste. 'Ik hoef eigenlijk niet echt iets te horen over de zaak.'

'Waarom ga jij dan niet in de huiskamer zitten terwijl het aanstaat?'

Ze zag Scotts verbaasde uitdrukking. Voorzichtig, waarschuwde ze zichzelf. Hij mag niet vermoeden dat je van plan bent weg te gaan. Ze forceerde een glimlach. 'O, Scott, het spijt me. Het was niet mijn bedoeling zo kortaf te klinken. Ik heb alleen zo veel medelijden met Betsy en ik blijf hopen dat er iets zal gebeuren wat haar naam zal zuiveren. Ik snap niet hoe een normaal mens kan geloven dat Betsy Ted heeft vermoord. Ik bedoel, ik leerde ze pas kennen toen Ted al best ziek was, maar ze behandelde hem zo lief, zo teder. Zelfs die avond toen hij haar sloeg was ze niet boos op hem. Ze was verdrietig.'

'Zo ziet niet iedereen het,' beet Scott haar toe. Hij stormde naar boven en vergat de cocktail.

Toen het nieuws begon, keek en luisterde Lisa aandachtig. Haar indruk was dat Delaney Wright objectief probeerde te zijn, maar toen ze vertelde over de vernietigende getuigenis dat dr. Grant nog wel vijf jaar geleefd zou kunnen hebben, deed ze dat bijna met tegenzin. Ze mag het niet zeggen, maar ik denk dat Delaney Wright, ondanks alles wat het tegendeel bewijst, echt gelooft dat Betsy Ted niet vermoord kan hebben. Delaney leek erg geraakt door de oprechte getuigen die overtuigend hadden verklaard wat een goed mens Betsy was.

Toen de uitzending om half zeven voorbij was, kwam Scott naar beneden. 'Sorry dat ik zo chagrijnig deed. Maar je weet hoe moeilijk het is voor me om nieuws over die arme Ted te horen.'

'Ja, dat weet ik.'

'Oké. Je hebt al bij de club gereserveerd, toch?'

'Ja, om zeven uur.'

'Goed. Laten we er wat eerder heen gaan, ieder met een aparte auto. Ik moet nog even wat patiënten in het ziekenhuis bezoeken.'

Of nog een patiënt in je liefdesnest, dacht Lisa. 'Dat is prima,' zei ze meegaand.

41

Samen met Robert Maynard liep Betsy Grant de rechtszaal uit. Ze probeerde de getuigenis dat Ted nog enkele jaren geleefd zou kunnen hebben te verwerken. Ze wist dat dit haar zaak schade had berokkend. Ze hoopte dat de getuigen die voor haar in hadden gestaan hielpen.

Ze keek niet in de richting van de camera's terwijl ze zich naar de auto repte. Al bijna vanaf het begin was Richie Johnson de chauffeur die haar 's ochtends naar de rechtbank bracht en haar aan het einde van de avond weer ophaalde. Ze had Robert Maynard verteld dat het echt niet nodig was dat hij vanuit Manhattan naar Alpine en vandaar naar Hackensack zou rijden.

Maynard had het zo geregeld dat hij, Singh en Carl haar elke ochtend op de stoep van de rechtbank opwachtten om haar naar binnen te begeleiden. Wat Betsy hem niet verteld had was dat ze haar kalmte moest bewaren en dat zijn vermoeiende geruststellingen irritant en onwelkom waren.

Vanavond had ze, net als altijd, de uitnodigingen van haar vrienden om even langs te komen afgeslagen. 'Ik heb rust nodig,' had ze verontschuldigend gezegd, 'mijn hoofd loopt over.' Ze begrepen het allemaal, maar ze wist dat ze zich allemaal ook enorme zorgen maakten.

Ik maak me ook enorme zorgen, dacht ze wanhopig. Ze wist dat Richie soms in de achteruitkijkspiegel keek om te zien hoe ze zich voelde, maar als zij geen gesprek begon deed hij dat ook niet.

Toen ze bij het huis aankwam was Carmen, zoals altijd, het eten aan het klaarmaken. Hoezeer ze haar ook probeerde over te halen niet te komen werken, niets weerhield haar ervan om er door de week de hele dag te zijn. Alleen Betsy's belofte om het weekend door te brengen met vrienden zorgde ervoor dat ze zaterdag en zondag niet kwam.

Voor Teds dood had Carmen zijn eten altijd vroeg voor hem klaarstaan. Angela diende het op en ik zat altijd bij hem, herinnerde Betsy zich. Wanneer hij klaar was ging hij meestal naar bed. Zij ging dan vaak naar de sportschool, de film, of uit eten met mensen van de club.

Of met Peter. Maar dat gebeurde nooit meer dan twee keer per maand.

'Mevrouw Betsy, maak het uzelf gemakkelijk. Er zal een glas wijn in de zitkamer klaarstaan als u beneden komt.'

Elke avond zei Carmen hetzelfde, maar het stelde haar vreemd genoeg gerust. Iemand die voor me zorgt, dacht Betsy. En ik mag niet meer met Peter praten. Na een hartstochtelijk gesprek op de dag dat hij zijn verklaring had afgelegd, had ze hem gesmeekt om niet meer te bellen tot het proces voorbij was. 'Peter, we weten niet of mijn telefoon wordt afgetapt,' had ze gezegd, 'en misschien die van jou ook wel.'

Ze had het koud. Nadat ze haar jas had uitgetrokken koos ze in plaats van een longsleeve, een warme badjas die tot haar knieën reikte. Betsy probeerde de afschuwelijke gedachte dat ze volgende week zelf zou moeten getuigen te verbannen.

Carmen had de zitkamer voor haar gereedgemaakt. De lampen en de verwarming stonden aan en ze had een glas wijn op de statafel neergezet.

Het journaal van zes uur begon zo. Het was moeilijk om op het regionale nieuws te focussen. Een verkeersongeluk op de Verrazano-Narrows Bridge, een overval in Central Park, een huisbaas die de boel oplichtte.

Toen verscheen Delaney Wright voor de camera. Betsy voelde de moed in haar schoenen zinken terwijl ze luisterde naar wat ze al wist: dr. Bevilacqua had verklaard dat Ted nog wel enkele jaren had kunnen leven.

Ik ga veroordeeld worden voor de moord op Ted, dacht ze. Dat kan niet. Dat mag niet. Als ik voor de rest van mijn leven de gevangenis in draai, zal iedereen me dan vergeten? Of zal ik over twintig jaar toch onschuldig blijken en zullen ze me dan vrijlaten met hun welgemeende excuses? Twintig jaar. Dan ben ik drieënzestig.

Ze deed de televisie uit zodra Delaney Wright klaar was. Ze bleef denken aan het gezicht van de jonge journaliste. Toen ze de verklaringen van dr. Bevilacqua samenvatte, scheen het Betsy toe dat ze haar eigen teleurstelling over de vernietigende antwoorden die hij had gegeven probeerde te verbergen.

Carmen riep haar omdat het eten klaar was. Lamsvlees met groente. Betsy dwong zichzelf te eten. Ik mag niet flauwvallen in de rechtszaal, dacht ze. Dan zie ik er nog schuldiger uit.

Terwijl ze de koffie inschonk, sneed Carmen het onderwerp van de ontbrekende armband aan. 'Mevrouw Betsy, er is geen plek in het huis waar ik nog niet heb gekeken. Hij ligt gewoon niet in het huis. Denkt u dat we het nu moeten aangeven? Toen ik de post oppakte, zag ik een rekening van uw verzekeringsmaatschappij. Is die armband nog verzekerd?'

'Ja, dat is-ie. Dank je, Carmen, ik zal het regelen. Het is gek om maandelijks geld af te dragen voor je juwelen en dan de verzekering niet te gebruiken wanneer we weten dat we hem nooit meer gaan vinden.'

Ik heb bijna niet naar de post gekeken sinds het proces is begonnen, dacht Betsy bij zichzelf. Ik kan niet alles blijven negeren. Er schoot nog iets anders wat ze wilde doen door haar hoofd. Jaren geleden, toen ze met hun praktijk waren begonnen, hadden Ted, Kent en Scott allemaal hun eigen medische naslagwerken gekocht. Toen Kent naar zijn nieuwe kantoor ging verhuizen, had hij zijn boeken en andere persoonlijke bezittingen opgeslagen terwijl het kantoor werd verbouwd. Dankzij een brand in de opslag waren zijn boeken vernietigd.

Hij had het haar nooit gevraagd, maar ze wist dat hij blij zou zijn met de set die van Ted was geweest. Betsy dronk haar koffie en bedacht dat Kent en zijn vrouw Sarah vrienden door dik en dun waren gebleken tijdens deze beproeving. Zeker tijdens hun verklaringen, toen ze allebei hadden benadrukt hoe goed ze voor Ted had gezorgd en hoe teder ze altijd was geweest.

Bovendien had Ted tijdens zijn slechtste momenten deze boeken van de planken getrokken en ze door de kamer geslingerd. Het was een herinnering die ze wilde vergeten, en ze wist dat de boeken aan Kent geven een goed begin zou zijn.

Toen de huishoudster binnenkwam om haar goedenacht te wensen, zei Betsy: 'Carmen, de medische boeken op de bovenste twee planken in de bibliotheek, weet je welke ik bedoel?'

'Jazeker.'

'Wanneer het proces voorbij is, zou je ze dan willen inpakken? Ik wil ze graag naar het kantoor van dr. Adams sturen.'

'Natuurlijk.'

Nadat Carmen weggegaan was, bedacht Betsy dat Alan de boeken misschien wel wilde hebben. Minachtend wees ze die mogelijkheid van de hand. Hij zou ze of weggooien of verkopen, dacht ze. Dit is nog steeds mijn huis. Alles is nog steeds van mij en ik bepaal zelf wat ik houd of weggeef.

Als ik schuldig bevonden word, krijgt Alan dan alles wat ik bezit? vroeg ze zich af. Een gevoel van diepe eenzaamheid overweldigde haar opeens. Ze mocht Peter niet bellen. De media hadden al bloed geroken. Pagina 3 van de *Post* had gekopt: VROUW VAN DODE ARTS HERENIGD MET OUDE VLAM!

Het was pas kwart voor acht, maar Betsy besloot naar boven te gaan. Ik ben nog niet moe, maar als ik mijn nachtkleding aantrek, dan kan ik misschien eventjes in de zitkamer gaan lezen, dacht ze. De kamer waarin zij en Ted zo veel uurtjes in gelukzalige stilte hadden doorgebracht.

Net toen ze lekker was gaan zitten in de stoel boven, ging de telefoon. Ze keek naar het scherm en zag dat het haar vader was. Het laatste wat ze wilde waren zijn vrolijke woorden bedoeld als troost, dacht ze. Met vlakke stem zei ze: 'Hoi pap.'

'Bets, het ging vandaag niet zo goed, toch? Ik bedoel, Teds dokter die zei dat hij nog een paar jaar zou hebben geleefd, dat zag er niet goed uit voor jou.'

'Dat weet ik.'

'Gert zei dat ik er echt bij zou moeten zijn om je te steunen. Ze zei dat de kleinkinderen oud genoeg zijn om te snappen dat dit soort dingen gebeuren en het is niet alsof je echte familie van ze bent.'

Ik kan mijn oren niet geloven, dacht Betsy. Ik geloof het niet. Ze koos haar woorden zorgvuldig en zei: 'Ik heb je al vaker gevraagd om me geen Bets te noemen. Ik wil niet dat je naar de rechtszaal komt, maar je kunt je geliefde vrouw bedanken voor het aanbod. De enige persoon die me troost zou kunnen bieden, het enige zogenaamde 'echte' familielid, is de baby die jullie voor veertigduizend dollar hebben verpatst. Ze is nu zesentwintig en ik had graag haar steun gehad. Laat me alsjeblieft met rust.'

Ze gooide de telefoon neer en sloot haar ogen voordat haar vader antwoord kon geven. Het overweldigende verlangen naar de dochter die ze nooit had gekend pijnigde haar lichaam en ziel. Ze beleefde het korte moment dat de vroedvrouw haar haar pasgeboren baby had laten vasthouden opnieuw.

Toen het gevoel wegebde was ze plotseling zowel fysiek als geestelijk doodmoe. Betsy deed het licht uit en ging naar de slaapkamer.

42

Net als alle andere getuigen in het proces van Betsy Grant, was Alan Grant bevolen om zich in afzondering te houden. De rechter had hun opgedragen hun verklaringen niet met elkaar te bespreken, noch mochten ze de ondervragingen van de andere getuigen bijwonen. Ook was het getuigen verboden om artikelen of uitzendingen over het proces te lezen of te bekijken.

Alan Grant had al die regels, op aanwezig zijn in de rechtszaal na, overtreden. Hij las elk artikel dat hij kon vinden en elke avond zapte hij langs de kanalen om reportages over de rechtszaak te zien. En hij had met een andere getuige gepraat.

Alan was inmiddels al bang om zijn e-mail of zijn telefoonberichten te checken. Dankzij alle publiciteit over de voorschotten die hij had ontvangen en de erfenis die hij zou krijgen wanneer Betsy veroordeeld zou worden, was de druk op hem meedogenloos. Iedereen wilde geld zien. Nu. Hij kon de meesten van hen afpoeieren door te zeggen dat hij, zodra Betsy veroordeeld was, gelijk terug naar de civiele rechter zou gaan om de erfenis te laten vrijgeven, zodat hij snel zijn geld zou hebben. Het hielp ook dat hij hun allemaal tienduizend dollar extra had beloofd, als goedmakertje.

Iedereen was daarmee akkoord gegaan, op eentje na. Die persoon weigerde te geloven dat Alan niet nu al meer geld kon krijgen en had hem boos verteld dat hij op zijn tellen moest passen.

In de weinige uurtjes slaap die Alan kreeg, waren zijn dromen gevuld met beelden van zijn geliefde vader, wiens achterhoofd was ingeslagen door een marmeren stamper.

43

Die maandagochtend was Betsy Grant de laatste getuige van de verdediging. Alvirah en Willy stonden vooraan in de rij om als toeschouwers de rechtszaal te kunnen betreden. Ze hadden lang gesproken over de vraag of ze Delaney moesten vertellen dat Betsy haar moeder was en hadden besloten om te wachten tot na het vonnis om het nieuws te delen. Ze wisten hoe heftig het voor haar zou zijn en begrepen dat ze het proces niet meer zou mogen verslaan als ze het wist. Toen ze hun plekken opzochten in de rechtszaal, zat Delaney voor hen, in de rij voor de pers.

Gisteravond was het nieuws ingeslagen als een bom. Een vrouw in Milwaukee had op Facebook een foto gezet van een tienermeisje dat een jurk aan een hanger omhooghield en overduidelijk zwanger was. Onder de foto had de vrouw de volgende boodschap geschreven: 'Ik viel bijna flauw toen ik besefte dat Betsy Grant eigenlijk Betsy Ryan is, die zesentwintig jaar geleden in de kledingwinkel van haar tante in Milwaukee werkte. Ik ken haar tante van de middelbare school en ik heb Betsy vaak ontmoet. Lief meisje. Ik maakte deze foto nadat ze me had geholpen met het uitzoeken van deze jurk voor het huwelijk van mijn zus. Ze kan haar echtgenoot niet hebben vermoord. Ze zou geen vlieg kwaad doen.'

De jury bleef in de jurykamer toen het proces weer begon.

Officier van justitie Elliot Holmes stond op. 'Edelachtbare, we zijn allemaal bekend met de foto die gisteravond om tien uur op Facebook werd gezet en veel werd besproken tijdens het nieuws van elf uur en in de ochtendkranten van vandaag. Ik geloof dat er voor dit proces twee dingen van belang zijn.

Ten eerste willen we voorleggen dat deze foto zeer belangrijk bewijs is. We willen u, edelachtbare, aan Peter Bensons verklaring herinneren dat hij verkering had met Betsy Ryan in de laatste twee jaar van de middelbare school. Kort nadat ze geslaagd was, vertelden haar ouders iedereen dat ze haar te jong voor de universiteit vonden en dat ze een jaar in de kledingwinkel van haar tante in Milwaukee zou gaan werken. Meneer Benson heeft gezegd dat hij daarna het contact met haar verloor.

Edelachtbare, het is duidelijk dat de echte reden dat ze nog niet naar de universiteit ging was omdat ze zwanger was en dat ze naar Milwaukee ging om de zwangerschap geheim te houden. Als de verdachte een kind heeft gekregen, vermoed ik dat het ter adoptie is afgestaan.

Edelachtbare, normaal gesproken zou een zwangerschap van de verdachte zesentwintig jaar geleden niet belangrijk zijn voor dit proces. Maar wij verzoeken dat we tijdens haar verklaring aan de beklaagde mogen vragen of Peter Benson de vader was van dit kind. Zoals ik eerder al heb gezegd, en zoals ik wil gaan beargumenteren in mijn slotpleidooi, stelt de staat dat de verdachte als motief had dat ze een nieuw leven wilde beginnen met Peter Benson en dat ze daarom haar echtgenoot heeft vermoord. Als hij inderdaad de vader van dit kind is, is dat krachtig bewijs van een diepere band tussen de verdachte en meneer Benson.

Ter afsluiting van dit eerste punt, als de verdachte van gedachten is veranderd en toch niet wil getuigen, dan willen we Peter Benson opnieuw oproepen en hem ondervragen over deze kwestie.'

De officier ging verder: 'Edelachtbare, de tweede kwestie. Ook al willen we deze foto aan het bewijs toevoegen, we geloven dat het gepast zou zijn als alle juryleden afzonderlijk ondervraagd worden of ze deze informatie hebben gezien, en zo ja, of het onderschrift dat ze "geen vlieg kwaad zou doen" van invloed is op hun vonnis.'

Rechter Roth keerde zich naar Robert Maynard. 'Wat denkt u ervan, meneer?'

'Edelachtbare, natuurlijk heb ik met Betsy Grant gesproken over dit bericht op Facebook. Net als iedereen wisten wij gisteren pas van het bestaan ervan, toen het op het avondjournaal verscheen. We tekenen bezwaar aan dat dit late bewijs nog aan de jury wordt voorgelegd.'

Delaney keek toe hoe Maynard een kort en redelijk zwak argument aanvoerde. Ze besefte dat hij niet aangaf of Betsy zou toegeven of ontkennen dat Peter Benson de vader was. Hij klinkt alsof hij al weet dat hij een verloren zaak aan het vechten is en dat het bewijs door de jury gezien zal worden, dacht ze. Ze keek naar Betsy Grant, die recht voor zich uit keek en geen emotie toonde.

Vandaag droeg ze een blauw met wit tweedjasje, een marineblauwe rok en hoge zwarte lakleren laarzen. De sieraden die ze had gekozen waren een simpele parelketting, kleine pareloorbellen, haar brede gouden trouwring en een smal zilveren horloge om haar pols. Gedurende het hele proces had ze haar haar opgestoken gedragen, maar vandaag, waarschijnlijk op Robert Maynards advies, hing het los over haar schouders.

Daardoor leek ze zelfs nog jonger, alsof ze pas vroeg in de dertig was. Ze was beeldschoon.

Wat zou ze denken? vroeg Delaney zich af. Als blijkt dat Peter Benson de vader van haar kind is, dan heeft de officier gelijk – dan zal de band tussen hen nog hechter zijn. Voor de juryleden kan dat net het verschil maken.

Rechter Roth sprak toen: 'Dit bewijs komt inderdaad laat, maar het is wellicht enorm relevant. Dit is duidelijk geen kwestie waarbij de officier van justitie op de hoogte was van het bewijs, maar het niet aan de verdediging wilde laten zien. Als dat het geval was, zou ik het zeker verbieden. Maar dit bericht is gisteravond pas op Facebook verschenen. Ik zal alle juryleden afzonderlijk vragen of ze op de hoogte zijn van deze informatie en of elk van hen deze nieuwe informatie eerlijk kan evalueren voor het uiteindelijke vonnis, ondanks de opmerkingen in het onderschrift.'

Rechter Roth riep het volgende anderhalf uur de juryleden naar zijn kamer. Ze hadden allemaal het verhaal al gezien of gehoord. Ze verzekerden de rechter ervan dat ze het bewijs eerlijk zouden beschouwen en dat de opmerkingen onder de foto hen niet zouden beïnvloeden.

De rechter besloot dat alle juryleden mochten blijven en dat deze informatie gebruikt mocht worden als Betsy nog steeds een verklaring wilde afleggen. Als ze ervoor koos om niet te getuigen, mocht de officier Peter Benson opnieuw oproepen.

Maynard stond weer op. 'Edelachtbare, Betsy Grant zal getuigen.'

Rechter Roth gaf opdracht de jury weer terug de rechtszaal in te brengen. Zodra het laatste jurylid zat, zei Robert Maynard: 'Edelachtbare, de verdediging roept Betsy Grant op.'

Alle ogen in de rechtszaal waren op haar gericht. Ze stond

op en liep naar de plek voor de getuigenbank. De rechter droeg haar op haar rechterhand te heffen om zich te laten beëdigen door de bode. 'Zweert u de waarheid te zeggen en niets dan de waarheid?'

Met een zachte maar heldere stem antwoordde ze: 'Ja.'

Ze ging in de getuigenbank zitten. De parketpolitie paste de microfoon voor haar aan. Robert Maynard had het eerst over haar huwelijk met dr. Edward Grant, de bijzonderheden van zijn lange ziekbed en de moeite die ze had gedaan om hem de best mogelijke zorg te geven. Daarna richtte hij zich op de belangrijke zaken waarvan hij wist dat ze het vonnis danig zouden beïnvloeden. Tijdens zijn ondervraging noemde hij haar altijd 'mevrouw Grant'.

'Mevrouw Grant, op de avond voor het overlijden van uw echtgenoot had hij een woede-uitbarsting tijdens het eten en sloeg hij u in uw gezicht?'

'Ja, dat klopt.'

'Bent u toen huilend op uw stoel gaan zitten?'

'Ja.'

'En hebt u toen een aantal keer gezegd: "Ik kan het niet meer aan"?'

'Ja, dat klopt.'

'Zou u de jury willen vertellen wat u daarmee bedoelde?'

Betsy draaide haar stoel en keek de jury recht aan. 'Ik had meer dan zeven jaar lang mijn best gedaan om goed voor hem te zorgen. Ik hield enorm veel van hem. Twee jaar voordat hij stierf, nam ik verlof van mijn werk als lerares en stopte ik uiteindelijk met al mijn activiteiten als vrijwilliger om thuis te blijven en fulltime voor hem te kunnen zorgen. Maar in het laatste jaar viel hij me verschillende keren fysiek en verbaal aan.'

Betsy's stem brak. Ze nam een slokje water en ging verder. 'Mijn dokter zag hoe zwaar dat voor me was en gaf me het advies om Ted in een verpleeghuis te stoppen. Ik heb dat advies altijd van de hand gewezen omdat ik wist dat het Teds depressie en onrust alleen maar zou verergeren. Maar toen hij me die laatste avond sloeg, wist ik dat het niet meer ging. Ik wist dat het tijd was om die beslissing te nemen.'

'Welke beslissing was dat?'

'Ik wist dat de tijd was gekomen om te doen wat ik nooit had willen doen. Ik moest hem in een verpleeghuis stoppen.'

'Mevrouw Grant, zette u voordat u die avond naar bed ging het alarm aan?'

'Ik was zo van streek die avond dat ik het niet meer weet. Ik denk het niet. Ik kan het niet controleren omdat we een oud systeem hebben dat niet elektronisch bijhoudt wanneer het aan- of uitstaat.'

'Zet u normaal gesproken het alarm aan 's avonds?'

'Meestal zet ik of Angela het aan.'

'Mevrouw Grant, nadat de verzorgster, de huishoudster en uw gasten waren vertrokken, ging u toen nog even bij uw echtgenoot kijken voor u naar bed ging?'

'Ja, ik ging naar zijn slaapkamer. Hij was diep in slaap. Ik wist dat Angela hem een slaappil had gegeven na zijn uitbarsting.'

'Hoe laat was dit?'

'Rond kwart voor tien.'

'Wat deed u toen?'

'Ik ging naar mijn slaapkamer op de begane grond, die is iets verder de gang in. Ik viel gelijk in slaap.'

'Wanneer zag u uw echtgenoot daarna weer?'

'De volgende keer was rond acht uur de volgende ochtend,

vlak nadat Angela Watts mijn kamer was binnengekomen en me verteld had dat hij dood was.'

'Mevrouw Grant, er is tijdens dit proces bewijs gepresenteerd dat het alarm aanstond toen de verzorgster die ochtend arriveerde. Het bewijs heeft ook aangetoond dat, nadat iedereen de vorige avond vertrokken was, u alleen thuis was met uw echtgenoot. Hebt u iemand het huis binnen horen komen die nacht?'

'Nee. Maar ik was zo van streek en aangezien Ted diep in slaap leek, nam ik ook een slaappil, iets wat ik zelden doe. Ik sliep erg diep.'

'Wie kende naast de verzorgster verder de alarmcode?'

'Natuurlijk wist Carmen, mijn huishoudster, de code. En ook al was hij erg ziek, tot een paar jaar voordat hij stierf waren er momenten waarop Ted de getallen van de code mompelde. We hebben hem nooit veranderd sinds we in het huis wonen.'

'Hebt u Alan Grant ooit de code gegeven?'

'Ik niet, maar ik weet niet of Ted de getallen ooit aan hem heeft verteld, of dat Ted de getallen ooit heeft opgenoemd in zijn aanwezigheid.'

'Wie had er een sleutel van uw huis?'

'Ik, natuurlijk, en Ted. Carmen en Angela ook.'

'Heeft Alan Grant ooit een sleutel gehad?'

'Niet dat ik weet. Ik heb hem nooit een sleutel gegeven en Ted heeft nooit aangegeven dat hij dat wel heeft gedaan. En ik weet dat Angela en Carmen niemand een sleutel zouden geven zonder onze toestemming.'

'Waar was de sleutel van uw echtgenoot toen hij stierf?'

'In de laatste twee jaar van het leven van mijn echtgenoot ging hij nergens alleen heen. Zijn sleutel hing aan een haakje in de keuken. Om de zoveel tijd pakte Ted die sleutel en vond ik hem terug op een plank in de bibliotheek die nu zijn slaapkamer was.'

'Wat deed u met de sleutel wanneer u hem in zijn slaapkamer terugvond?'

'Ik hing hem terug in de keuken.'

'Wanneer zag u die sleutel voor het laatst?'

'Drie of vier maanden voordat Ted stierf merkte ik dat hij niet meer aan de keukenmuur hing. Ik verwachtte hem in de bibliotheek terug te vinden, maar dat gebeurde niet.'

'Hebt u de sleutel ooit gevonden?'

'Nee. Carmen en ik hebben overal gezocht, maar hem nooit meer teruggevonden.'

'Maakte u zich zorgen over deze ontbrekende sleutel?'

'Niet echt. Ik ging ervan uit dat hij ergens in huis lag, of dat Ted hem had weggegooid en dat hij weg was.'

'Was Alan Grant ooit met uw echtgenoot alleen in de laatste paar jaar van zijn leven?'

'Heel vaak. Hij ging soms met hem uit rijden. Soms zaten ze alleen in de zitkamer televisie te kijken.'

'Mevrouw Grant, ik ga u nu wat vragen stellen over het Facebookbericht. Hier is het bewijs. Bent u dat op de foto?'

'Ja, dat ben ik.'

'Bent u zwanger op deze foto?'

'Ja, ongeveer zes maanden.'

'Was u op dat moment werkzaam in de kledingwinkel van uw tante in Milwaukee?'

'Ja, dat klopt.'

'Wanneer ging u naar Milwaukee?'

'Ik ging half juli naar Milwaukee, nadat ik mijn middelbareschooldiploma had gehaald.'

'Wanneer werd u zwanger?'

'Eind mei, op de avond van mijn eindfeest.'

'Was u voordat u zwanger werd van plan om in september te starten met uw studie aan de universiteit?

'Ja, ik was toegelaten tot de George Washington University, in Washington.'

'Hoe reageerden uw ouders op de zwangerschap?'

'Ze waren allebei erg overstuur en ze schaamden zich. Vooral mijn vader was erg boos op me.'

'Veranderden uw universiteitsplannen?'

'Ja. Mijn ouders stonden erop dat niemand van de zwangerschap mocht weten, met uitzondering van mijn moeders zus in Milwaukee. Ze vertelden iedereen dat ze besloten hadden dat ik te jong was voor de universiteit en dat ik een jaar bij mijn tante ging werken in Milwaukee.'

'Hebt u een kind gekregen?'

'Ja, een meisje. Mijn dochter werd onmiddellijk bij me weggehaald. Op haar sterfbed gaf mijn moeder toe dat mijn vader de baby aan de hoogste bieder had verkocht. Hij kreeg er veertigduizend dollar voor. Dat is sindsdien een bron van intens verdriet voor mij.'

'Hebt u dr. Grant ooit verteld dat u een kind heeft gekregen?'

'Jazeker. Voordat we trouwden. Ik had sterk het idee dat ik daar eerlijk over moest zijn.'

'Hoe reageerde hij?'

'Hij bood aan om me te helpen mijn kind te vinden.'

'En wat deed u?'

'Ik deed niets. Ik schaamde me ervoor en was in verlegenheid gebracht. Mijn vader heeft mijn kindje verkocht. Toen ze meer dan twintig jaar geleden stierf, vertelde mijn moeder me dat ze dacht dat het geld gebruikt zou worden voor mijn opleiding. In plaats daarvan gebruikte mijn vader het geld om zijn huidige vrouw het hof te maken, ook al leefde mijn moeder nog.'

Betsy slikte haar tranen weg. 'Ik heb mijn dochter sinds ze geboren is elk moment van elke dag gemist. Als lerares werd ik altijd omringd door leerlingen die dezelfde leeftijd hadden als mijn dochter. Altijd ben ik me blijven afvragen waar ze nu kan zijn.'

'Mevrouw Grant, wie is de vader van uw kind?'

'Peter Benson is de vader.'

'U weet absoluut zeker dat hij de vader is?'

'Ja, dat weet ik zeker. Peter is de enige jongen met wie ik verkering had op de middelbare school.'

'Hebt u hem verteld dat u zwanger was?'

'Nee.'

'Hebt u hem ooit verteld dat u een kind gekregen heeft?'

'Nee, ook niet.'

'Waarom niet?'

'Omdat mijn ouders me naar Milwaukee hadden verbannen. Ze wilden niet dat Peter of iemand anders van het kind zou weten. Ze wilden haar niet en ze wilden niet dat Peters familie de voogdij over haar zou aanvechten. Zoals ik al heb verteld verkocht mijn vader de baby.'

'Dus wat u zegt is dat vanaf het moment dat u wist dat u zwanger was tot het moment waarop deze foto op Facebook werd gezet, u Peter nooit over dit kind heeft verteld?'

'Nee, dat klopt. Ik kan het bijna niet aan dat hij het nieuws heeft gezien en weet dat ik zwanger was van zijn dochter.'

'Mevrouw Grant, ontkent u dat u en Peter Benson een of twee keer per maand uit eten gingen in de jaren voor uw echtgenoot stierf?'

'Nee, dat geef ik toe.'

'Had u een affaire met Peter Benson?'

'Nee, dat niet.'

'Vertel ons over deze relatie.'

'Het was precies zoals hij het uitgelegd heeft toen hij getuigde. Ik kwam hem in een museum in New York tegen, een paar jaar voordat Ted stierf. We hadden allebei een dieptepunt in ons leven bereikt. Hij treurde over het verlies van zijn vrouw en ik treurde over het verlies van mijn briljante echtgenoot. We waren een grote troost voor elkaar.'

'Kreeg u gevoelens voor Peter Benson?'

'Ik zou liegen als ik niet zou erkennen dat, naarmate de tijd verstreek, mijn genegenheid voor hem steeds groter werd. Hij voelde hetzelfde, zoals hij eerder al zei.'

'Hebt u het met hem over deze gevoelens gehad?'

'Ja. Ik zei hem dat ik Ted nooit ontrouw zou zijn en hem nooit zou verlaten.'

'Mevrouw Grant, hebt u uw echtgenoot aangevallen in de nacht van 21 op 22 maart vorig jaar?'

'Nee, absoluut niet. Het is waar dat ik die laatste avond eindelijk de beslissing nam om hem in een verpleegtehuis te laten opnemen. Maar ik zou hem nooit kwaad doen.'

'Verder geen vragen meer, edelachtbare.'

Elliot Holmes stond op en liep naar de getuigenbank. 'Mevrouw Grant, er bestaat geen twijfel over dat u vanaf kwart voor tien op 21 maart vorig jaar alleen in huis was met uw echtgenoot. Is dat correct?'

'Ja.'

'En gedurende de nacht hebt u niemand het huis horen betreden. Is dat correct?'

'Ja.'

'En toen de verzorgster de volgende ochtend om acht uur arriveerde, stond het alarm aan. Is dat correct?'

'Ja.'

'En uw echtgenoot werd enkele minuten later dood aangetroffen. Is dat correct?'

'Ja.'

'En u bent zich ervan bewust dat de politie geen sporen van braak heeft aangetroffen, zoals een ingeslagen raam of een gekraakt deurslot?'

'Ja, dat weet ik.'

'Mevrouw Grant, u hebt net toegegeven dat u in de twee jaar voordat uw echtgenoot stierf Peter Benson regelmatig zag?'

'Ja, dat klopt. Dat heb ik al gezegd.'

'Ging u ooit in New Jersey uit eten?'

'Nee, dat niet.'

'Waarom niet?'

'Ik zocht de troost van onze vriendschap, maar ik wist hoe men erover zou denken als ik door iemand die ik kende gezien werd. Ik ontken niet dat ik onze vriendschap privé wilde houden. Ik had al genoeg zorgen. Ik had geen zin in geroddel.'

'Mevrouw Grant, is het waar dat u uw echtgenoot heeft vermoord omdat u zijn ziekte en alles wat erbij kwam kijken niet meer aankon en omdat u met Peter Benson wilde zijn?'

'Meneer Holmes, ik was moe. Ik was verdrietig. Ik had alles wat u net heeft gezegd ook kunnen bereiken door hem in een verzorgtehuis te stoppen. Als mijn echtgenoot in een tehuis had gezeten, had ik Peter Benson veel vaker kunnen zien dan nu het geval is.'

Betsy leunde voorover en wees met haar vinger naar de officier van justitie. Haar stem werd luider.

'Als ik hem in een verzorgingstehuis had gestopt, had ik

Peter aan mijn vrienden kunnen voorstellen. Zij zouden het begrepen hebben.'

'Hoelang geleden hebt u Peter Benson voor het laatst gezien of gesproken?'

'De laatste keer dat ik hem zag was in de rechtszaal, op de dag dat hij zijn getuigenis aflegde. Hij belde me die avond om te kijken hoe ik me voelde. Ik belde Peter op de ochtend dat mijn echtgenoot dood werd aangetroffen en...'

De officier onderbrak haar. 'Belde u hem die ochtend om hem het goede nieuws te vertellen dat u nu vrij was?' vroeg Holmes. Het sarcasme droop van zijn stem.

'Meneer Holmes, uw insinuatie dat de dood van mijn echtgenoot goed nieuws voor mij was is weerzinwekkend.'

'Mevrouw Grant, denkt u dat het weerzinwekkend was om het hoofd in te slaan van een hulpeloze, verzwakte man die in zijn bed lag te slapen?'

Woedend stond Betsy op. 'Ja, dat denk ik, maar ik heb het niet gedaan. Ik heb niet het hoofd van mijn echtgenoot ingeslagen om daarna weer naar bed te gaan. Ik heb mijn echtgenoot niet vermoord. Ik heb Ted níét vermoord.'

De rechter zei tegen Betsy: 'Mevrouw, ik moet u verzoeken om weer te gaan zitten.'

Elliot Holmes keek op naar rechter Roth. Op een afwijzende toon zei hij: 'Edelachtbare, ik heb verder geen vragen meer voor deze getuige.'

De rechter wendde zich tot Robert Maynard. 'Hebt u nog vragen?'

'Nee, edelachtbare. Dank u.'

De rechter keek naar Betsy Grant. 'Mevrouw Grant, u mag terug naar uw plek.'

De woorden van de rechter klonken alsof ze van heel ver

kwamen. Ze probeerde op te staan, maar haar benen voelden slap aan en alles werd donker.

Er klonken kreten door de rechtszaal toen ze flauwviel op de vloer. De parketpolitie stond haar al snel terzijde en de rechter beval de juryleden om terug naar hun kamer te gaan en verzocht het publiek om de rechtszaal te verlaten. Al snel arriveerden de ambulancebroeders en binnen tien minuten konden ze de rechter melden dat het goed ging met Betsy. Nadat hij met de advocaten had gesproken, besloot de rechter om het proces op te schorten tot woensdagochtend.

De juryleden bleven in hun kamer terwijl Betsy behandeld werd. Voordat ze vertrok gaf Robert Maynard zijn goedkeuring dat de rechter de jury toesprak zonder dat Betsy aanwezig was. De rechter vertelde de bezorgde juryleden dat het goed ging met de verdachte en dat de rechtszaak woensdag hervat zou worden. Hij herinnerde hen eraan dat hun vonnis alleen gebaseerd mocht worden op het bewijs, niet op persoonlijke voorkeur, vooroordelen of medelijden.

44

Jonathan Cruise had een lijstje van zes dokters in Fort Lee die hij wilde interviewen. Hij had besloten om zich voor te doen als een journalist van de *Washington Post* en met hen te praten over hun algemene ideeën over hoe serieus het probleem van drugsverslaving was in het noorden van New Jersey.

Hij was vooral geïnteresseerd in de dokters Kent Adams en Scott Clifton. Het feit dat ze allebei collega's waren geweest van dr. Ted Grant wakkerde Jons instinct als journalist aan. Er moet daar iets te vinden zijn, bleef een gedachte in zijn hoofd aandringen.

Hij bezocht opzettelijk eerst twee andere artsen, zodat zijn verhaal geloofwaardig zou zijn voor Clifton en Adams.

De eerste die hij opzocht was dr. Mario Iovino, een verloskundige die vertelde dat het tragisch was dat de baby's van cocaïneverslaafde moeders vaak zwaar beschadigd ter wereld kwamen.

'Je pikt ze er zo tussenuit,' zei hij. 'In plaats van gezond te huilen, piepen ze als katjes wanneer ze geboren worden. Ik heb er door de jaren heen een paar behandeld en ik hoor dat geluid met bloedend hart aan.'

Jon maakte aantekeningen. 'Hoe oud zijn de moeders van zulke baby's?' vroeg hij.

‘Dat loopt erg uiteen, ze kunnen vijftien zijn of vijfenveertig,’ was het antwoord.

Jons volgende bezoek was aan dr. Neil Carpenter, een reumatoloog. ‘Ik word weleens gebeld door patiënten die zeggen dat ze gevallen zijn of iets hebben verstuikt of dat ze last hebben van zware reumatiek, en dat de pijn ondraaglijk is.’

‘Wat doet u wanneer u vermoedt of weet dat ze te afhankelijk worden van pijnstillers?’

‘Ik raad ze warmtekussens en extra sterke paracetamol aan,’ zei hij met een lach.

Jons volgende afspraak was met dr. Scott Clifton om half drie de volgende dag. Dr. Kent Adams had ook een afspraak met hem toegezegd, maar zijn agenda had de komende twee weken al vol gezeten.

45

Dankzij Scotts niet-aflatende, honende opmerkingen over Betsy Grant, had Lisa zich niet laten leiden door haar instinct en het proces niet bijgewoond. Sarah Adams en zij hadden hun verklaringen al afgelegd en beide advocaten hadden aangegeven dat geen van beiden weer opgeroepen zou worden. Onder die omstandigheden had de rechter de afzonderingsregels voor hen wat versoepeld en had hij besloten dat ze het proces mochten bijwonen als ze dat wilden.

De officier van justitie hoefde hen niet terug te zien. Zowel zij als Sarah had enorm aan Betsy's kant gestaan toen ze ondervraagd werden. Er was niets meer wat ze aan hun verklaringen wilden toevoegen. Natuurlijk was Lisa er niet geweest toen Sarah haar getuigenis had afgelegd, maar die avond had Scott bitter geklaagd. 'Op het nieuws klonk het alsof jij en Sarah lyrisch waren over wat een geweldig persoon Betsy is. Waarom bel je het Vaticaan niet om haar heilig te laten verklaren?'

'Na alles wat ze heeft moeten doorstaan zou ze ook heilig verklaard moeten worden,' was Lisa's net zo bijtende antwoord geweest. Toen ze Betsy en Ted had ontmoet vlak nadat ze met Scott getrouwd was, was ze blij verrast geweest om te horen dat Betsy het leuk vond om bikramyoga te doen, net als zijzelf. Ze besloten om samen sessies te volgen in een yogastudio in Westwood, dat ongeveer net zo ver van Ridgewood af lag als Alpine. Elke week sportten ze samen en hun vriendschap werd zo hecht dat ze drie keer per maand lunchten.

Het was afgelopen met deze lunches toen Betsy verdacht werd en Lisa een potentiële getuige was in het proces. Toch had Lisa vaak teruggedacht aan Betsy en hoe teder ze altijd over Ted sprak. Ze miste haar vriendin. Nu de onafwendbare breuk met Scott dichterbij kwam, las ze elk krantenartikel en elke reportage over het proces. Ze vond vooral Delaney Wrights reportages en gedachtewisselingen met die andere nieuwslezer fijn.

De nacht voordat Betsy moest getuigen kon Lisa niet slapen. Ze stond vroeg op en was al in de keuken voordat Scott naar beneden kwam voor het ontbijt.

Hij probeerde nog steeds toegenegen te lijken. 'Lisa, zodra het proces voorbij is, wil ik een lang weekend naar Santo Domingo. Ik durf te wedden dat we daarna geen relatietherapeut hoeven te bezoeken.' Hij voegde eraan toe: 'En laat me toch even zeggen hoe prachtig je er altijd uitziet, dag en nacht.'

'Dank je. En Santo Domingo klinkt als een geweldig idee.' Ze probeerde vriendelijk te klinken. Ze merkte de steeds groter wordende wallen onder zijn ogen op. Hij krijgt nog minder slaap dan ik dacht.

'En we moeten maar eens werk van dit huis maken. We gaan het te koop zetten en een nieuw huis vinden,' ging Scott verder. 'Ik zat zelf te denken aan dat nieuwe complex dat ze net hebben gebouwd in Saddle River. Enkele leden van de club zijn erheen verhuisd, en ik hoor dat ze het prima naar hun zin hebben.'

Haal me hier weg, dacht Lisa. Ik ben zo slecht in mooi weer spelen.

Scott ging weg nadat hij haar een schijnbaar liefhebbende zoen had gegeven. Ze veegde haar lippen schoon en ging naar boven om zich aan te kleden. Ze deed haar badjas uit voor de spiegel. Ik zie er nog steeds goed uit, dacht ze. Ze was blij dat ze haar donkerblonde haar had geknipt om haar gezicht te accentueren. Haar lichtbruine ogen waren haar sterkste punt. Haar korte haar benadrukte haar hoge jukbeenderen. Na de douche trok ze een dun grijs jasje aan en een bijpassende broek, haar favoriete werkoutfit.

Toen de deuren naar de rechtszaal opengingen, wist ze een paar rijen achter de tafel van de verdediging een stoel te bemachtigen. Toen Betsy en haar advocaten binnenkwamen keek Betsy naar de toeschouwers, ving Lisa's blik en gaf haar een snelle glimlach. Ze was duidelijk blij om haar te zien.

Betsy zat uren in de getuigenbank.

Lisa's geschokte reactie op het nieuws over Betsy's baby was hetzelfde als die van iedereen in de rechtszaal. Haar bekentenis dat Peter Benson de vader van het kind was had iedereen versteld doen staan.

Toen Betsy flauwviel na haar verhoor en de rechter sommeerde dat iedereen moest vertrekken, bleef een misnoegde Lisa in de rechtszaal achter. 'Ik ben een goede vriendin,' zei ze stellig tegen de parketpolitie terwijl de een een zuurstofmasker over Betsy's gezicht deed en de ander haar pols controleerde.

Toen Betsy bij bewustzijn kwam zat Lisa naast haar. Ze hield haar hand vast en veegde haar haren van haar voorhoofd. Er begonnen tranen uit Betsy's ogen te stromen toen ze helemaal wakker was, en Lisa veegde ook die weg. Toen de ambulancebroeders kwamen, weigerde Betsy hardnekkig om naar het ziekenhuis te gaan. 'Ik wil naar huis,' zei ze. 'Is mijn chauffeur er nog?'

Robert Maynard en zijn compagnons hadden bij de deur naar de rechtszaal staan wachten. Toen een ambulancebroeder hun vertelde dat mevrouw Grant naar huis wilde gaan, zeiden ze dat zij haar naar de auto zouden brengen.

Delaney zat op de trap van de rechtbank te wachten en keek toe hoe ze naar buiten kwam. Betsy droeg een donkere zonnebril, maar het was duidelijk dat ze gehuild had. Delaney zag hoe de fotografen foto na foto van Betsy namen en schrok toen Betsy in elkaar leek te zakken toen de chauffeur het portier opendeed.

Het was een opluchting om te zien dat Lisa Clifton bij Betsy in de auto stapte en een arm om haar heen sloeg toen de auto wegreed.

Dr. Scott Clifton had duidelijk gemaakt dat hij dacht dat Betsy haar echtgenoot had vermoord. Maar zijn vrouw was het duidelijk niet met hem eens, dacht Delaney.

Ze voelde zich plotseling gedeprimeerd door de gebeurtenissen van die dag. Ze bleef even wachten en zag toen Alvirah en Willy iets verderop staan. Delaney zwaaide naar ze en ze schoten op haar af. 'Delaney, waarom kom je vanavond niet bij ons thuis eten?'

'Maar al te graag,' zei Delaney.

46

De huiselijke geur van rundergebraad uit de oven begroette Delaney toen ze het huis van Alvirah en Willy betrad na haar reportage over de rechtszaak van Betsy Grant tijdens het nieuws van zes uur. Don Brown had haar voor de camera gevraagd hoe men in de zaal reageerde op het flauwvallen van Betsy Grant. Ze had haar woorden zorgvuldig uitgekozen voordat ze geantwoord had. Ze zei dat er een collectieve kreet van verbazing van de toeschouwers en de jury was geweest. Ze had beschreven hoe de rechter de jury naar hun kamer had gestuurd en de rechtszaal had laten ontruimen.

'Denk je dat de jury nu eerder geneigd is om haar sympathiek te vinden?' vroeg Don.

Delaney wilde zeggen: 'Dat zou wel moeten,' maar hield zichzelf tegen om zo bevooroordeeld te klinken. 'Ze keken allemaal erg bezorgd toen ze in elkaar zakte. Ik zag dat een jurylid begon te huilen.'

Toen de uitzending voorbij was en ze uit de lucht waren, vertelde ze Don dat Betsy Grant haar onschuld vurig had beleden en dat er geen twijfel over bestond dat de jury haar zaak was toegedaan toen ze flauwviel. Maar ze dacht ook dat de officier van justitie haar de doodssteek had toegebracht toen hij haar vroeg of ze Peter Benson het goede nieuws had verteld dat haar echtgenoot dood was. 'Ik bedoel, dat kwam vlak nadat ze toegaf dat ze verliefd op hem was en hij de vader van haar kind was. En ik denk niet dat de advocaat van Betsy Grant een overtuigende uitleg heeft gegeven waarom het alarm aanstond toen de verzorgster aankwam op de ochtend dat het lichaam werd gevonden.'

Delaney vertelde Alvirah en Willy wat ze aan Don had verteld.

'Wat denk jij, Willy?' vroeg Delaney.

'Ik heb van het begin al gezegd dat ik denk dat ze schuldig zal worden bevonden,' zei hij zachtjes.

Ook al was het rundergebraad verrukkelijk, toch nam Delaney maar kleine hapjes. 'Alvirah, je weet hoe lekker ik je rundergebraad en je vleespastei vind, maar eerlijk gezegd heb ik weinig honger. Elke vezel van mijn ziel is tegen me aan het gillen dat Betsy Grant onschuldig is.'

Tranen glinsterden in Delaneys ogen. 'Alvirah, jij en ik hebben genoeg zaken als deze gezien om te weten hoe het is als een beklaagde schuldig wordt bevonden aan moord of doodslag en om toe te kijken hoe de parketpolitie ze in de handboeien slaat en ze meeneemt.'

Ze glimlachte berouwvol. 'Mijn hart brak toen ik Betsy Grant zo gepassioneerd hoorde vertellen over hoe erg ze haar kindje gemist heeft en hoeveel ze ernaar verlangd heeft al die jaren. Ik kan me alleen maar afvragen of ik ooit mijn echte moeder zal vinden en hoe het zal zijn als zij die woorden tegen mij zegt.'

Alvirah en Willy keken elkaar aan. Alvirah nam Delaneys hand in de hare en zei: 'Delaney, je hebt vanmiddag je echte moeder die woorden horen zeggen. Betsy Grant is je moeder en Peter Benson is je vader.'

47

Toen Alvirah haar het schokkende nieuws vertelde dat Betsy Grant haar moeder was en Peter Benson haar vader, liepen Delaneys emoties uiteen van euforie tot diepe ellende. Ze was ervan overtuigd dat Betsy op zijn minst voor doodslag veroordeeld zou worden. De enorme hoeveelheid bewijs tegen haar, en vooral de onthulling dat Peter Benson de vader was van haar kind, zou voor de jury veel zwaarder wegen dan Betsy die bleef aandringen dat ze haar echtgenoot nooit kwaad zou doen.

Haar kind, dacht Delaney. Ik.

Toen ze drie jaar oud was geweest, had ze moeten huilen omdat ze er niet als de rest van de familie uitzag. Nu ze over Peter Benson nadacht, besefte ze dat ze zijn grote donkerbruine ogen had.

Mijn vader, mijn moeder, dacht ze steeds weer, na een nacht onrustig slapen. Ze stond vroeg op, douchte en kleedde zich aan. Toen ze haar make-up opdeed, keek ze in de spiegel. Peter Benson is mijn vader, dacht ze, maar ik heb meer trekjes van Betsy.

Ze nam alleen een kop koffie. Ze dacht na. Waarom zou iemand dr. Grant willen vermoorden? De hoofdverdachte zou Alan Grant moeten zijn. Hij had verklaard dat zijn schulden en uitgaven torenhoog waren en hij zou minstens de helft van dr. Grants erfenis van vijftien miljoen dollar erven. En alles wanneer Betsy veroordeeld werd. Misschien had zijn vader hem wel de alarmcode verteld. Alan kon gemakkelijk de sleutel van het haakje in de keuken hebben gehaald. Maar hij had een waterdicht alibi voor de nacht van de moord.

Wie nog meer? Carmen Sanchez en Angela Watts werd allebei vijfentwintigduizend dollar nagelaten. Dat had de vastgoedjurist verteld. Maar wisten ze dat voordat hij stierf?

En hoe zat het met dr. Grants oude collega's? Zij hadden snel hun vennootschap afgebroken nadat er alzheimer bij dr. Grant was vastgesteld en waren daarna allebei apart verdergegaan.

Er is geen andere plausibele verdachte, dacht Delaney wanhopig.

Dinsdagochtend om negen uur zat ze in het kantoor van de uitvoerend producent. De deur was dicht. 'Het spijt me, maar ik kan geen verslag meer doen van de rechtszaak van Betsy Grant,' begon ze. Toen ze de reden gaf, veranderde Kathleen Gerards normaal zo onverstoorbare uitdrukking in een van ongeloof en daarna een van mededogen.

'Delaney, natuurlijk moeten we je van dat proces halen. En ik snap dat je bang bent dat je moeder veroordeeld zal worden.'

Delaney knikte. 'Ik weet zo zeker dat ze onschuldig is en ik voel me zo hulpeloos.'

Na een korte stilte ging ze verder. 'Ik heb twee verzoeken. Is het goed als ik vanaf vandaag wat vrije tijd opneem, misschien een week?'

Gerard antwoordde snel. 'Natuurlijk, Delaney. Neem zo veel tijd als je wilt.'

'Bedankt. Op dit moment weten alleen jij en twee vrienden

van mijn relatie tot Betsy Grant en Peter Benson. Ik zou het graag zo willen houden, als dat goed is.'

'Ik geef je mijn woord,' beloofde Gerard.

48

Peter Benson moest bijkomen van de schok. Hij had de Facebookfoto van de jonge, zwangere Betsy gezien en via een radioprogramma had hij gehoord van Betsy's verklaring waarin gezegd werd dat hij de vader was. Hij wist niet wat hij met zichzelf aan moest.

Het liefst wilde hij naar Alpine rijden om bij Betsy te kunnen zijn, maar hij wist dat het in deze fase van het proces cruciaal was dat hij bij haar wegbleef.

Ze heeft al die jaren in haar eentje geleden omdat ze gedwongen werd om haar baby weg te geven en zich te erg schaamde om haar te zoeken, dacht hij. Hij herinnerde zich Betsy's vader maar al te goed. Die zomer in juli toen Betsy en hij hun middelbareschooldiploma hadden gekregen, had meneer Ryan hem gebeld met de boodschap dat hij Betsy niet meer mocht bellen. Ze ging een jaar weg voordat ze aan haar studie begon. 'Ze is te jong om te studeren,' had Martin Ryan gezegd, 'en ze is te jong om jou of iemand anders zo vaak te zien.'

Het stond Peter nog helder voor de geest hoe boos Betsy's vader had geklonken toen hij het had gezegd. Hij dacht toen aan Betsy's moeder. Ze delfde duidelijk het onderspit tegen haar echtgenoot en leed al aan de kanker die haar zes jaar later van het leven zou beroven.

Peter wist nog hoe hij Betsy en haar vader een brief had geschreven om zijn medeleven te betuigen toen mevrouw Ryan stierf. Hij had van geen van beiden iets gehoord.

Hij bleef maar denken: Ergens heb ik een zesentwintigjarige dochter rondlopen. Hoe ziet ze eruit? Ik heb bruine ogen, Betsy blauwe. Is bruin niet vaak dominanter dan blauw?

Hij had vandaag vrijgenomen, want sinds hij in het proces zijn verklaring had afgelegd, wist hij dat er op de campus alleen over hem en Betsy geroddeld werd. Hij wilde thuis zijn wanneer het nieuws over haar getuigenis naar buiten kwam.

Nadat zijn vrouw was overleden, had Peter hun huis verkocht en was hij verhuisd naar een woning op loopafstand van de campus. Hij en Annette hadden het allebei jammer gevonden dat ze nooit een kind hadden gekregen. Ze hadden het drie keer via ivf geprobeerd en elke keer had Annette een miskraam gekregen.

Ik werd vader toen ik achttien was, dacht Peter. Als ik dat had geweten, was ik dan destijds gaan werken in plaats van studeren? Ik weet het niet. Ik kan me mezelf niet meer als achttienjarige voorstellen.

In de getuigenbank had Betsy gezegd dat ze de baby wilde houden, maar haar vader had haar verkocht aan de hoogste bieder. Wie had haar gekregen? Was ze nog in het land?

Om zeven uur belde zijn moeder. Ze was nu drieënzeventig en al vier jaar weduwe. Ze zei: 'O Peter, pap en ik hadden maar al te graag voor de baby gezorgd. Hadden we het maar geweten. Jullie waren zo hecht. Ik heb het altijd verdacht gevonden dat Betsy besloot de universiteit uit te stellen om naar Milwaukee te gaan. Had ik maar mijn instinct gevolgd en haar daar opgezocht.'

Een paar minuten later kon hij zich niet meer beheersen en

belde hij Betsy. Toen ze de telefoon opnam, klonk haar stem zacht, moe en treurig. 'Peter, ik weet dat ik schuldig bevonden ga worden. Ik hoop dat je ons kind probeert op te sporen. Als het je lukt, overtuig haar dan dat haar moeder geen moordenaar is.'

49

Na nog tien inbraken en een flinke portie geluk met blackjack in Atlantic City was Tony, zoals gewoonlijk, te lang bij de tafels blijven hangen en had hij het allemaal weer verloren.

Terug bij af, dacht hij somber. Hij reed Saddle River, New Jersey in.

Hij had de armband nog. O, natuurlijk kon hij daarvoor dertigduizend bij de lommerd krijgen, zelfs als hij als vermist was opgegeven, maar dan zou hij zijn enige troef opgeven, mocht hij ooit weer betrapt worden bij een kraak.

Een grote troef, dacht hij bij zichzelf.

Maar nu was het tijd om weer toe te slaan. Hij had weer een klus als glazenwasser, wat nooit een moeilijk baantje was om te krijgen. Mensen waren bezig met hun najaarsschoonmaak, waar voor velen een van de twee keer glazenwassen per jaar bij hoorde.

Het was zijn derde dag bij een van de grote villa's in het chique Saddle River. Toen hij bezig was met de ramen van de slaapkamer had hij even binnen rondgekeken. In een van de kasten stond iets wat voor een kluis moest doorgaan, precies zoals die in Betsy Grants slaapkamer. Het werd een makkie die open te breken.

Tony wist nog niet of hij het ging doen, maar voor het geval dat verbrak hij de verbinding tussen het alarmsysteem en een van de balkondeuren van de slaapkamer.

Maar toen vroeg zijn baas bij het glazenwassersbedrijf wanneer hij klaar zou zijn. 'Morgenmiddag op zijn laatst,' verzekerde Tony hem.

'Daar zou ik maar voor zorgen. De familie gaat op een cruisevakantie en ze willen niet dat er iemand in het huis is wanneer ze weg zijn.'

Perfecte timing, dacht Tony. Het laddertje dat hij altijd in zijn auto bewaarde was hoog genoeg om op het balkon te komen.

Natuurlijk had een huis als dit overal bewakingscamera's. Maar wanneer hij dichtbij genoeg was, zou hij zijn nummerborden bedekken met zware doeken. Hij zou donkere kleding en een bivakmuts dragen. Het was allemaal gepland. Als het alarm afging, zou hij al terug op de weg zijn voordat de agenten de motor van hun patrouillewagen hadden aangezet.

Het was lastig. Tony wist dat. Maar hij hield van de voldane kick waarmee het omzeilen van de wet gepaard ging. En als er iets misging, kon hij nog altijd de armband gebruiken om het op een akkoordje te gooien.

Hij had het hele weekend geduld en wachtte tot het maandagnacht was, om zeker te weten dat de familie echt weg was op haar cruise. Om een uur 's nachts ging hij op weg naar het huis. Hij ging de snelweg af en stopte even om de nummerborden te bedekken. Zich niet bewust van de politieauto die in de buurt was en hem observeerde, ging hij terug zijn auto in en reed hij naar het huis waar hij van plan was in te breken.

De oprit van het huis liep er in een cirkel omheen, maar leidde ook naar een parkeerplaats in de achtertuin. Tony liet daar zijn auto achter en met zijn ladder sloop hij voorzichtig naar de voorkant van het huis. Daar klapte hij het laddertje uit, klom erop en trok zichzelf het balkon op. Net toen hij het slot begon te openen, werd er een felle schijnwerper op hem gericht en beval een luide stem door een megafoon hem om zijn handen in de lucht te doen en niet meer te bewegen.

50

Op maandagnacht kwart over een zat Tony Sharkey geboeid op de achterbank van een politiewagen en werd hij door de agent die hem gearresteerd had naar het politiebureau van Saddle River gebracht. Hij ging door de voor hem welbekende procedures heen. Er werden foto's en vingerafdrukken van hem genomen en er werd gevraagd naar zijn naam, geboortedatum en adres.

Hij werd toen door een gang naar een bureau van een rechercheur gebracht. William Barrett wachtte daar op hem.

'Meneer Sharkey,' begon hij, 'de politieagent die u arresteerde heeft mij verteld dat hij daar uw rechten al heeft uitgelegd. U gaf toen aan dat u met een rechercheur wilde praten. Klopt dat, meneer?'

'Ja,' zei Tony op berustende toon.

'Ik zal herhalen wat de agent al heeft gezegd. U heeft het recht om te zwijgen. U heeft recht op een advocaat voor u onze vragen beantwoordt. Als u geen advocaat kunt betalen, krijgt u er een toegewezen. Alles wat u zegt kan en zal tegen u gebruikt worden tijdens een rechtszaak. Tot slot, als u ervoor kiest om vragen te beantwoorden, dan kunt u altijd stoppen. Begrijpt u dit allemaal?'

'Ja, ja, ik kan het dromen.'

'Goed, meneer Sharkey, probeerde u in te breken in het huis waar u gearresteerd werd?'

'Natuurlijk. Waarom denk je dat ik op het balkon stond in het midden van de nacht? Ik was er geen appels aan het plukken.'

'Ik dacht ook niet dat u er appels aan het plukken was,' zei de inspecteur sarcastisch. 'Wat ging u doen zodra u in het huis was?'

'Op zoek naar sieraden en geld.'

'Was er iemand bij u?'

'Nee, ik werk altijd alleen.'

'Dus, meneer, wat wilt u me dan vertellen?'

'Weet u van die grote zaak in Hackensack waar die rijke dame wordt beschuldigd van de moord op haar echtgenoot? U weet wel, die gast met alzheimer?'

'Ik weet van het proces,' zei Barrett kortaf. 'En?'

'Ik heb daar een paar dagen ervoor de ramen van dat huis gewassen. Ik was in het huis die nacht dat de dokter werd omgelegd. Ik heb het niet gedaan, maar ik denk zijn vrouw ook niet.'

'U was die nacht in het huis?' vroeg Barrett ongelovig. 'Wat deed u daar?'

'Ik was sieraden aan het uitkiezen. Nam een armband mee. Heb die nog steeds.'

'U heeft hem nog steeds? Waar?'

'Thuis in Moonachie. De smeris die me arresteerde heeft ook mijn sleutels. U kunt er nu heen gaan en hem gewoon pakken. Hij zit vol met diamanten en smaragden.'

'Waar kunnen we hem vinden?'

'Hij zit in een papieren zak onder een losse tegel in de vloer. Onder de gootsteen in de badkamer.'

Rechercheur William Barrett wist niet of Tony Sharkey gek was of dat hij echt iets belangrijks te pakken had. Maar er bestond geen twijfel dat ze het gelijk moesten controleren.

Hij wendde zich tot de andere agent in de kamer. 'Pak de sleutels uit zijn persoonlijke eigendommen. Meneer Sharkey, teken hier voor uw toestemming.'

Tony krabbelde snel zijn handtekening onder het formulier.

'Oké, we sturen onmiddellijk agenten naar je huis. Ik zal weer met je praten als ze iets hebben gevonden.'

'Goed,' antwoordde Tony. 'Zeg ze dat er verder niets te halen valt. Niet met mijn interieur rommelen.'

Barrett rolde met zijn ogen. 'We brengen je nu weer naar je cel.'

'O, nog één ding. Als u de armband heeft, bel dan Wally's Glazenwassers in Paramus. Vraag ze of ze u de namen willen sturen van de mannen die bij Grants huis in Alpine werkten voordat die gast het loodje legde.'

51

Negentig minuten later, om kwart over drie, waren de agenten terug uit Moonachie en zaten ze weer bij rechercheur Barrett. Hij bestudeerde de armband die ze hadden gevonden onder de losse tegel onder de gootsteen in de badkamer, precies waar Tony had gezegd dat hij zou liggen. 'Haal hem uit zijn cel,' zei hij.

Lachend ging Tony tegenover Barrett zitten. Hij zag de armband. 'Zei ik het niet? Zie je de initialen, TG en BG? Ted en Betsy Grant. Erg schattig.'

'Oké, dus dit gedeelte van wat je zei klopt,' zei rechercheur Barrett voorzichtig. 'Ik kan de glazenwassers pas morgenochtend bereiken. Hun kantoor is 's nachts niet open.'

'Dat gedeelte zal ook duidelijk worden, gegarandeerd.'

Barrett wist dat officier van justitie Elliot Holmes hier meteen van moest weten. Alle politiebureaus hadden zijn nummer voor noodgevallen. Dit is er wel eentje, dacht Barrett. Hij ging de kamer uit en, met een steen in zijn maag, belde hij het huisnummer van de officier. Elliot Holmes, gewekt uit een diepe slaap, nam de telefoon op.

'Meneer, het spijt me dat ik u zo laat nog bel. Ik zou alleen maar bellen onder extreme omstandigheden. Maar ik vond het nodig.'

'Goed, goed. Wat is er?'

Barrett vertelde hem over Tony's arrestatie, de teruggevonden armband met de initialen erin en Tony's verhaal dat hij de nacht van de moord in het huis was geweest. Holmes luisterde en geloofde niet wat hij hoorde. 'Wanneer is die armband als vermist opgegeven?'

'Dat is het gekke, meneer. Dat is nooit gebeurd. Ik heb voor u de politie van Alpine gebeld. Er is bij hen geen aangifte bekend.'

'Dus als hij inderdaad in het huis is geweest, is er geen bewijs wanneer dat was.'

'Dat klopt, meneer. Hij zegt wel dat hij er een paar dagen voor de dokter stierf de ramen heeft gewassen. Dat kan ik pas bevestigen zodra dat glazenwasserskantoor opengaat morgenochtend.'

Holmes was ziedend. Hij wist dat hij met Sharkey moest praten en daarna Maynard op de hoogte moest brengen. 'Breng hem om acht uur naar mijn kantoor. Ik zal met hem praten. Ik kan dit soort onzin echt heel goed gebruiken zo vlak voor het slotpleidooi.' Zonder verder nog iets te zeggen hing Holmes op.

Vijf uur later betrad Holmes de verhoorkamer in het Openbaar Ministerie en ging aan de vergadertafel zitten. Tony was net door rechercheur Barrett binnengebracht. Twee rechercheurs van de afdeling moordzaken die mee hadden gewerkt aan het proces gingen naast de officier van justitie zitten en keken Tony minachtend aan.

Holmes' stem droop van sarcasme toen hij begon. 'Dus, meneer Sharkey...'

'Noem me maar Tony. Dat doet iedereen,' antwoordde hij vrolijk.

Holmes negeerde dat. 'Meneer Sharkey, ik begrijp dat u uw

rechten kent en met mij wilt praten. Klopt dat?'

'Daarom ben ik hier. Mooi kantoor.'

'U hebt de waarschuwingen begrepen? Ik neem aan van wel. Uw strafblad is indrukwekkend, dus ik ga ervan uit dat u deze waarschuwingen al vaker heeft gehoord.'

'Ja, heel vaak. Ik begrijp het allemaal. Geen probleem.'

'Rechercheur Barrett heeft mij verteld dat u zegt dat u in het huis in Alpine was in de nacht dat de dokter vermoord werd. U heeft de politie hier pas over verteld toen u betrapt werd bij het inbreken in een huis. Daarna liet u ons een armband zien die misschien uit het huis in Alpine komt, maar die nooit als vermist is opgegeven.'

Holmes stond op het punt om verder te gaan toen een andere rechercheur de ruimte binnenkwam en iets in zijn oor fluisterde. Holmes trok een grimas terwijl hij luisterde.

Hij ging verder. 'Er is mij zojuist verteld dat het glazenwassersbedrijf heeft bevestigd dat je een paar dagen voordat de dokter werd vermoord bij het huis in Alpine hebt gewerkt.'

Tony schonk rechercheur Barrett een triomfantelijke blik. 'Zie je, ik zei het toch?'

Holmes was furieus. 'Op welke manier kan dit mij ervan overtuigen dat je er was toen de dokter vermoord werd?'

'De nacht nadat ik me uit de naad had gewerkt om hun dure ramen te wassen kwam ik bij het huis terug om in te breken. Ik had de kluis ontdekt in de slaapkamer boven en ik wist dat het een makkie zou zijn om die te kraken.'

'Hoe kwam u binnen?'

'Toen ik daar de ramen aan het wassen was, verbrak ik de verbindingen tussen het alarmsysteem en het raam in die kamer. Ik ging door hetzelfde raam naar binnen en toen ik weer naar buiten ging, heb ik de draadjes weer tegen elkaar aan gedraaid, zodat het leek alsof ze nog verbonden waren, ook al was dat niet zo. Daarom ging het alarm niet af toen ik wegging. Het was een prutsysteem, heel makkelijk te omzeilen.'

'Je hebt tegen rechercheur Barrett gezegd dat je een auto weg zag rijden?'

'Ja, maar voor niets gaat de zon op. Ik wil dat u mij voorwaardelijk geeft voordat ik nog meer zeg.'

Officier Holmes stond op. 'Je wilt voorwaardelijk? Je wilt voorwaardelijk?! Je bent een beroepscrimineel. Je bent een paar uur geleden betrapt tijdens een inbraak. Voor die armband is nooit aangifte gedaan. Zelfs als hij uit dat huis is meegenomen, en zelfs als jij dat hebt gedaan, kunnen we je nog ten minste het in het bezit hebben van gestolen goed ten laste leggen. Je kunt niet bewijzen dat je die nacht in dat huis was. En je wilt me niets vertellen over deze mysterieuze auto die je gezien schijnt te hebben.'

Elliot Holmes kon zijn woede nauwelijks in toom houden. 'Jij krijgt niets van me behalve meer tenlasteleggingen. Ik ben het verplicht om wat je net hebt gezegd aan meneer Maynard, de verdediging, te melden. Als hij uw onzin gelooft, mag hij u als getuige opvoeren. Ik beloof u dat ik u persoonlijk in de rechtszaal zal villen.'

Hij wendde zich tot zijn rechercheurs en blafte: 'Neem hem mee.'

52

Robert Maynard kwam om een paar minuten voor negen aan in zijn kantoor, dat zich in een wolkenkrabber bevond. Ook al hoefde hij niet naar de rechtbank, toch ging hij gekleed in een pak met stropdas. Hij droeg manchetknopen en zijn schoenen waren gepoetst. Hij was van plan om vandaag zijn slotpleidooi voor te bereiden. Hij wist dat het bewijs tegen Betsy Grant eigenlijk onoverkoombaar was en dat ze alleen konden hopen op een onbesliste jury, en als dat niet lukte, een veroordeling tot doodslag. Nog geen vijf minuten later belde zijn secretaresse dat de officier van justitie aan de lijn was.

'Hallo, Elliot. Eerlijk gezegd ben jij wel de laatste persoon die ik verwacht had.'

'Hallo, Robert. En jij bent de laatste persoon die ik verwacht had te bellen. Maar het is mijn plicht om jou in te lichten over enkele ontwikkelingen.'

Maynard luisterde verbouwereerd naar de details omtrent de arrestatie van Tony Sharkey, de teruggevonden armband en de bekentenis dat hij de nacht van de moord in het huis was geweest. 'Dat is hoe het zit,' zei Elliot. 'Je kunt hem in de Bergen County-gevangenis opzoeken. De omstandigheden dwingen mij om ermee in te stemmen als je de rechter vraagt de zaak te heropenen en hem ook te ondervragen. Ik hoop dat je dat gaat doen. Ik zal hem verpletteren. Hij wilde voorwaardelijk in ruil voor het torpederen van mijn zaak.'

Robert Maynard had een moment nodig om te verwerken wat hij net had gehoord. Het opvoeren van onverwachte getuigen was iets wat alleen gebeurde in slechte politieseries op televisie, dacht hij. Zijn stem klonk zelfverzekerder toen hij zei: 'Elliot, ik weet niet waar dit heen gaat. Maar als het torpederen van jouw zaak betekent dat mijn onschuldige cliënt vrijuit gaat, dan moet dat maar. Ik zal binnen het uur naar de gevangenis gaan en met hem praten. Ik bel je wanneer ik dat heb gedaan en laat je wel weten of ik hem wil gebruiken.'

'Oké. Doe dat. Als je van plan bent hem te gebruiken, moeten we vanmiddag nog naar de rechter stappen. Deze man wil geen advocaat en ik weet dat de rechter hem eerst officieel zal willen ondervragen over zijn beslissing om te getuigen en zijn gevangenisverleden.'

'Prima. Nadat ik met hem gepraat heb, zal ik met Betsy overleggen. Ik zou je deze middag al wat moeten kunnen laten weten.'

'Dat is goed.' Met minder vijandigheid zei Holmes toen: 'Ik doe dit al heel lang en dit is voor het eerst dat ik zoiets meemaak, zo vlak voor het einde van een moordzaak.'

'Ik doe dit ongeveer twintig jaar langer dan jij en ik zie dit ook voor het eerst.'

Robert Maynard hing op. Hoewel hij sceptisch tegenover deze mogelijke getuige stond, kwam de gedachte bij hem op dat Betsy weleens onschuldig kon zijn.

Onderweg naar Hackensack belde hij Betsy en vertelde hij haar wat er gebeurd was. Ze schrok van Tony's bekentenis dat hij in het huis was geweest de nacht dat Ted stierf. Ze zei: 'Robert, weet je wat dit betekent? Ik heb nooit gedacht dat jij in mijn onschuld geloofde. Ik heb geen idee wanneer de armband is verdwenen. Ik merkte pas een paar maanden nadat Ted was gestorven dat hij weg was. Ik had mijn dure sieraden al heel lang niet gedragen. Carmen en ik hebben het huis afgezocht en uiteindelijk maar besloten dat Ted hem weggegooid moest hebben, net als de sleutel. Ik heb nooit gedacht dat hij gestolen was omdat al mijn andere waardevolle sieraden nog in de kluis lagen. Ik stond op het punt om het bij de verzekering aan te geven.

Wacht even, Robert,' zei Betsy. 'Carmen wil wat zeggen. Wat is er, Carmen?'

Carmen nam de telefoon uit haar hand. 'Meneer Maynard, ik wilde dit in de rechtszaal vertellen maar de rechter bleef maar zeggen dat ik alleen maar antwoord mocht geven op de vragen. Ik wilde zeggen dat er vuil lag op het kleed in de slaapkamer boven toen ik daar ging stofzuigen nadat dr. Ted was overleden.'

'Heb je dit aan iemand verteld?'

'Nee, ik bleef maar tegen mezelf zeggen dat ik het gewoon niet eerder had opgemerkt. Maar ik heb gecontroleerd of alle kamers schoon waren toen de glazenwassers klaar waren. Het kleed was toen niet vuil, dat weet ik zeker. Ik was zo van streek omdat dr. Ted overleden was dat ik dacht dat ik het misschien niet gezien had. Maar nu weet ik het zeker.'

'Carmen, ben je honderd procent zeker van je zaak? Dit kan weleens heel belangrijk zijn.'

'Ja, meneer Maynard. Ik voelde me schuldig omdat ik het niet tijdens het proces had gezegd. Maar, zoals ik al zei, de rechter zei me dat ik alleen de vragen mocht beantwoorden.'

Betsy nam de telefoon terug.

'Dit zou ons kunnen helpen,' zei Maynard tegen haar.

'Laten we het hopen, Robert.'

'Betsy, ik ga het komende uur met deze man praten. Ik moet een idee krijgen of hij ons gaat helpen of misschien wel gaat tegenwerken. Ik bel je zodra ik hem gezien heb.'

'Oké. Laten we bidden dat dit het wonder is waarop we hebben gewacht.'

Robert Maynard had de Bergen County-gevangenis gebeld om te vragen of Sharkey klaar kon zitten zodra hij aankwam. Nadat hij door de beveiliging was gelopen, werd hij naar een kleine ontmoetingskamer voor advocaten geleid. Er stond een tafel met twee stoelen. Een paar minuten later keek hij toe hoe Tony Sharkey naar binnen werd gebracht, geflankeerd door twee gevangenisbewaarders. Een van hen zei: 'We staan vlak buiten de deur. Laat het ons weten wanneer u klaar bent.'

Toen hij tegenover hem ging zitten voelde Maynard gelijk aan dat Tony Sharkey zich zorgen maakte. Holmes had hem gezegd dat ze geen deal zouden sluiten. Sterker nog, Holmes zag hem nu als een doelwit.

'Meneer Sharkey...'

'Noem me maar Tony.'

'Goed. Tony. Je moet begrijpen dat mijn enige verplichting als advocaat mijn cliënte Betsy Grant is. Of ik je ga gebruiken of niet hangt af van het feit of ik het voor haar gunstig acht.'

'Daar kan ik inkomen,' zei Tony. 'Het is uw plicht of iets dergelijks.'

'U moet begrijpen dat u recht heeft op een advocaat.'

'Dat heb ik al zes keer eerder gehoord. Ik hoef er geen. Dankzij de laatste slimmerik die mij vertegenwoordigde draaide ik vier jaar de cel in.'

'Goed, dat is jouw zaak. Je moet ook begrijpen dat ik de

officier van justitie niet kan dwingen om je voorwaardelijk of minder celstraf te geven.'

'Dat zei hij al,' zei Tony sarcastisch. 'Een uit duizenden, die man.'

'Wat ik je wel kan beloven is dat ik geloof dat als jouw getuigenis ervoor kan zorgen dat de echte moordenaar gevonden wordt, of kan aantonen dat Betsy het niet gedaan heeft, de officier van justitie dan zeker in verlegenheid gebracht zal zijn en onder grote druk zal staan om jou een lichtere straf te geven. En Betsy zal je zeker niet aanklagen omdat je bij haar hebt ingebroken. Je enige probleem is dan nog je inbraak in het huis in Saddle River. Dat is hoe ik het zie.'

Tony luisterde aandachtig en knikte. 'Als ik u zo hoor is dat mijn beste kans.'

Maynard antwoordde: 'Dat betekent wel dat je met mij nu alles moet doornemen en me moet vertellen wat je weet. Alleen dan kan ik besluiten of ik je op zal roepen. Ik wil geen verrassingen wanneer je je verklaring aflegt. Als je mijn vertrouwen beschaamt, dan zullen we je ook voor de gestolen armband vervolgen. Begrijp je dat?'

'Ja, tuurlijk. Dat wijffie hoeft zich nergens zorgen over te maken. Met wat ik weet ben ik nu haar beste maatje.'

Maynard besprak toen elk detail dat Tony aan de politie en de officier had verteld. Daarna vertelde Tony de details die hij niet met de officier van justitie gedeeld had.

'Je zegt dat je een auto zag wegrijden midden in de nacht. Wat voor soort auto was het?'

'Een dure Mercedes. Misschien een paar jaar oud.'

'Welke kleur had hij?'

'Het was donker, maar ik dacht zwart.'

'Kon je de chauffeur zien?'

'Ik zag iemand achter het stuur zitten, maar ik kon niet zien wie.'

'En het nummerbord?'

'Uit Jersey afkomstig, dat weet ik zeker.'

'Kon je letters of cijfers op het nummerbord zien?'

'Nee, het was te donker. Het was gewoon te donker.'

'Wat deed je daarna?'

'Ik deed waarvoor ik gekomen was. Ik klom door het raam en nam de armband uit de kluis mee. Ik had met het wijffie gepraat toen ik daar haar dure ramen waste. Ze was best aardig. Daarna had ik met de huishoudster gepraat. We waren er een paar dagen bezig. Ze vertelde ons dat we onze spullen 's nachts boven konden laten staan omdat iedereen beneden sliep. Ik kon mijn geluk niet op. Toen ik terugkwam om de kluis te kraken, wist ik dat ik boven niemand tegen zou komen.'

Maynard wist dat het een gok zou zijn om Tony als getuige op te roepen. Hij wist ook dat als hij het risico niet nam, Betsy bijna zeker veroordeeld zou worden.

'Meneer Sharkey, ik zal mijn cliënte met klem adviseren om u als getuige op te laten roepen. Ik ben er bijna zeker van dat ze mijn advies zal opvolgen. Ik ga haar nu bellen. Ik zal ook de officier van justitie bellen. We hebben afgesproken dat als u gaat getuigen, we de rechter onmiddellijk op de hoogte zullen brengen en ervoor zullen zorgen dat u vanmiddag nog naar de rechtbank gebracht kunt worden zodat hij u officieel kan ondervragen. U doet dit allemaal zonder advocaat en ik weet dat hij u eerst zal willen zien.'

'Natuurlijk,' antwoordde Tony. 'Ik las in de krant dat Roth de rechter was. Ik zal even hallo zeggen, hij is degene die me vier jaar geleden veroordeelde.'

'Tot snel, Tony,' zei Maynard. Hij gaf de bewaarders die buiten stonden het signaal dat hij klaar was om te vertrekken.

Hij belde Betsy als eerste. 'Wees hier om half een. We ontmoeten elkaar op de parkeerplaats, dan kunnen we in mijn auto overleggen voordat we samen naar binnen gaan. Ik bel nu de officier van justitie, daarna de rechter.' Hij aarzelde. 'Betsy, wees niet al te hoopvol. Ik heb het gevoel dat hij de waarheid spreekt. Maar hij is een misdadiger, daar is geen twijfel over mogelijk. Het is moeilijk te voorspellen hoe de jury op hem zal reageren.'

'Goed, Robert. Ik neem de gok wel. Dit is mijn enige kans, denk je niet?'

'Ja. Nog één ding, Betsy, ken je iemand die een nieuwe of bijna nieuwe zwarte Mercedes bezit met een nummerbord uit Jersey?'

Betsy wachtte even en zei: 'Ja. Om te beginnen, zowel Kent Adams als Scott Clifton heeft een zwarte Mercedes. Maar het zou absurd zijn om te denken dat een van hen Ted kwaad zou willen doen. En natuurlijk hebben veel mensen in de buurt een zwarte Mercedes.'

Maynard luisterde en probeerde niet al te optimistisch te worden. 'Ik zie je snel, Betsy.'

53

Om een uur zaten Elliot Holmes en Robert Maynard samen met rechter Roth in zijn kamer. Betsy Grant zat op een bankje buiten de rechtszaal, samen met de compagnon van Maynard. Ze droeg een sjaal die haar gezicht grotendeels bedekte. Vandaag was geen procesdag en ze had gewoon met Robert Maynard de rechtbank in kunnen lopen zonder herkend te worden. Maar ze zou haar anonimiteit spoedig verliezen.

Tony Sharkey zat in een cel naast de rechtszaal van rechter Roth. Hij was binnen gehoorsafstand van de andere gevangenen en hun advocaten met de parketpolitie aan het kletsen en schepte op dat hij hier was om de rechter iets te vertellen wat 'het proces van Betsy Grant op zijn kop gaat zetten'.

Het gerucht dat er iets groots stond te gebeuren verspreidde zich door de rechtszaal en de perskamer.

Om precies half twee gingen de deuren van de rechtszaal open. Betsy Grant, die inmiddels omringd was door een kleine menigte, inclusief een rechtszaaljournalist, liep langzaam de zaal in en negeerde de vragen die naar haar geroepen werden. De officier van justitie en de verdediger zaten al aan hun tafels. Betsy ging naast Robert Maynard zitten en vouwde haar handen op tafel. Maynard klopte haar zacht op de schouders en ging toen door zijn aantekeningen terwijl ze op de rechter wachtten.

Twee minuten later nam rechter Roth zijn plek in. In de toon van zijn stem klonk de ernst van de situatie door. 'In de zaak van de staat tegen Betsy Grant, wil ik opmerken dat de advocaten en de verdachte aanwezig zijn.

Ik wil eerst kort opmerken dat deze zaak eigenlijk tot morgen was opgeschort. De verdediging was gisteren klaar met haar bewijsvoering en de slotpleidooien zouden morgenochtend om negen uur beginnen.

Ik zal nu officieel de ontwikkelingen van de laatste paar uur laten optekenen. Om kwart voor twaalf vandaag namen beide advocaten contact met mij op en heb ik via een groepsgesprek met hen gesproken. Mij is verteld dat rond een uur vannacht een individu genaamd Tony Sharkey tijdens een vermeende poging tot inbraak door de politie van Saddle River is gearresteerd. Mij werd verteld dat meneer Sharkey eerst door de politie is verhoord en een paar uur later door meneer Holmes en vervolgens door meneer Maynard. Hij is momenteel een gevangene in de Bergen County-gevangenis.

Nadat ik met beide advocaten gesproken had, heb ik deze spoedzitting geregeld, opdat ik de problemen die vandaag zijn opgedoken kan bespreken. Meneer Maynard, het woord is aan u.'

'Dank u, edelachtbare. Er hebben zich de afgelopen paar uur enkele buitengewone ontwikkelingen voorgedaan, waarbij bewijs is ontdekt dat cruciaal is voor de verdediging van mijn cliënt. Wij verzoeken uw goedkeuring om de verdediging haar zaak weer te laten openen zodat we meneer Sharkey kunnen oproepen, en ook zowel Carmen Sanchez als Betsy Grant. Staat u mij toe om mijn punt te ondersteunen door het hof een korte indruk te geven van de getuigenis die ze zouden geven.'

'Doet u dat alstublieft,' antwoordde rechter Roth.

'Meneer Sharkey zal getuigen dat hij in het huis van dr. Edward Grant en Betsy Grant was in de nacht van de moord. Hij zal toegeven dat hij daar was als inbreker. Hij zal ook vertellen hoe hij het alarm heeft omzeild, dat hij twee dagen ervoor onklaar had gemaakt toen hij toegang tot het huis had tijdens een klus als glazenwasser.

Na zijn arrestatie in Saddle River, gaf hij toestemming – nee, het was zelfs zijn eigen verzoek – dat de politie naar zijn huis in Moonachie zou rijden om de diamanten armband op te halen die hij had gestolen in de nacht dat de dokter stierf. Hij zal ook vertellen dat hij, toen hij het huis benaderde voor zijn inbraak, een zwarte Mercedes bij het huis zag wegrijden. Hij schat dat dit rond twee uur gebeurde.

Verder vertelde Carmen Sanchez, nadat ze op de hoogte was gebracht van deze nieuwe ontwikkelingen, mij en Betsy Grant voor het eerst dat ze op de ochtend dat dr. Grant dood werd aangetroffen vuil had gezien op het kleed in de slaapkamer boven. Het vuil lag onder hetzelfde raam waardoor Tony Sharkey geklommen schijnt te zijn. Tot slot zal Betsy Grant uitleggen dat ze de armband nooit als vermist had opgegeven omdat ze hem zelden droeg en pas een paar maanden na de dood van de dokter besefte dat hij was verdwenen. Zowel zij als Carmen Sanchez zal vertellen dat ze ernaar gezocht hebben en uiteindelijk de conclusie trokken dat de dokter hem onder de invloed van zijn alzheimer had weggegooid.

Edelachtbare, Tony Sharkey is meerdere keren herinnerd aan zijn rechten sinds zijn arrestatie in Saddle River. Hij staat erop dat hij geen advocaat toegewezen hoeft te krijgen. Natuurlijk snappen we dat het hof hem wil ondervragen voordat hij zijn verklaring aflegt.'

Rechter Roth wendde zich tot de officier van justitie. 'Meneer Holmes?'

'Edelachtbare, ik heb meneer Sharkey persoonlijk ondervraagd. Hij eiste dat ik hem voorwaardelijk gaf in ruil voor zijn getuigenis, een getuigenis waarvan wij geloven dat die grotendeels onwaar is. Ik erken dat, vanwege de grote consequenties die een veroordeling tot moord heeft, Uwe Edelachtbare in feite gedwongen is om zijn getuigenis toe te laten. Wederom, wij zijn van mening dat meneer Sharkey een leugenaar is en ik kijk dan ook uit naar het kruisverhoor. Wat betreft Carmen Sanchez en Betsy Grant, ik kijk er tevens naar uit om hen te mogen ondervragen.'

Rechter Roth sprak de parketpolitie aan die naast de deur naar de cel stond. 'Breng meneer Sharkey naar binnen.'

De toeschouwers in de rechtszaal roezemoesden toen een gehandboeide Tony naar binnen werd gebracht en bij de tafel van de verdediging ging zitten. 'Stilte in de zaal,' zei de rechter streng.

De rechter sprak Sharkey aan. 'Meneer Sharkey, sta op alstublieft.'

'Natuurlijk, meneer de rechter. Kent u me nog? Hoe is het met u?'

'Meneer Sharkey, hoe oud bent u?'

'Zevenendertig. Ik word dinsdag achtendertig.'

'Welke opleidingen hebt u genoten?'

'Ik ben na de derde gestopt.' Tony grinnikte. 'Deed nooit mijn huiswerk.'

'Meneer Sharkey, ik begrijp dat u wilt getuigen voor de verdediging, is dat correct?'

'Helemaal, meneer de rechter. Ik weet dat deze mooie dame haar man niet heeft vermoord.'

'Meneer Sharkey, begrijpt u dat u niet hoeft te getuigen? Het vijfde amendement zorgt ervoor dat u niet hoeft mee te werken aan uw eigen veroordeling. Geen van beide kanten kan u oproepen als getuige tenzij u uw toestemming geeft. Begrijpt u dat?'

'Ja, meneer de rechter. Ik heb die rechten al vaker gehoord de laatste paar jaar.'

'U begrijpt dat, mocht u dit willen, ik u onmiddellijk een pro-Deoadvocaat kan toewijzen die met u kan bespreken of u wel of niet in dit proces moet getuigen?'

'Ik hoef geen advocaat, meneer de rechter. Ik kan het zelf beter.'

'Meneer, u beseft dat u een poging tot inbraak in Saddle River ten laste wordt gelegd en dat u beschuldigd kunt worden van inbraak of het in het bezit hebben van gestolen goederen, met betrekking tot een armband die meegenomen zou zijn uit het huis van de Grants in Alpine? U begrijpt dat uw getuigenis hier tegen u gebruikt kan worden in deze zaken en u wel vijf tot tien jaar gevangenisstraf zou kunnen krijgen voor elk van deze beschuldigingen?'

Tony slikte moeizaam. 'Dat weet ik.'

'En, ten slotte, begrijpt u dat de officier van justitie u geen beloftes heeft gedaan? Hij zal u zelfs zo veel mogelijk voor al deze beschuldigingen vervolgen. Begrijpt u dat?'

Elliot Holmes keek woest naar Tony toen die zei: 'Ja, maar ik denk dat hij van gedachte zal veranderen.'

'Maar als hij niet van gedachte verandert, en het ziet er niet naar uit dat hij dat van plan is, begrijpt u dat u dan in de gevangenis terechtkomt?'

'Ja, meneer de rechter. Ik weet dat ik aan het gokken ben.'

Rechter Roth aarzelde en zei: 'Ik geloof dat meneer Sharkey vrijwillig, uit eigen wil en met volledige kennis van zijn rechten wil getuigen. Hij is zevenendertig jaar oud, heeft zijn middelbare school niet afgemaakt en is al jaren bekend met het criminele rechtssysteem. Ik refereer aan zijn verleden om duidelijk te maken dat hij deze gang van zaken en zijn grondwettelijke rechten begrijpt.

Er is hem meermaals verteld dat hij meteen een advocaat toegewezen zou kunnen krijgen. Hij wil geen advocaat. Het is zijn goed recht om een advocaat van de hand te wijzen. Het is mijn rol om erop toe te zien dat welke beslissing hij ook maakt, deze vrijwillig is en met volledige kennis van zaken. Daarin ben ik tevredengesteld. Hij mag getuigen.'

Robert Maynard stond weer op. 'Dank u, edelachtbare. Ik vraag nog een inschikkelijkheid van het hof. Ik moet nu, in zeer korte tijd, meneer Sharkey oproepen en ook mevrouw Grant en mevrouw Sanchez. Ik weet dat we morgenochtend verder zouden gaan. Ik verzoek u of u ons een extra dag wilt geven om ons voor te bereiden. Dan gaan we donderdag, overmorgen, verder.'

Een getergde Elliot Holmes begon te protesteren maar zei toen berustend: 'Edelachtbare, ik ben er klaar voor om morgen verder te gaan, maar de beslissing ligt bij het hof.'

De rechter antwoordde: 'Ik laat een jury liever niet wachten, maar deze omstandigheden zijn eigenlijk nooit eerder voorgekomen. Er zal contact met de jury worden opgenomen en hun zal verteld worden dat er sprake is van nog een dag vertraging en dat we het proces overmorgen om negen uur zullen hervatten. De jury zal natuurlijk verder geen informatie verstrekt worden. Zij hebben al eerder instructies gekregen om geen kranten te lezen of naar uitzendingen over dit proces te luisteren. Ik twijfel er niet aan dat de media de gebeurtenissen van vandaag breed zullen uitmeten. Dat is alles, mijne heren.'

54

Dr. Scott Clifton liep zijn kantoor in Fort Lee binnen dat hij ooit had gedeeld met Ted Grant en Kent Adams. Sindsdien was hij er de enige werkzame arts. De wachtkamer was leeg.

Om negen uur had senator Brian McElroy, een nieuwe patiënt, een afspraak. Het was nu vijf voor negen. Er werd aan alle nieuwkomers gevraagd om ten minste twintig minuten eerder aanwezig te zijn om de noodzakelijke formulieren in te vullen.

Hij keek naar zijn nieuwe receptioniste, Heidi Groner. Zonder haar te groeten vroeg hij: 'Heb je iets van senator McElroy gehoord? Hij is er nog niet.'

Timide antwoordde Groner: 'Hij heeft gisteravond gebeld en een bericht achtergelaten. Hij heeft afgezegd.'

'Gaf hij een reden?'

Heidi was tweeëntwintig jaar oud, maar ze zag er jonger uit. Ze antwoordde stotterend: 'Hij zei dat u hem, na hoe de operatie van zijn vriend was afgelopen, met geen vinger zou mogen aanraken.'

Scott keek haar vernietigend aan.

'Het spijt me, dokter, maar u vroeg het.'

Scott draaide zich abrupt om, ging zijn eigen kantoor binnen en sloeg de deur dicht. Dat betekent maar één andere afspraak voor vanochtend, dacht hij bitter. Hij was er zeker van geweest dat hij in goede vorm was op de ochtend dat hij Darrell Hopkins had geopereerd.

Senator Brian McElroy werd in de politieke wereld van New Jersey gezien als een rijzende ster. Jammer genoeg kende hij Darrell Hopkins, een patiënt die een maand geleden een simpele knievervanging had moeten ondergaan. Scott wist dat hij afgeleid was geweest tijdens de procedure. De operatie moest opnieuw uitgevoerd worden door een andere orthopedisch chirurg: dr. Kent Adams.

Het kantoor draaide verlies. De overheadkosten waren wurgend. Naast de hoge huur en zijn steeds duurdere medische aansprakelijkheidsverzekering, had hij een verpleegkundige, een parttime röntgenmedewerker en een fulltime receptioniste om zijn afspraken en verzekeringsformulieren af te handelen in dienst.

Zijn telefoon ging. Heidi Groners stem klonk over de intercom. 'Dokter, uw ex-vrouw aan de lijn.'

Karen, dacht hij boos toen hij opnam. Ze plukt me kaal. Hij begroette de moeder van zijn drie kinderen met: 'Hoeveel heb je nu weer nodig?'

Zijn afspraak die middag was niet met een patiënt, maar met een journalist van de *Washington Post* die dokters interviewde over de drugsproblematiek in New Jersey. Het laatste wat hij wilde was met een journalist praten, maar toen Jonathan Cruise belde, vertelde hij hem dat hij al had gepraat met dr. Mario Iovino, een verloskundige, over de effecten van drugsmisbruik op een ongeboren kind, en ook met dr. Neil Carpenter, een reumatoloog, over de verslavende werking van pijnstillers. In hun vakgebied waren het allebei vooraanstaande dokters en Scott zag geen reden om het gesprek af te wijzen.

Om tien voor drie klonk Heidi's stem via de luidspreker

door zijn kantoor. 'Meneer Cruise is er. Hij biedt zijn excuses aan omdat hij te vroeg is. Maar ik heb hem gezegd dat u niet druk was en dat u geen andere afspraken hebt.'

'Stuur hem naar binnen,' blafte Scott.

Scott was de vriendelijkheid zelve toen Jonathan Cruise zijn kantoor werd binnengebracht. Hij wist al wat hij ging zeggen. In het volgende half uur legde hij uit dat het beoefenen van orthopedische chirurgie ook betekende dat dokters routinematig pijnstillers aan patiënten voorschreven na hun operaties. 'We moeten scherp in de gaten houden wanneer het nodig is om een nieuw recept uit te schrijven of om ermee te stoppen. We zijn erg voorzichtig met elke patiënt, maar nog meer met de jongere, die maar al te gemakkelijk verslaafd kunnen raken aan pijnstillers als Percocet en Valium. Dat is onze verantwoordelijkheid. Orthopedisch chirurgen zijn zich daar heel goed van bewust.'

Jons indruk van Clifton was dat het een knappe man van eind vijftig was, een meelevende en zorgzame dokter. Echter, toen hij door de lege wachtkamer liep voelde hij bijna iets als troosteloosheid. Ik vraag me af hoeveel patiënten met dr. Adams zijn meegegaan toen ze elk hun eigen weg gingen, dacht hij.

Zodra de deur achter Cruise dichtging, wendde Scott zich tot Heidi Groner. 'Mevrouw Groner, het is duidelijk dat u te onvolwassen bent voor deze functie,' zei hij. 'Toen mijn voormalig echtgenote belde, had u haar niet mijn "ex" moeten noemen. Wanneer ik een bezoeker ontvang, is het niet gepast om mijn afspraken te informeren over de werkdruk van die dag. U kunt uzelf beschouwen als op staande voet ontslagen. U krijgt uitbetaald tot het einde van de volgende week, ik zal de cheque naar u opsturen.'

Heidi Groner had al op het punt gestaan om ontslag te nemen. Er was te weinig te doen en ze had een hekel aan dr. Scott Clifton. Ze stond op van achter haar bureau en liet het visitekaartje dat de journalist haar had gegeven in haar zak glijden.

Hem heb ik wel wat te vertellen, dacht ze glimlachend.

55

Alan Grant was vijf kilo lichter dan toen het proces begonnen was. Getuigen was een beproeving geweest. Toen hij Betsy zag zitten aan de tafel van de verdediging vroeg hij zich af hoe hij zich in haar plaats zou voelen. Waarom was pap niet gewoon doodgegaan aan een hartaanval? Waarom had het zover moeten komen?

Het tijdschrift *Happening* had hem gevraagd om naar Georgia te komen voor een prestigieuze en lucratieve fotosessie. De eigenlijke fotograaf was bij een andere klus opgehouden in Buenos Aires.

Alan wist dat hij, ook al betaalde deze klus goed en had hij het geld hard nodig, hem moest afwijzen. Als een getuige die mogelijk opnieuw opgeroepen zou worden was hem opgelegd dat hij het proces niet mocht bijwonen, maar wanneer de jury klaar was met het overleg mocht hij wel in de rechtszaal zijn om het vonnis te horen. Ze wordt schuldig bevonden, hield hij zichzelf voor. Ze gaat niet vrijuit. En dan zijn de nachtmerries voorbij.

Inmiddels droomde hij elke nacht over zijn vaders schedel die verbrijzeld werd door een stamper. Vaak sijpelden er ook andere gebeurtenissen zijn onderbewustzijn binnen. Hij en zijn vader, huilend aan het graf van zijn moeder. Zijn vader die zijn woning voor hem kocht. En zijn beste fotografieuitrusting. Zijn vader die juichte omdat hij goede recensies begon te krijgen voor zijn werk.

Toen Alan wakker werd, was hij aan het rillen. Het probleem is dat ik, ook al ben ik een goede fotograaf, het werk haat, dacht hij. Als hij het geld van de erfenis kreeg, kon hij bedenken wat hij dan wel wilde doen. Hij besefte dat hij nooit meer schulden wilde hebben, nooit meer schuldeisers of aanmaningen. Hij had al jaren geen belastingaangifte gedaan. En hij had net een brief van de belastingdienst gekregen, waarin ze eisten dat hij onmiddellijk contact met hen opnam.

De druk is te groot, dacht hij. Wanneer Betsy veroordeeld wordt, ga ik meteen naar de civiele rechter en vraag ik om genoeg geld om iedereen af te betalen.

Maar zodra hij in slaap viel, begonnen de nachtmerries weer.

Om vier uur 's nachts had hij twee Stilnox genomen, of waren het er drie? Hij sliep tot bijna twee uur 's middags. Nadat hij de kleine televisie in de keuken had aangezet, deed hij twee sneetjes brood in het broodrooster. Toen de nieuwslezer het had over 'een nieuwe ontwikkeling in het proces van Betsy Grant' kwam hij dichterbij en zette het volume harder. Hij staarde geschokt voor zich uit toen hij hoorde dat een man die net voor inbraak gearresteerd was zei dat hij in de nacht dat zijn vader vermoord werd een auto had zien wegrijden bij het huis van de Grants.

56

Op flirterige toon zei ze: ‘Meneer Cruise, ik hoop dat u nog weet wie ik ben. Ik heb u gisteren in het kantoor van dr. Scott Clifton ontmoet. Toen u binnenkwam gaf u mij uw kaartje.’

‘Ja, natuurlijk. Waarmee kan ik je helpen?’

‘Ik wil dit niet over de telefoon bespreken, maar ik wil u graag ontmoeten. Ik heb erg interessante informatie die u moet weten.’

‘Dan wil ik graag met u afspreken,’ zei Jon. ‘Wilt u een plek uitkiezen vlak bij uw kantoor in Fort Lee?’

‘Ik werk niet meer in Fort Lee. Ik werd vlak nadat u weg-ging ontslagen.’

‘Het spijt me dat te horen.’ Jon was nu nog benieuwder naar wat de voormalig receptioniste hem wilde vertellen. Net ont-slagen mensen waren vaak bereid om veel meer te delen dan zij die hun baan wilden behouden.

Hij ging verder: ‘Waar zullen we afspreken?’

‘Ik woon bij mijn ouders in Tenafly. De Clifton Inn staat in het midden van de stad. Is dat goed?’

‘Ja. Is zes uur vanavond goed?’

‘Prima. Na wat ik u te vertellen heb, gaat u me op een diner-tje willen trakteren.’

Nadat hij zijn gesprek met Groner had beëindigd, belde Jon Delaney. ‘We zullen later moeten afspreken vanavond, Delaney,' begon hij. 'Ik kreeg net een telefoontje van Heidi Groner, een receptioniste die net is ontslagen door dr. Scott Clifton. Ze zegt dat ze belangrijke informatie wil delen. Ik heb geen idee waar het over gaat. Misschien is dit gewoon een ontstemde werknemer die wat stoom wil afblazen, en eerlijk gezegd kwam ze wel een beetje suf over...'

'Jon, je moet met haar afspreken,' zei Delaney meteen.

Ze was van plan geweest om Jon tijdens het eten te vertellen dat Betsy Grant en Peter Benson haar ouders waren, maar dat kon wachten.

'Jon, ik sta nog steeds versteld van die man die in Saddle River gearresteerd werd en zegt dat hij in het huis van de Grants was in de nacht van de moord.'

'Het is een verbijsterende ontwikkeling,' zei Jon.

'Ik weet dat de officier van justitie hem niet gelooft, maar de verdediging wil hem als getuige oproepen. Jon, besef je wat dit voor Betsy Grant kan betekenen?'

'Ja, dat weet ik. En ik weet hoezeer je hoopt op een goede afloop voor haar. Maar Delaney, er zijn altijd gekken die de bekendheid opzoeken. Misschien is Tony Sharkey er zo een. Die kunnen alles doen of zeggen voor die aandacht.'

'Ik weet dat je gelijk hebt,' zei Delaney, 'maar ik denk dat hier meer aan de hand is.'

57

Op dinsdagmiddag had Lisa Clifton een afspraak met een makelaar in Morristown en vond ze een beschikbaar vierkamerappartement in een luxueus gebouw. Het was precies wat ze in gedachten had, een huis met twee slaapkamers en veel ramen.

Ze tekende het contract en voelde een gewicht van haar schouders vallen. Waarom ben ik zo lang met dit huwelijk doorgegaan? vroeg ze zichzelf af. Ik ben de afgelopen twee jaar doodongelukkig geweest. Ik wil gewoon bij hem weg.

Tevreden over het feit dat ze haar huizenjacht succesvol had afgerond, ging ze terug de auto in. Nog een paar dagen, dacht ze, ik kan niet wachten. Ik kan niet wachten om weg uit dat huis te zijn met zijn akelige moderne meubels. En het feit dat Scott zo overdreven lief deed maakte het alleen maar erger. Gisteravond, nadat ze bij Betsy was weggegaan, waren er vrienden komen eten. Hij noemde haar zo vaak 'liefste' dat het belachelijk werd. Maakte hij zich zorgen dat als ze uit elkaar gingen, zij meer wilde dan in de huwelijkse voorwaarden stond? Ze had tenslotte een goedbetaalde baan voor hem opgegeven. Ik wilde dat ik hem kon zeggen dat hij zich daar geen zorgen over hoefde te maken, dacht ze. Ik hoef zijn geld niet. Ik wil gewoon weg!

Onderweg naar huis hoorde ze over de dief die zei dat hij

in de nacht van de moord in Betsy's huis was geweest en een zwarte Mercedes had zien wegrijden. Lisa greep het stuur vast. Die nacht stond haar nog helder voor de geest. Nadat zij en Scott waren thuisgekomen van het etentje, had hij tegen haar gezegd dat hij te erg van streek was om te gaan slapen na die scène in de eetkamer. Toen ze de volgende ochtend naar beneden kwam, lag hij op de bank in de zitkamer te slapen. Ze had geen seconde aan zijn verhaal getwijfeld. Hij zei dat hij een paar drankjes had genomen om te kalmeren en daarom daar in slaap was gevallen.

Hij was van streek geweest die avond.

En zij hadden een zwarte Mercedes.

Maar waarom zou Scott Ted kwaad willen doen? Hun vennootschap was al jaren eerder ontbonden.

Die vraag leidde tot een volgende. Ted vloog iemand aan over tafel, dacht Lisa. Ik zat naast Scott. Had Ted het op Scott gemunt en niet op mij? Wist hij nog ergens in die aftakelende hersens van hem dat Scott iets had gedaan wat hem woest had gemaakt?

Lisa had niet gemerkt hoe snel de terugweg was gegaan tot ze hun oprit opreed.

Thuis!

Tot haar verbazing wachtte Scott in de woonkamer. Hij begroette haar met een hartelijke zoen. 'Hey, ik probeerde je te bereiken, maar je nam je telefoon niet op.'

Lisa voelde een rilling door haar lichaam trekken toen zijn armen zich om haar heen sloten. 'Ik was mijn telefoon vergeten,' zei ze, 'en was aan het winkelen. Nordstrom en Neiman Marcus hebben uitverkoop.'

Scotts omhelzing werd wat losser. 'Ik hoop dat je jezelf hebt getrakteerd.'

'Jazeker. Ik heb twee nieuwe pakjes die nog vermaakt worden. Ze zijn binnen een week klaar.'

En dan ben ik hier weg, dacht ze.

58

De dag ervoor was Delaney na haar gesprek met Kathleen Gerard naar huis gegaan. De rest van die dag en vandaag waren grotendeels gevuld met het herlezen van haar aantekeningen uit de rechtszaal en haar eigen verslagen. Daarnaast las ze artikelen op websites over het proces om te kijken of ze iets had gemist wat nog zou kunnen helpen. Vlak voordat Jon belde, had ze geprobeerd te beslissen of ze Lisa Clifton zou bellen. Lisa stond duidelijk aan Betsy's kant, terwijl Scott Clifton haar zo vijandig gezind was. Bracht het hun huwelijk in de problemen?

Logisch dat dat spanningen opleverde tussen die twee, dacht ze. Misschien zou Lisa eerder met me praten als ik haar vertel dat Betsy mijn moeder is. Niet geschoten is altijd mis, dacht ze. Alles om Betsy te helpen, besloot ze.

Toen ze het telefoonnummer opzocht ontdekte ze tot haar verbazing dat er wel een Lisa Clifton geregistreerd stond in Ridgewood, New Jersey, maar geen Scott Clifton. Is het vreemd dat het telefoonnummer op naam van de vrouw staat, of doen dokters dat altijd zo? vroeg ze zich af.

Lisa liet de telefoon maar één keer overgaan. Wat Delaney niet kon weten was dat Lisa aan het wachten was op een belletje van de assistent van het verhuisbedrijf, die de exacte tijd door zou geven waarop ze vrijdagochtend de meubels kwamen ophalen.

Delaney kwam, na zichzelf voorgesteld te hebben, direct ter zake. 'Mevrouw Clifton, van wat ik heb gezien in de rechtszaal, lijkt u aan Betsy's kant te staan.'

'Vanaf het begin, ja. Er moet een betere verklaring zijn voor wat er die nacht gebeurd is, en ik denk dat ik die kan geven.'

'Mevrouw Clifton, kunnen wij hier face to face over praten?'

'Noem me maar Lisa. Ja, dat kan. Ik heb je reportages van het proces gezien en je bent erg genuanceerd geweest. Maar niet vandaag. Ik heb vanmiddag een afspraak die ik niet kan verplaatsen en daarna ga ik met mijn echtgenoot bij vrienden eten.'

'Mevrouw Clifton, Lisa, het proces loopt bijna ten einde. Als je informatie hebt die Betsy Grant kan redden dan smeek ik je om die nu te delen.'

'Het is geen bewijs, alleen een voorgevoel. Maar ik spreek graag morgen met je af.'

'Hoe laat kunnen we...?'

'Het spijt me, ik moet gaan. Bel me alsjeblieft morgenochtend.'

Toen ze had opgehangen voelde Delaney zich hulpeloos en zonder doel. Lisa had net gezegd dat ze een andere verklaring had voor wat er met Ted Grant gebeurd was, maar geen bewijs. Ik durf te wedden dat ze Alan Grant bedoelt, dacht ze. Hij is de logische keuze. Maar er is geen bewijs dat hij de moordenaar is en hij heeft een waterdicht alibi.

Waterdicht alibi! Dat had hij omdat hij met Josie Mason, een ex-vriendin, mee naar huis was gegaan en daar de nacht had doorgebracht. De beveiligingscamera's lieten zien dat hij die nacht haar huis niet had verlaten. Delaney vroeg zich af of Alan die vrouw daarna nog had gezien. Of had hij haar geld gegeven zodat hij bij haar de nacht kon doorbrengen?

Ze kon geen enkele mogelijkheid negeren. Delaney keek nogmaals haar aantekeningen door. Mason was een kapster bij Louis & David, een kapsalon op East 50th Street. Ze zocht het telefoonnummer op en belde. Een stem die boos klonk zodra Alans naam werd genoemd, stemde er met tegenzin mee in om met haar om vijf uur een drankje te drinken. Mason stelde de Peacock Alley-bar in het Waldorf Astoria voor.

De populaire cocktailbar zat bijna vol. Er hangt hier altijd zo'n feestelijke sfeer, dacht Delaney. Ik wou dat ik me ook feestelijk kon voelen!

Josie wachtte al bij het kleine tafeltje links van de bar. Delaney herkende haar omdat ze een getuige was geweest. Josie was een welgevormde blondine, ongeveer dertig jaar oud, met haar dat net de bovenkant van haar schouders raakte. Ze droeg een diep uitgesneden witte blouse en een zwarte broek.

Delaney nam naast haar plaats. Nu ze minder dan een meter uit elkaar zaten kon ze zien dat Masons rimpelloze gezicht waarschijnlijk al baat had gehad bij enkele botoxbehandelingen. De kleine rimpeltjes rond haar mondhoeken wekten de suggestie dat ze een zware roker was.

'Hoi Josie, dank je wel dat je met me wilde praten,' zei Delaney. Een serveerster kwam aanlopen om haar bestelling op te nemen. Mason was al begonnen aan een appelmartini en Delaney besloot er ook eentje te nemen.

Nadat ze besteld had, zocht Josie naar haar tasje, om toen te stoppen en haar schouders op te halen. 'Ik snap niets van die stomme regel dat je niet mag roken als je drinkt. Ik word er gek van.'

‘Ik heb nooit gerookt, maar ik heb vrienden die er ook zo over denken,’ zei Delaney begrijpend.

‘Ik vind het leuk hoe je het proces doet,’ zei Josie. ‘Jij bent eerlijk, niet zoals die idioten op de radio die denken dat ze God zijn en maar blijven schreeuwen dat Betsy Grant het hoofd van haar echtgenoot heeft ingeslagen.’

Veel geblaat, weinig wol, dacht Delaney, maar ze zei: ‘Ik kan het alleen maar met je eens zijn.’

‘Ze nagelen Betsy Grant echt aan de schandpaal,’ zei Josie. ‘Ik bedoel, ze blijven maar zeuren dat ze haar zieke, hulpeloze echtgenoot heeft vermoord omdat ze bij haar vriendje wilde zijn. Ik heb foto’s van hem in de krant gezien. Hij ziet er goed uit! En een weduwnaar!’

We hebben het over mijn vader, dacht Delaney. Ze probeerde het onderwerp aan te snijden waarvoor ze hier gekomen was. Ze zei: ‘Alan heeft verklaard dat jullie rond tien uur een drankje zouden gaan drinken, nadat hij terugkwam van het feestje bij zijn vader thuis.’

‘Dat is ongeveer wat er gebeurd is,’ zei Josie achteloos.

‘Wat bedoel je met “ongeveer”?’

‘Alan en ik gingen steeds een tijdje met elkaar en dan ging het weer uit. Als het uit was belde hij me vaak uit het niets weer op en dan hadden we weer wat. Ongeveer zes maanden voor zijn vader stierf hadden we een heftige ruzie. Ik bedoel, hij is knap en van goede afkomst, maar hij zeurde altijd over hoe blut hij was. Ik moest soms zelfs alles betalen. Vriendinnen vertelden me dat ik dom bezig was en uiteindelijk zag ik in dat ze gelijk hadden. Dus ik zei tegen hem dat hij eerst weer wat geld moest verdienen en mij dan mocht bellen. Maar een paar maanden later begonnen we weer af te spreken voor etentjes en zo. Een week voor dat diner bij zijn vader thuis vertelde hij me dat hij het zo moeilijk vond om zijn vader zo ziek te zien. Hij vroeg of we rond tien uur een drankje konden doen, nadat hij terug was uit New Jersey.'

'Dus je maakte een afspraak om hem die avond te zien?'

'Ja, we gingen samen een drankje drinken. Ik was er al. Hij gedroeg zich prima aan het begin, maar daarna werd hij heel erg terneergeslagen. Hij was depressief en begon bijna te huilen. Hij vertelde me dat hij zich zo eenzaam voelde dat hij bijna een zenuwinzinking kreeg, hij maakte zich zo'n zorgen om zijn vader en stiefmoeder, zijn vader was zo ziek en gleed steeds verder af... Hij zei dat hij die avond niet alleen wilde zijn, en vroeg of hij bij mij kon blijven.'

Josie haalde haar schouders op. 'Voor iemand met een zielig verhaal doe ik alles, dus ik zei: "Oké, prima."'

Delaney koos haar woorden zorgvuldig. 'Josie, ik weet dat de veiligheidscamera's hebben geregistreerd dat hij rond middernacht met jou mee naar binnen ging en rond acht uur 's ochtends de volgende ochtend weer wegging. Betekent dat dat je er absoluut zeker van bent dat hij de hele nacht bij jou was?'

'O ja, hij zat bij mij. Hij heeft de halve nacht lopen huilen. Ik dacht dat ik doordraaide.'

'Heb je hem in de anderhalf jaar nadat zijn vader is gestorven nog vaak gezien?'

'Soms. Luister, ik weet dat hij veel geld gaat erven. Als hij dat krijgt en minder over zijn problemen praat, misschien heb ik dan nog interesse in hem. Maar ik nam vrij voor hem van mijn werk. Ik legde voor hem een verklaring af in de rechtszaal en verschafte hem voor de nacht dat zijn vader stierf een waterdicht alibi. Je zou denken dat hij even zou bellen en me zou bedanken, toch? Ik bedoel, als hij alleen naar huis was gegaan, wie had hem dan geloofd?'

Josie boog haar hoofd naar achteren en nam de laatste slok van haar martini. 'Nog eentje dan,' zei ze. Ze hief haar hand om de aandacht van de serveerster te trekken.

Delaney kon niet wachten om weg te gaan. Ik denk dat het een goede gok is dat Alan opzettelijk met zijn vriendin had afgesproken om zichzelf een alibi te verschaffen, omdat hij wist dat iemand die nacht dr. Grant ging vermoorden.

Delaney betaalde de rekening en toen begon Josie te lachen. 'Er gebeurde nog iets grappigs die nacht. Twee dagen ervoor had ik een kat geadopteerd uit het asiel.'

Wat is je punt? Ik heb geen tijd voor huisdierenverhalen, dacht Delaney.

'Ik wist het niet, maar Alan is enorm allergisch voor katten.'

'En toch bleef hij slapen?'

'Ja. Hij nam wat hoestdrank en bleef de rest van de avond niezen.'

'Heb je dit aan de politie verteld?'

'Nee. Hebben we het niet over gehad. Waarom zou de politie iemands allergie iets kunnen schelen?'

59

Jonathan Cruise probeerde niet al te ongeduldig te wachten op Heidi Groner in de Clinton Inn van Tenafly. Ze was al een kwartier te laat en hij begon zich af te vragen of ze wel op zou komen dagen. Vijf minuten later verscheen ze.

'Sorry dat ik zo laat ben,' zei ze. Er was niets verontschuldigends aan haar toon en haar brede glimlach. In het kantoor had haar haar opgestoken gezeten, maar nu hing het los, minstens tien centimeter voorbij haar schouders. Ze was netjes opgemaakt en haar bruine ogen werden geaccentueerd door mascara en oogpotlood.

Jon zag dat ze een erg mooi meisje was, iets wat hem niet was opgevallen tijdens hun korte ontmoeting in het kantoor van dr. Clifton. Hij verwachtte dat ze samen zouden eten, dus hij was van plan geweest eerst over koetjes en kalfjes te praten. Maar Heidi kwam meteen ter zake. 'Ik vertelde je al dat ik gisteren ontslagen ben.'

'Ja, het spijt me dat te horen.'

'Hoeft niet. Ik wilde al ontslag nemen. Het was daar net een mortuarium. De avond voordat jij met dr. Clifton je gesprek had, had senator McElroy gebeld om zijn afspraak af te zeggen. Dr. Clifton heeft een paar weken geleden een vriend van hem geopereerd, een knievervangende operatie. Hij verprutste het en die man moest opnieuw onder het mes.'

'Gebeurden dat soort dingen vaker?'

'Ik werkte er niet lang genoeg om dat te weten. Maar ik zeg je wel, ik zou zijn wachtkamer kunnen verhuren.'

Er was een ober verschenen. 'Wat wilt u drinken?'

'O, gewoon een glas chardonnay. Ik houd niet van dat sterke spul.'

'Maak daar maar twee glazen chardonnay van,' zei Jon tegen de ober. Hij keek weer naar Heidi. 'Voor zover ik heb begrepen, hebben de meeste artsenpraktijken een enorme overhead.'

'O, zeker. Ik werkte er fulltime. Er werkten ook parttimers, een verpleegkundige en een röntgenspecialist. Maar hij heeft eigenlijk niet genoeg patiënten of operaties om al onze salarissen te betalen. Ik weet zeker dat hij een medicijndealer is.'

Jon voelde dat hij gespannen raakte. 'Hoe dat zo?'

'Hij heeft een prepaidtelefoon. Zo eentje waar je de minuten voor koopt.'

'Ik weet wat dat is.'

'Nou, die hoorde ik twee of drie keer per dag afgaan. En vorige week, toen zijn deur openstond, hoorde ik hem een afspraak maken om iemand te ontmoeten op een parkeerplaats vlak bij het kantoor.'

'En jij denkt dat hij met mensen afsprak om ze medicijnen te verkopen?'

'Ja. Of in elk geval recepten voor medicijnen. Waarom zou hij anders met mensen afspreken op parkeerplaatsen?'

Jon dacht terug aan hoe leeg Scott Cliftons kantoor had geleken.

'Ik heb het beste voor het laatst bewaard,' zei Heidi op samenzweerderige toon. 'Heb je gelezen over die zoon van die Hollywoodregisseur die vorige week gestorven is aan een overdosis?'

'Ja, ik ken dat verhaal.'

'Heette hij niet Steven?'

'Ja.'

'Nou, toen dr. Clifton vorige week aan de telefoon hing, hoorde ik hem het gesprek afsluiten met "Dag, Steven".'

60

Jon reed direct na zijn etentje met Heidi Groner naar Delaneys appartement. Het was tien uur. Hij luisterde hoe ze hem vertelde dat ze dacht dat Josie Mason gebruikt was om Alan een alibi te verschaffen in de nacht dat zijn vader stierf.

'Het klinkt logisch, toch, Jon? Op deze manier is hij nooit verdacht.'

'Het klinkt inderdaad logisch,' beaamde Jon, 'maar het betekent wel dat iemand anders dan Alan de moord heeft gepleegd. Laat me nu vertellen waar ik vandaag achter ben gekomen.'

Delaney luisterde. 'Je bedoelt dat dr. Clifton illegaal medicijnen verkoopt?' vroeg ze.

'Waarschijnlijk verkoopt hij illegaal recepten voor medicijnen die wel legaal zijn. Er zijn apothekers die weten dat een dokter te veel recepten uitschrijft, maar ze rapporteren het niet of stellen geen vragen. De mensen die deze recepten ophalen, de verslaafden, betalen contant. Het is een grote bron van inkomsten voor de dokter en de apotheker.'

'Maar dat geeft Scott geen reden om zijn voormalige collega te willen vermoorden.'

'Nee, dat niet,' gaf Scott toe. 'Tenzij Tony Sharkey morgen iets beters vertelt dan dat hij een zwarte Mercedes zag, denk ik niet dat zijn getuigenis Betsy Grant gaat helpen.'

'En de officier van justitie en Maynard zullen hun slotpleidooien op vrijdag houden en dan zal de jury zich beraden over de zaak,' zei Delaney. Tranen vulden haar ogen.

Jonathan sloeg een arm om haar heen. 'Hey, Delaney, je verbaast me. Je hebt aan zo veel rechtszaken gewerkt. Ik kan niet geloven dat je jezelf zo emotioneel betrokken laat raken bij deze.'

Het was tijd om het hem te vertellen. 'Jon, hoe zou jij je voelen als je er net achter was gekomen dat Betsy Grant je moeder is?'

61

Op dinsdagochtend ging het proces verder. De rechtszaal zat vol met pers en toeschouwers toen de rechter verscheen en sommeerde dat de juryleden de ruimte binnengebracht moesten worden.

Zodra zij zaten, sprak de rechter hen aan. 'Dames en heren, op maandag vertelde ik u dat de advocaten deze ochtend hun slotpleidooien zouden presenteren. Op dinsdag kwam mij ter ore dat, dankzij nieuwe ontwikkelingen, de verdediging zijn zaak wenst te heropenen. Ik sta dit toe.

Ik begrijp dat er nu een persoon zal worden opgeroepen die nog geen verklaring heeft afgelegd. Zijn naam is Tony Sharkey. Hij woont in Moonachie. Als u deze persoon kent, steek dan uw hand omhoog.' De rechter wachtte even. 'Oké, goed, niemand kent hem. Meneer Maynard zal ook Carmen Sanchez en Betsy Grant, die al een getuigenis hebben afgelegd, opnieuw oproepen.

Dames en heren, meneer Maynard zal deze getuigen ondervragen en officier van justitie Holmes zal ze ook verhoren. Wanneer we klaar zijn met deze getuigen, zal meneer Maynard zijn verdediging weer sluiten en zullen we de zitting tot morgenochtend opschorten. Dan zullen de advocaten hun slotpleidooien houden. Daarna zal ik u instructies geven over de wet en mag u met uw overleg beginnen.

Meneer Maynard, u mag uw eerste getuige oproepen.'

'Dank u, edelachtbare. De verdediging roept Tony Sharkey op.'

Tony Sharkey keek de rechtszaal rond toen hij vanuit de cel binnenkwam. Hij droeg een pak en een stropdas die vlug waren aangeschaft door Maynards compagnon. Hij werd geflankeerd door de parketpolitie. Nadat hij de eed had afgelegd, nam hij plaats op de getuigenbank.

Maynard begon met Tony te vragen naar zijn leeftijd, zijn adres en zijn werk als glazenwasser. 'Meneer Sharkey, wanneer en waar hebben wij elkaar voor het eerst ontmoet?'

'Dinsdag. In de nor. De gevangenis.'

'Was u de nacht daarvoor gearresteerd in Saddle River?'

'Ja, ik werd betrapt tijdens een inbraak. Een agent zag me op het balkon.'

'Werd u daarna naar het bureau gereden?'

'Ja, daar heb ik met een rechercheur gepraat. Ik vertelde hem dat ik goede info voor hem had.'

'Is de politie, op uw verzoek en met uw toestemming, naar uw huis in Moonachie gegaan?'

'Ja, dat had ik ze gezegd. Ze namen mijn sleutel mee.'

'Waar zochten ze naar?'

'Ik vertelde ze dat er onder een losse tegel in de badkamer een armband lag die ik gejat had uit het huis van de Grants in Alpine in dezelfde nacht dat de dokter omgelegd werd.'

Betsy keek zichtbaar gepijnigd toen Tony het had over haar echtgenoot die "omgelegd" werd.

'Meneer Sharkey, ik toon u nu de armband die geregistreerd staat als bewijsstuk tien. Is dat de armband van onder de tegel?'

'Ja, geen twijfel over mogelijk. Kijk maar naar de initialen, TG en BG. Dat is de armband die de politie mee terug naar het bureau nam en die de rechercheur aan mij liet zien.'

'Wat hebt u de rechercheur verteld?'

'Ik vertelde hem dat ik niet dacht dat dit dametje haar echtgenoot had vermoord. Ik zei dat ik de armband die nacht had gejat. Voordat ik het huis inging zag ik een zwarte Mercedes staan, vlak naast het huis. Die reed toen hard weg.'

'Hoe laat was dat?'

'Twee uur, misschien half drie 's nachts. Ik vroeg me af wat daar in godsnaam mee aan de hand was.'

'En wat gebeurde er toen?'

De juryleden keken als gehypnotiseerd naar Tony terwijl hij vertelde hoe hij eerder als glazenwasser met het alarm had geknoeid en hoe hij die avond de armband had weggenomen.

'Meneer Sharkey, waarom hebt u maar één armband uit de kluis gehaald?'

'Als ik een kraak zet, steel ik maar één, misschien twee dure dingen. Dan weten de mensen in het huis niet dat er iemand langs is geweest. Wanneer ze merken dat er maar één ding weg is, denken ze dat ze het zelf niet goed hebben teruggelegd en bellen ze de politie niet. Zo doen ze geen aangifte en komen er geen agenten het huis doorlichten voor vingerafdrukken.'

'Meneer Sharkey, is u iets toegezegd in ruil voor uw getuigenis hier vandaag?'

'Nee. Ik krijg noppes van de officier van justitie. U vertelde me wel dat deze mooie dame hier het akkefietje met de armband zou vergeten.'

'Edelachtbare, ik heb verder geen vragen meer.'

'U mag verhoren, officier,' zei de rechter.

'Meneer Sharkey, is het niet zo dat u al zes keer veroordeeld bent?'

'Ja. Ben ik niet trots op. Is mijn moeder zeker niet trots op.'

'En u weet dat de rechter de jury zal uitleggen dat ze deze eerdere misdrijven mee mogen laten wegen wanneer ze de geloofwaardigheid van uw getuigenis beoordelen of, met andere woorden, of ze u geloven.'

'Ja, weet ik. Ik heb dit allemaal al eens meegemaakt.'

'Meneer Sharkey, wanneer hebt u mij voor het eerst gezien?'

'Dinsdagmorgen vroeg. U leek heel blij mij te zien.'

'En u heeft me toen een gedeelte verteld van wat u vandaag heeft gezegd, toch?'

'Klopt.'

'Maar toen ik u vroeg de auto te beschrijven die u van het huis zou hebben zien wegrijden, wilde u dat niet zeggen. Is dat correct?'

'Dat is waar.'

'Sterker nog, u eiste dat ik u voorwaardelijk zou beloven in ruil voor uw getuigenis voordat u nog iets anders zou zeggen. Klopt dat?'

'Ja. Dat leek me wel een eerlijke ruil voor mijn komst.'

'En ik vertelde u, gebaseerd op wat u zei, dat ik u niks anders beloofde dan dat ik u zou vervolgen voor de poging tot inbraak in Saddle River, en voor de inbraak in het huis van de Grants, zelfs als mevrouw Grant u nu vergeeft omdat u haar vrijwaart van een veroordeling. Is dat correct?'

'Ja, dat klopt wel.'

'Meneer Sharkey, u zegt dat u deze armband vorig jaar maart heeft gestolen. Correct?'

'Ja, toen is het gebeurd.'

'Meneer Sharkey, ik heb me op een paar van uw vorige rechtszaken ingelezen. Is het niet waar dat u zwaar gokverslaafd bent en dat u maar zo nu en dan voor glazenwassersbedrijven werkt?'

'Ik ontken niet dat ik naar Atlantic City ga zodra ik geld heb. Ik werk als glazenwasser wanneer er werk voor me is. En dat is niet zo vaak.'

'Maar als u geld tekortkomt, waarom hebt u deze armband dan zo lang gehouden? Waarom hebt u hem niet verpand voor duizenden dollars?'

'Omdat ik verwachtte dat ik mezelf wel weer in de nesten zou werken. Ik dacht dat ik hem kon gebruiken om strafvermindering te krijgen.'

'Dus u bent hier alleen om uzelf te helpen. Correct?'

'Tuurlijk. Maar ik vertel wel eerlijk wat ik gezien heb.'

'Maar als u niet in Saddle River gearresteerd was die nacht, dan zou u hier nu niet zitten en u zorgen maken om Betsy Grant, of wel?'

'Nee, dat denk ik niet. Maar ik vond het wel sneu voor haar dat ze gearresteerd was.'

'Meneer Sharkey, hebt u bewijs dat u die bewuste nacht in het huis was?'

'Nee, maar als u een en een optelt... Twee dagen ervoor kwam ik de ramen lappen. Ik weet dat het bedrijf u die informatie heeft gestuurd. En ik heb de armband. En kijk even naar dat alarm, dat is ouder dan ik ben. Iedereen zou dat onklaar kunnen maken.'

'En u zag toevallig een mysterieuze auto wegrijden?'

'Niks mysterieus aan. Het was donker. Ik heb verteld wat ik heb gezien.'

'Edelachtbare, ik heb verder geen vragen meer.'

Tony verliet de getuigenbank en het gevoel bekroop hem dat het niet echt goed was gegaan. Robert Maynard deelde dat gevoel.

'Uw volgende getuige, meneer Maynard,' zei de rechter.

'De verdediging roept Carmen Sanchez op.'

Carmen kwam binnen en liep langzaam naar de getuigenbank. De rechter vertelde haar dat ze niet opnieuw de eed hoefde af te leggen. Maynard liet haar vertellen over het vuil op de vloer en hoe ze Betsy had geholpen met het zoeken naar de armband.

Elliot Holmes begon toen met zijn kruisverhoor.

'Mevrouw Sanchez, laten we beginnen met het vermeende vuil op de vloer. U bent er trots op dat u een nauwgezet huishoudster bent. Correct?'

'Als u bedoelt dat ik goed schoonmaak: ja.'

'En u zegt dat u vuil op het kleed zag op de ochtend dat de dokter dood werd aangetroffen?'

'Ja. Ik was zo overstuur.'

'Maar u zegt dat u die kamer een dag of twee ervoor had schoongemaakt en gestofzuigd?'

'Ja, daarom was ik zo verbaasd.'

'Mevrouw Sanchez, u hebt een hechte band met Betsy Grant. Correct?'

'Ja. Ze heeft me altijd goed behandeld.'

'En u geeft veel om haar, correct?'

'Ja. Ja, heel veel.'

'En ze werd twee weken na de dood van haar echtgenoot gearresteerd voor zijn moord?'

'Ja. Dat stemde me zo bedroefd.'

'En u wist dat ze die avond alleen in het huis was met haar echtgenoot, correct?'

'Ja. Ja.'

'Dus dat zou betekenen dat iemand anders het huis had moeten betreden die nacht, correct?'

'Waarschijnlijk. Ik weet niet wat er gebeurd is.'

'En het is nooit bij u opgekomen om te praten over het vuil op het kleed dat misschien was achtergelaten door een onbekende insluiper?'

'Nee. Ik weet niet waarom. Ik weet het niet. Ik dacht er pas echt aan tijdens mijn getuigenis. Maar de rechter zei dat ik alleen de gestelde vragen moest beantwoorden.'

'Maar zelfs daarna zei u niets tegen mevrouw Grant of meneer Maynard, totdat meneer Sharkey twee dagen geleden opeens op kwam dagen, correct?'

'Wat bedoelt u met "op kwam dagen"?'

'Ik bedoel dat u niets zei totdat meneer Maynard twee dagen geleden van meneer Sharkeys bestaan wist.'

'Nee. Ik weet niet waarom. Misschien schaamde ik me omdat ik tijdens het stofzuigen dat vuil over het hoofd had gezien.'

'Mevrouw Sanchez, laten we het over iets anders hebben. U zei dat u lang hebt helpen zoeken naar deze armband. Correct?'

'Ja. We konden hem niet vinden.'

'Maar u weet niet wanneer hij gestolen is, toch?'

'Nee.'

'Ik heb verder geen vragen meer, edelachtbare.'

Robert Maynard stond op. 'Edelachtbare, ik wil nu Betsy Grant oproepen.'

Toen ze in de getuigenbank zat, zei hij op zachte toon: 'Mevrouw Grant, dit is uw armband, toch?'

Betsy's stem brak. 'Ja. Ted gaf hem aan mij ter ere van onze trouwdag.'

'Staan uw initialen en de zijne erin gegraveerd?'

'Ja.'

'Wanneer merkte u dat hij weg was?'

'Een paar weken nadat mijn echtgenoot was overleden.'

'Hebt u aangifte gedaan?'

'Nee. Ik had geen reden om te denken dat hij gestolen was. Er ontbraken verder geen sieraden.'

'Hebt u het bij de verzekering aangegeven?'

'Nee. Ik dacht dat Ted hem misschien had gepakt en hem ergens in huis had verstopt. Ik wilde het niet aan de verzekering rapporteren en er geld voor krijgen om hem dan later weer te vinden. Carmen en ik hebben overal gezocht. Ik wilde hem graag vinden. Hij betekent veel voor me. Ik wilde hem eigenlijk een paar dagen geleden aangeven, en toen gebeurde dit allemaal opeens.'

'Verder geen vragen meer, edelachtbare.'

Elliot Holmes liep naar de getuigenbank. 'Mevrouw Grant, u heeft geen idee wanneer deze armband gestolen is, of wel?'

'Niet precies, nee. Ik had hem al een jaar niet meer gedragen, voordat ik besefte dat hij weg was. Ted ging niet meer uit, dus er was niet echt een gelegenheid om zo'n armband te dragen. Ik denk dat ik hem het laatst heb gedragen tijdens een benefietdiner.'

'Hebt u dit voorwerp van onschatbare emotionele waarde gedragen tijdens een van de tientallen etentjes die u in New York had met Peter Benson?'

Betsy kon wel gillen. 'Nee, dat heb ik niet!' riep ze.

'Dus hij kan om het even wanneer in dat jaar gestolen zijn, correct?'

'Ik was me er niet van bewust dat hij gestolen was, dus ik weet inderdaad niet het precieze moment. Maar meneer Sharkey lapte onze ramen twee dagen voordat Ted stierf. Hoe had hij voor die tijd van mijn huis kunnen weten?'

Holmes bitste: ‘Mevrouw Grant. Beantwoord gewoon de vraag.’

‘Ik zei het al. Ik heb hem niet gedragen in het jaar voordat Ted stierf en ik wist niet dat hij weg was.’

‘Uw huishoudster vertelde nadat u gearresteerd was nooit over het vuil op het kleed onder het raam boven. Correct?’

‘Nee, dat heeft ze niet gedaan. Ik wilde dat ze het wel had gedaan. Ze heeft er erg veel spijt van.’

Grijnzend zei Holmes: ‘Ik heb verder geen vragen meer.’

Betsy liep langzaam van de getuigenbank naar de tafel van de verdediging. Robert Maynard schoof haar stoel voor haar naar achteren en ze ging zitten.

‘Edelachtbare, de verdediging hoeft verder geen getuigen op te roepen.’

‘Hebt u een weerwoord, officier?’

‘Nee, edelachtbare.’

De rechter wendde zich tot de juryleden en vertelde hun dat de bewijslevering nu klaar was. Morgen mochten ze om negen uur terugkomen voor de eindpleidooien en de uitleg van de rechter.

62

Donderdag was Josies vrije dag. Ze sliep lang uit en toen ze opstond bedacht ze hoe blij ze was dat ze Delaney Wright had ontmoet. Ze bekeek de wereld met andere ogen.

Wat als ik naar de officier van justitie zou stappen en hem zou vertellen dat ik er nog even over had nagedacht en besefte dat Alan mij voor zijn alibi had gebruikt? In haar hoofd liep ze na wat ze de officier zou vertellen. Ten eerste dat ze al zes maanden niet met Alan had gepraat toen hij haar opeens vertelde hoeveel hij haar miste. In de maand voor zijn vader stierf gingen ze minstens drie keer per week uit. Toen begon hij op een nacht te zeuren hoeveel zorgen hij zich maakte om zijn vader en hoe eenzaam hij zich voelde. Hij zei dat hij wist dat hij enorm terneergeslagen zou zijn na de verjaardag van zijn vader en dat hij iemand nodig had om mee te praten. Ik zei dat dat goed was en zou om tien uur een drankje met hem drinken bij O'Malley's, dat een straat van mijn huis af ligt. Daarna heb ik anderhalf uur naar zijn gejammer geluisterd. Hij smeekte of ik bij hem kwam slapen, maar ik weet wat een slons hij is, dus zei ik dat hij maar bij mij moest komen.

Zoals ik al tegen Delaney Wright zei, dacht ze, wist ik niet dat Alan allergisch voor katten was, en hij wist niet dat ik een kat had geadopteerd. Hij begon te niezen zodra hij binnenkwam, maar toch bleef hij. En wat een toeval dat zijn vader die nacht vermoord werd. Bingo, ik ben zijn alibi!

Sinds zijn vader stierf, zien Alan en ik elkaar minstens een keer per week, maar het is niets meer dan een slap excuus. Kijk, ik heb genoeg ervaring om te weten of een man geïnteresseerd is. En heeft hij me zelfs maar bedankt dat ik aan zijn verhaal heb meegewerkt toen ik in de rechtszaal stond? Nee. Ik heb hem een alibi gegeven en dat was alles wat hij wilde.

Ik kan dit allemaal aan de officier vertellen, dacht Josie. Ik zal weer opgeroepen worden. Ik zal die zeikende lamzak onderuithalen. Hij was zo gek op zijn vader, maar ondertussen zou hij wel miljoenen erven als hij stierf.

Josie aaide haar kat en dacht: Ik bel Alan en vertel hem dat hij een miljoen mag ophoesten of anders bel ik de officier. Hij neemt maar een lening. Hij krijgt al zijn vaders geld als zijn stiefmoeder veroordeeld wordt, maar ik geloof er niets van dat ik er een cent van krijg als het proces voorbij is.

Je dacht dat ik te dom was om het uit te vogelen, Alan, dacht Josie. Het duurde even, maar nu heb ik het door.

Ze lachte en de kat begon te spinnen.

63

Op donderdagmiddag ging de telefoon en toen Alan zag dat het Josie was, wilde hij eigenlijk niet opnemen. Maar ze had zijn alibi honderd procent ondersteund. Dat was nu belangrijker dan ooit. Hij moest haar tevreden houden.

'Hoi Josie,' zei hij met warme stem. 'Hoe is het met mijn meisje?'

'Jouw meisje heeft even heel goed nagedacht,' antwoordde Josie vrolijk. 'Laat mij jou eens uitleggen waarover.'

Ze vertelde wat ze wilde en Alans vingers werden klam. 'Josie, er is echt geen enkele manier waarop ik in de volgende vierentwintig uur voor jou een miljoen dollar kan regelen. En ik kan niets tekenen waarop staat dat ik je zo'n bedrag verschuldigd ben.'

De volgende tien minuten steggelden ze over het geld totdat Alan haar kon overtuigen om een compromis te sluiten. Hij vertelde haar dat ze een afspraak zouden maken met de advocaat. Hij zou haar daar ontmoeten en zijn woning deels op haar naam zetten. Hij was er vrij zeker van dat zoiets makkelijk te regelen moest zijn. Als iemand ernaar vroeg, zou hij zeggen dat hij van Josie hield en wilde laten zien hoe serieus hij hun relatie nam. Wanneer het proces voorbij zou zijn en hij zijn geld kreeg, zou hij haar de hele woning schenken.

Nadat Josie had opgehangen, smeet Alan zijn mobieltje op

de tafel. Wat nu weer? Zelfs als hij de hele erfenis zou krijgen, had hij al twintig procent van de vijftien miljoen aan Scott beloofd. En die had het verprutst, dacht Alan. Hij had na het eten terug naar het huis moeten gaan en zijn vader met iets moeten injecteren zodat het op een hartaanval leek. In plaats daarvan werd pap wakker en begon Scott hem te wurgen. Hij greep de stamper en beukte zijn achterhoofd in.

Alan pakte de telefoon weer op en belde zijn advocaat. Daarna belde hij Josie terug en zei hij dat ze hem om vier uur bij het kantoor van zijn advocaat moest treffen.

64

Delaney was van plan geweest donderdagmorgen naar de rechtszaal te gaan om Tony Sharkey te zien getuigen, maar ze gaf er de voorkeur aan om met Lisa Clifton af te spreken. Het verraste haar dat ze om acht uur een telefoontje kreeg van Lisa die voorstelde dat ze, in plaats van bij haar thuis, koffie zouden drinken in een restaurant in Allendale, twee steden verderop.

De meelevende blik in haar ogen die Lisa Clifton had gehad toen ze zich om Betsy had bekommerd, was vandaag gespannen. Lisa keek de kamer rond alsof ze naar iemand zocht.

Om tien uur, toen Delaney het restaurant binnenkwam, waren de meeste vroege vogels al weg. Lisa zat aan een tafel achter in het restaurant.

Delaneys innerlijke journalist bestudeerde altijd het uiterlijk van de mensen die ze interviewde. Ze had in de rechtszaal al gezien dat Lisa een slank lichaam had en kort, donkerblond haar. Nu merkte ze op dat haar spitse gezicht aantrekkelijk was. De spanning die in haar stem lag was niet te ontkennen.

'Delaney,' begon ze, 'zoals je gisteren vast hebt gezien, maak ik me grote zorgen om Betsy Grant. Ze is een vriendin en ze heeft haar echtgenoot net zomin vermoord als jij of ik.'

'Ik ben het helemaal met je eens,' zei Delaney. 'Het is mij heel duidelijk dat dr. Clifton gelooft dat Betsy Grant schuldig is. Ik zal eerlijk zijn. Ik vroeg me af of dat botsingen tussen jullie heeft opgeleverd.'

Lisa Cliftons ogen keken schichtig om zich heen. 'Delaney, mijn huwelijk is voorbij. Het was vanaf dag een al een vergissing. Ik ben bij een makelaar geweest en ik heb een huurcontract getekend voor een appartement in Morristown. Ik heb mijn oude baan bij Johnson & Johnson terug. Morgen worden mijn spullen uit het huis in Ridgewood gehaald.'

'Wat spijtig,' zei Delaney.

'Helemaal niet,' zei Lisa. 'Voordat ik iets vertel, Delaney, zeg eens wie volgens jou Ted heeft vermoord.'

Delaney aarzelde niet. 'Alan Grant. Ik weet dat hij het perfecte alibi heeft, maar juist daarom. Het is te perfect. Net die avond van het etentje gaat hij later met een oude vriendin wat drinken. Hij weet haar over te halen dat hij bij haar mag slapen omdat hij eenzaam is. Op deze manier heeft hij haar en de beveiligingscamera's die zijn alibi ondersteunen. Alan heeft zijn vader niet vermoord, maar ik twijfel er niet aan dat hij samenwerkte met diegene die het wel heeft gedaan.'

Lisa aarzelde en keek de kamer nog eens rond, maar zei niets.

Lisa weet iets, dacht Delaney. Dit kon weleens mijn enige kans zijn om haar aan het praten te krijgen. 'Lisa, je hebt gehoord dat de inbreker zwoer dat hij de nacht dat haar echtgenoot werd vermoord in Betsy's huis was en de armband stal. Hij heeft gezegd dat hij een zwarte Mercedes weg zag rijden.'

'Ja, dat hoorde ik op de radio.'

'Zijn verhaal is te vaag. Ik heb genoeg ervaring in de rechtszaal om te weten dat de officier van justitie zijn verklaring volledig onderuit zal halen.'

'Ik ben ook bang dat dat gaat gebeuren.'

'En morgen houden de officier en Betsy's advocaat hun slotpleidooien voordat de zaak naar de jury gaat en dan wordt Betsy veroordeeld,' zei Delaney met een steeds hardere stem.

Ze wachtte af. Toen Lisa niets zei, barstte Delaney uit: 'Lisa, je weet vast niet dat ik geadopteerd ben. Een paar vrienden hebben voor mij gekeken of ze mijn echte ouders konden opsporen. Maandagavond hebben zij mij verteld dat Betsy Grant mijn moeder is en Peter Benson mijn vader.'

Geschokt bestudeerde Lisa Delaneys gezicht. 'Ik kan de gelijkenis nu zien,' zei ze. Ze keek nog een keer angstig het restaurant rond. 'Delaney, ik heb gezegd dat mijn echtgenoot die nacht dat Ted stierf de hele tijd thuis was. En dat dacht ik ook. Maar toen ik naar bed ging, zei hij dat hij nog even onder het genot van een whisky televisie ging kijken in de zitkamer. Hij moest nog even ontspannen. Toen ik 's ochtends naar beneden kwam, lag hij met al zijn kleding nog aan op de bank te slapen. Hij zou best weggegaan kunnen zijn en midden in de nacht terug hebben kunnen komen, maar dat weet ik gewoon niet. En ik heb het gevoel dat hij iets aan het bekokstoven is. Nadat ik terugkwam van de makelaar, was hij vroeger thuisgekomen van kantoor en wilde hij weten waar ik geweest was. Daarom vroeg ik je of je hier wilde afspreken in plaats van bij mij thuis.'

Delaney staarde haar aan. 'Denk je dat je echtgenoot misschien dr. Grant heeft vermoord?'

'Ik denk dat het heel goed mogelijk is. In de weken voordat Ted stierf, lunchten Scott en Alan Grant weleens samen. Nu vraag ik me af of Alan hem geld heeft geboden om Ted te vermoorden. Alan kan de code voor het alarm van zijn vader gekregen hebben, en de ontbrekende sleutel hebben weggenomen en die aan Scott gegeven hebben.'

Dit is voor het proces allemaal niets waard, dacht Delaney. Het zijn allemaal aannames. Lisa heeft al getuigd dat Scott die avond thuis was. Als het uitkomt dat ze in scheiding liggen, zal het lijken alsof ze een hatelijke ex-vrouw is die de reputatie van haar vroegere echtgenoot wil schaden door extra details toe te voegen, zoals dat hij op de bank lag te slapen.

'Lisa,' vroeg ze, 'zou je misschien bij Scott kunnen blijven terwijl een detective probeert uit te zoeken of er een reden is waarom hij dr. Grant zou hebben kunnen vermoorden?'

Lisa schudde heftig haar hoofd. 'Dat kan ik niet. Er is iets mis met Scott. Ik ben bang voor hem. Ik kan daar niet langer blijven.'

Delaney wist dat ze Lisa niet kon vragen om de verhuizing uit te stellen. 'Ik snap het. Houd alsjeblieft contact.'

'Ja, dat doe ik. Beloofd.'

Delaney moest het daar maar mee doen.

65

Betsy's laatste hoop, dat Tony Sharkey en zijn getuigenis het verschil zouden maken, was vervlogen. Die nacht, toen ze in bed lag, probeerde ze de gebeurtenissen van de dag te bevatten.

Zelfs als Sharkey kon bewijzen dat hij in het huis was, dacht ze, betekent dat niet dat hij er op hetzelfde moment was als de persoon die in de zwarte Mercedes zat. Scott heeft er een. Kent ook. Net als heel veel andere bewoners van Alpine. En wat als er eigenlijk helemaal geen Mercedes was?

Ik ga de cel in. Ik weet het. Haar mond werd droog toen ze zich voorstelde hoe haar opgedragen zou worden om op te staan en te luisteren naar de voorzitter van de jury die het vonnis velde. Als het moord is, zal ik veroordeeld worden van dertig jaar tot levenslang. Als het doodslag is, wordt dat tien jaar.

Ik weet dat ik onschuldig ben. Zou het zo slecht zijn om dat pad niet te willen bewandelen? Er staan nog pillen van Ted in de badkamer bij de bibliotheek. Zou het zo erg zijn als ik daar een paar van innam, zodat ik er dan vanaf ben?

Met die op een vreemde manier geruststellende gedachte viel ze in slaap.

66

Peter Benson kon simpelweg niet thuis blijven zitten en de rapportages over de laatste twee dagen van de rechtszaak kijken. Als hij niet bij Betsy kon zijn, dan moest hij in elk geval in de buurt zijn. Hij zocht een hotel op vlak bij de rechtbank en met een zonnebril op en een petje over zijn donkere haar, checkte hij donderdagmorgen vroeg in. Zodra hij de deur achter zich had dichtgedaan, deed hij de televisie aan. Omdat er zo veel interesse was geweest in de rechtszaak, werden de laatste twee dagen live uitgezonden op een lokale zender, News 12 New Jersey.

Hij keek hoopvol toe hoe Tony Sharkey begon met zijn getuigenis. Die hoop werd verpletterd toen de officier van justitie op bijtende toon Sharkeys verhaal over de zwarte Mercedes die in de nacht dat dr. Grant werd vermoord wegreed aan flarden scheurde.

De camera richtte zich op Betsy en het deed Peter pijn om te zien hoe onverstoorbaar ze leek onder de getuigenis, alsof ze een beschermende muur om zichzelf heen aan het bouwen was. Maar ze leek een stuk emotioneler toen ze over de verdwenen armband vertelde.

Nadat de rechter de zitting voor die dag beëindigd had en vertelde dat de slotpleidooien de volgende ochtend zouden beginnen, probeerde Peter te beslissen of hij wel of niet naar

Alpine zou rijden om Betsy te zien. Zijn voorzichtigheid won het. Als de media een foto van hem namen terwijl hij de dag voor de slotpleidooien haar huis binnenging, zou dat er heel slecht uitzien voor haar.

Maar hij kon haar bellen. Hij nam aan dat ze om tien uur alleen was en hij belde haar. Hij wist dat zijn naam op haar mobiele telefoon zou verschijnen, maar ze nam niet op. En haar voicemail was niet ingeschakeld.

Hij bleef haar om de paar minuten bellen tot een slaperige stem antwoordde: 'Peter.'

'Betsy, waarom nam je niet op? Is alles goed?'

'Ik heb een slaappil genomen. Dat had ik nodig.'

'Natuurlijk. Maar gaat het verder wel goed?'

Betsy keek naar het doosje met pillen op het nachtkastje. Ze probeerde moed te verzamelen om ze in te nemen.

'Ja, het gaat goed, Peter, echt waar.' Betsy was weer in slaap aan het vallen. 'Het gaat echt goed, beloofd.'

67

'Waarom ben je zo gespannen?' vroeg Scott Lisa op vrijdagochtend. 'Je krijgt je toast niet eens doorgeslikt en je handen trillen.'

Lisa wist zeker dat de waarheid het beste antwoord was. 'Scott, je weet toch wel dat of vandaag of volgende week Betsy waarschijnlijk veroordeeld wordt voor moord of doodslag? En je zou moeten weten dat ik haar erg graag mag en dat ik weet dat ze onschuldig is.'

'En zou jij niet moeten weten dat ze een goede vriend, medevennoot en collega die ik al dertig jaar kende heeft vermoord toen ze zijn hersens insloeg?'

Ze keken elkaar over de tafel heen aan, en toen zei Scott: 'Lisa, ook al zijn we het volledig met elkaar oneens over dit onderwerp, ik hou veel van je en kijk ernaar uit om dit achter ons te laten en samen weg te gaan.'

'Ik ook,' zei Lisa. Ze probeerde te glimlachen. Ik kijk vooral uit naar het weggaan, dacht ze. Ze wilde schreeuwen: Ga naar je kantoor en blijf daar gewoon! De verhuizers kwamen om tien uur al, dacht ze.

'Het verbaast me dat je niet naar de rechtbank gaat voor de slotpleidooien,' zei Scott. Hij keek haar vragend in de ogen.

'Ik kan het niet,' zei ze simpelweg. 'Ik wil niet horen hoe die officier van justitie Betsy de gevangenis in wil laten draaien.'

‘De volgende keer dat je haar weer zult zien zal in de staatsgevangenis zijn.’ Scott dronk zijn laatste bodempje koffie op en ging staan. ‘Ergens bewonder ik je loyaliteit, ook al is hij misplaatst.’

Lisa hoopte dat hij niet voelde hoe haar lichaam verstijfde toen hij over haar wang streek en haar voorhoofd kuste.

Daarna vertrok hij. Ze haastte zich naar boven om te douchen en zich aan te kleden. Haar koffers stonden op zolder. Ze moest hier weg. Ze ging snel naar de zolder en deed het licht aan. De bij elkaar passende kofferset stond in de hoek opgestapeld, naast de kleden en de meubels die ze mee wilde nemen. Toen ze de grootste koffer pakte, zag ze iets glinsteren boven haar hoofd op de dwarsbalk. Nieuwsgierig reikte ze ernaar. Toen ze het naar zich toe trok slaakte ze een kreet.

Het was een zwarte marmeren stamper.

Ze wist zonder twijfel dat dit de stamper was die uit de slaapkamer van Ted Grant was verdwenen.

68

Om kwart over negen werd Delaney, die te laat was omdat ze in het verkeer had vastgezeten, naar de rechtbank gereden in een Uber toen haar mobieltje afging. Verrast nam ze op. 'Hallo, Lisa.'

Lisa's stem klonk schril en nerveus. 'Delaney, ik was alles aan het inpakken voor mijn vertrek. Ik moet hier vandaag weg. De verhuizers zijn er over een uur. Toen ik mijn koffers van de zolder ging pakken, zag ik iets op een dwarsbalk liggen. Delaney, het is de stamper. Ik weet zeker dat het de stamper is die bij de vijzel uit Teds kamer hoort. Dat is waarom Scott beneden bleef die nacht dat Ted stierf. Hij heeft Ted vermoord.'

'Lisa, rustig aan. Waar is Scott nu?'

'Op kantoor. Hij had om negen uur een patiënt.'

'Stap in je auto en rijd naar de rechtbank,' zei Delaney. Toen bedacht ze dat Lisa zo overstuur was dat ze misschien wel een ongeluk kreeg.

'Nee, doe dat niet,' zei ze snel. 'Ik zit op route 4. Ik kan over tien minuten bij je huis zijn. Ik pik je op en neem je mee naar de rechtbank. Terwijl ik onderweg ben, moet jij een foto van de stamper nemen met iets van het huis in de achtergrond, zodat we kunnen bewijzen dat hij daar gevonden is. Ik bel je terug zodra ik een nummer heb waar je het naartoe kunt sturen.'

Ze belde het Openbaar Ministerie en kreeg de afdeling moordzaken. Nadat ze kort had uitgelegd wie ze was, zei ze: 'Ik stuur je een berichtje met een foto. Het is van levensbelang voor de uitkomst van het Betsy Grant-proces. Het is het moordwapen.'

De sceptische assistent-officier zei: 'Stuur het maar naar dit nummer en wij zullen ernaar kijken. De verdediging is al met het slotpleidooi begonnen.'

Een paar tellen later was ze alweer met Lisa aan het bellen.

'Stuur de foto naar het OM. Kun je het nummer onthouden?'

'Ik denk van wel, maar ik schrijf het toch even op. Kom snel, alsjeblieft.'

Moet ik zeggen dat ze dat huis uitgaat en naar een van de buren gaat? vroeg Delaney zich af. Maar het was pas vijf voor half tien en ze had gezegd dat Scott om negen uur een afspraak had in zijn kantoor in Fort Lee.

Om half tien stopte de auto voor Cleveland Avenue 522. 'Ik heb maar een minuutje nodig,' zei ze. 'Wacht hier alstublieft.'

Terwijl ze de stoep oprende, gooide Lisa de deur open. Ze hield haar telefoon en haar handtas vast. 'Delaney, ik heb dat nummer niet goed gehoord. Ik probeerde het te sturen maar het is niet bezorgd.'

'Is niet erg. Ik stuur het wel.'

Lisa pakte de stamper uit haar tasje. 'Het mobiele netwerk is hier slecht,' zei ze met trillende stem. 'In de keuken is het beter.'

Ik houd het moordwapen vast, dacht Delaney, en ze haastte zich de gang door. In de keuken zette ze de stamper tegen een rij versierde bussen en nam ze de foto. Toen ze hem wilde sturen, mislukte de eerste poging, evenals de tweede. Uiteindelijk lukte het bij de derde poging om hem naar het kantoor van Holmes te sturen. Voordat ze weer de gang inging, hoorde ze de voordeur opengaan en vroeg Scott Clifton: 'Ga je ergens heen, Lisa?'

Delaney belde 112. 'Help. Moordenaar op Cleveland Avenue 522. Blijf aan de lijn. Neem op wat er hier gebeurt.'

Voordat de telefonist kon antwoorden, stak Delaney haar telefoon voor zich uit, in de richting van waar ze aan het praten waren.

Delaney kon hun stemmen duidelijk horen. Lisa probeerde niet al te erg van streek te klinken. 'Scott, ik dacht dat je een patiënt had.'

'Hij wilde zijn afspraak naar een andere tijd verplaatsen. Waar ging je heen?' Zijn stem klonk steeds luider.

'Naar de kapper. Er zit te veel zilver tussen het goud.'

Hij keek naar haar. 'Dat valt best mee, Lisa. Ik vraag het je nog eens, waar ga je heen?'

Delaney dacht: goed werk, Lisa. Houd hem maar bezig. 'Scott, ik wilde een scène als deze voorkomen. Om tien uur is hier de verhuiswagen om al mijn spullen van de zolder mee te nemen. Ik laat mijn trouw- en verlovingsring op het nachtkastje achter.'

'Ik dacht al dat er iets niet in de haak was. Waarom gaan we op de zolder niet even kijken of je niet iets van mij mee gaat nemen.'

Terwijl hij Lisa de trap op duwde, sloop Delaney stilletjes naar de gang. Ze hoorde Scott schreeuwen: 'Ik weet dat je hem hebt! Waar is hij?'

Lisa rende gillend van de zolder naar beneden. 'Moordenaar! Je laat Betsy opdraaien voor iets wat jij hebt gedaan! Jij hebt Ted vermoord!'

Delaney glipte de huiskamer weer in zodat ze niet gezien

zou worden. Haar hart bonsde en ze smeekte: 'Kom snel hierheen alsjeblieft. Alsjeblieft.'

Lisa probeerde de voordeur te openen maar Scott trok haar terug. Zijn handen grepen haar bij haar keel. Terwijl hij haar wurgde schreeuwde hij: 'Geef hier! Waarom moest je je ermee bemoeien?'

Delaney liet haar telefoon in haar jaszak glijden en rende terug naar de gang.

Scotts handen klemden zich steeds strakker om Lisa's keel. 'Alan heeft me meer dan een miljoen beloofd! Twee keer dat bedrag als Betsy veroordeeld wordt!'

Delaney wist dat ze maar een ding kon doen. Ze hief de stamper en ramde hem tegen Scotts hoofd. Hij liet zijn grip op Lisa verslappen, draaide zich om en vloog haar aan. Bloed spoot uit een wond op zijn voorhoofd.

Wanhopig sloeg ze weer toe met de stamper en dit keer raakte ze de zijkant van zijn gezicht. Met een grom trok hij de stamper uit haar hand en maakte zich klaar om haar ermee te slaan.

Ze strompelde naar achter en de stamper miste haar maar net. Toen Scott weer wilde slaan, werd de deur open geschopt en stormden er drie politieagenten met getrokken wapens naar binnen.

'Stop, handen omhoog,' riep een van hen.

Delaney trok de telefoon uit haar jas. Met onvaste stem vroeg ze: 'Heb je dat allemaal? Heb je dat?'

De stem van de telefonist klonk zeker van zijn zaak: 'Zeker weten, luid en duidelijk, mevrouw. Echt.'

Delaney ademde uit. 'Stuur dan direct een opname van dit gesprek naar het nummer dat ik je nu geef. Het is het Openbaar Ministerie.'

69

Dit was de meest besproken zaak in zijn carrière en Elliot Holmes kon de overwinning al proeven. Hij luisterde naar Robert Maynards vurige slotpleidooi. Hij kon niet wachten tot het klaar was zodat hij zijn eigen pleidooi kon houden.

Plotseling vloog de deur van de rechtszaal open en rende er een assistent-officier naar hem toe. Woest gromde hij: 'Ik hoop dat dit belangrijk is.'

Duidelijk geërgerd zei rechter Roth: 'Dit is een oneerlijke afleiding voor zowel de verdediging als de jury.'

Officier Holmes stond op. 'Mijn welgemeende excuses aan het hof, de jury en de verdediging. Geef me alstublieft een moment.'

Holmes nam de mobiele telefoon van de assistent aan en zag een foto van Scott Clifton, omsingeld door politieagenten uit Ridgewood. Een van de agenten hield de stamper vast. Daaronder stond uitgelegd wat er was gebeurd. Elliot Holmes wist dat dit proces voorbij was.

'Edelachtbare, ik verzoek om een kwartier pauze zodat ik kan luisteren naar de opname op deze telefoon. Het kan van belang zijn voor de uitkomst van deze zaak.'

De rechter wist dat er iets groots gebeurd moest zijn. 'We nemen kort pauze. Ik draag de jury op om niet te bespreken wat u net heeft gezien.'

Robert Maynard zat tijdens de pauze naast Betsy. 'Betsy, ik weet niet wat er aan de hand is, maar iets zegt me dat het goed nieuws voor ons is. Anders zouden ze mijn pleidooi niet zo durven onderbreken.'

Twintig minuten later sprak een verdwaasde Elliot Holmes het hof toe. 'Edelachtbare, het Openbaar Ministerie streeft ernaar om altijd rechtvaardig te zijn. Mij is zojuist verteld dat in het afgelopen uur dr. Scott Clifton bij zijn huis is gearresteerd en dat de marmeren stamper daar is aangetroffen. Ik heb ook geluisterd naar een audio-opname van de gebeurtenissen omtrent zijn arrestatie, waarbij hij bepaalde uitspraken deed over de moord op dr. Edward Grant. Hij heeft de verdenking op zowel zichzelf als Alan Grant gevestigd.'

Holmes' stem sloeg over. 'Edelachtbare, ik moet concluderen dat hier een grote justitiële dwaling heeft plaatsgevonden. De staat gelooft niet langer dat Betsy Grant betrokken was bij de moord op haar echtgenoot. De staat betreurt het lijden dat zij heeft moeten ondergaan zeer.

Edelachtbare, de staat wil de tenlastelegging graag intrekken.'

De rechtszaal juichte. De rechter beval de toeschouwers voorzichtig om stil te zijn.

Betsy kon alleen maar denken dat ze gisteravond bijna de pillen had genomen.

Rechter Roth sprak: 'Ik heb geluisterd naar de officier en zijn weergave van de buitengewone ontwikkelingen die letterlijk het afgelopen uur hebben plaatsgevonden. De officier is ervan overtuigd dat, gebaseerd op deze ontwikkelingen, Betsy Grant onschuldig is. De officier heeft erkend dat er een justitiële dwaling is begaan. Gelukkig is dit nieuwe bewijs aan het licht gekomen voordat er een vonnis geveld is, dat, mits schuldig, had geleid tot een zware straf.' De rechter pauzeerde. 'De tenlastelegging is verworpen. Mevrouw Grant, u bent, met alle beste wensen van het hof, vrij om te gaan.'

Wederom klonk er gejuich terwijl Betsy probeerde deze woorden te verwerken. Vrij. Vrij om te gaan.

Langzaam stond ze op en met Robert Maynards arm om haar schouders bedankte ze de rechter. Peter Benson, die Robert Maynards slotpleidooi had bekeken vanuit zijn hotelkamer, was naar de rechtbank gerend toen Elliot Holmes om een korte pauze had gevraagd, zodat hij de informatie kon evalueren die hij net had gekregen. Peter had zich op de achterste rij van de rechtszaal verscholen net toen Holmes begon te vertellen wat er was gebeurd en waarom de tenlastelegging verworpen zou moeten worden.

Zodra de rechter zei dat Betsy vrijuit ging, repte Peter zich naar de tafel van de verdediging. De parketpolitie wilde hem tegenhouden, maar rechter Roth wuifde ze weg. Betsy en Maynard wilden de rechtszaal verlaten en net toen ze een paar stappen hadden gezet zag Betsy Peter naar haar toe lopen. Maynard stapte opzij en Peter sloeg zijn arm om haar heen en zei: 'Ik zal nu voor haar zorgen.' Hij keek in Betsy's ogen. 'Voor altijd.'

70

Delaney wachtte drie dagen voordat ze Betsy belde om te vragen of ze langs mocht komen. 'Natuurlijk mag dat,' zei Betsy. 'Ik weet dat je aan mijn kant stond. Ik vroeg me al af waarom je de laatste week van het proces niet deed.'

'Ik beloof je dat ik het je zal uitleggen,' zei Delaney. 'Zal meneer Benson er misschien ook zijn?' Zoals verwacht was het antwoord ja.

Met haar hart in haar keel reed ze naar Alpine. Nadat ze Betsy en Peter had begroet gingen ze in de huiskamer zitten. Delaney leunde voorover, haar handen bij elkaar. Met een stem die trilde van emotie zei ze: 'Ik moet jullie iets vertellen. Ik ben er pas een paar dagen geleden achter gekomen. Betsy, in de getuigenbank zei je dat je elke dag van je leven hebt verlangd naar je eigen kind. Op dezelfde manier heb ik naar mijn echte moeder verlangd.' Delaney keek van de een naar de ander. 'En nu heb ik niet alleen mijn moeder gevonden, maar ook mijn vader.'

Betsy en Peter keken haar ongelovig aan terwijl ze probeerden te bevatten wat ze hun vertelde. Delaney ging verder. 'Ik ben geboren op Oak Street 22 in Philadelphia op 16 maart, zesentwintig jaar geleden. Mijn grootouders waren Martin en Rose Ryan...'

EPILOOG

Zes maanden later

Alan Grant en dr. Scott Clifton wachten op hun proces, nadat hen de moord van dr. Edward Grant ten laste is gelegd. Dr. Clifton wordt ook verdacht van poging tot moord op Lisa Clifton. Hun advocaten hebben geprobeerd om een deal te sluiten door ze tegen elkaar te laten getuigen. Beiden krijgen waarschijnlijk levenslang.

Jonathans onderzoek heeft bewijs opgeleverd waaruit blijkt dat dr. Clifton Steven de medicijnen heeft aangeleverd die Steven Harwins overdosis veroorzaakten. Dr. Clifton zal ook hiervoor berecht worden.

Tony Sharkey kreeg drie jaar gevangenisstraf voor zijn poging tot inbraak in Saddle River. Op verzoek van Betsy Grant werd hij niet vervolgd voor de inbraak in haar huis. Tegen rechter Roth zei hij, na zijn vonnis, dat 'alles in aanmerking genomen dit best wel meeviel'.

Een week nadat het proces voorbij was, deed Carmen tijdens het inpakken van de medische naslagwerken die ze naar dr. Adams wilde sturen een bijzondere ontdekking: eentje had een uitgeholde inhoud. Het bevatte doktersrecepten die zogenaamd door dr. Ted Grant waren ingevuld en ondertekend. Was dit wat hij zo ontzettend graag wilde vinden?

Alvirah had Sam gebeld om hem te vertellen dat haar huis geen nieuwe betegeling nodig had, maar ze stond erop hem een cheque van vijfduizend dollar te sturen om haar dankbaarheid te tonen voor zijn informatie die van onschatbare waarde bleek te zijn. Sam bedankte haar uitvoerig en verzekerde haar ervan dat, mocht ze ooit wel nieuwe tegels nodig hebben...

Betsy en Peters huwelijk werd voltrokken door pastoor Quinn in de St. Francis Xavier. Terwijl Betsy in een bevallige champagnekleurige jurk en Peter, knap en voornaam in een donkerblauw pak met een zilverkleurige stropdas, elkaar eeuwige trouw beloofden, knipperde Delaney vreugdetranen weg. Mijn moeder, mijn vader, dacht ze.

Delaney was Betsy's bruidsmeisje. Peters beste vriend, professor Frank Reeves, was zijn bruidsjonker.

De receptie vond plaats in Betsy's huis in Alpine. Als huwelijkscadeau had Jennifer Wright een album gemaakt met daarin foto's van Delaney, beginnend bij toen ze slechts een paar dagen oud was. 'Zo kun je haar vanaf het begin zien opgroeien.' Ze overhandigde het Betsy met een lach.

Delaney had Betsy en Peter gevraagd of het goed was als ze hen bij hun voornamen noemde. Ze hadden het onmiddellijk begrepen. De blijdschap op Jennifers gezicht was overduidelijk geweest toen ze doorhad dat zij de enige was die Delaney ooit 'mam' zou noemen.

Die avond was een huwelijksreceptie en een reünie ineen. De mensen om wie ze het meeste gaven waren er allemaal. Jennifer en James Wright, Delaneys grote broers en hun echtgenotes, Peters moeder, Alvirah en Willy die deze dag mogelijk hadden gemaakt, Lisa Clifton en Delaneys lievelingsoppas Bridget O'Keefe. Mijn familie, dacht Delaney verrukt.

Jon liep naar haar toe met twee glazen champagne. 'Mooier kan gewoon niet,' zei hij. Delaney nam een slokje champagne en zag Bridget, die druk in gesprek was met Alvirah. Ze herinnerde zich Bridgets waarschuwing. Als het allemaal te mooi lijkt om waar te zijn, dan zijn er problemen op til.

Dit keer niet, Bridget, dacht ze blij. Zoals je ook altijd zei als je ergens optimistisch over gestemd was: Ik voel het aan mijn water.

DANKWOORD

Zoals altijd wil ik graag Michael Korda bedanken, mijn trouwe vriend en redacteur sinds jaar en dag. Hij heeft me op deze reis begeleid, vanaf pagina 1 tot aan dat ene glorieuze woord: 'einde'. Het is een zegen om hem al die jaren als redacteur te hebben.

Graag wil ik ook Marysue Rucci bedanken, de hoofdredacteur van Simon & Schuster. Het is geweldig om de afgelopen paar jaren met haar te hebben samengewerkt.

Het is een plezier om met mijn team thuis te werken. Mijn zoon, David, is een waardevolle fulltimeassistent en onderzoeker geworden.

Zoals gewoonlijk lazen mijn andere kinderen graag mee en waren ze mijn klankborden tijdens het hele proces.

En, zoals altijd, bedank ik ook mijn bijzondere echtgenoot, John Conheeney, die al twintig jaar geduldig luistert als ik verzucht dat het boek niet af gaat komen.

Nadine Petry, die al jaren mijn assistent en rechterhand is, heeft de gave om mijn onleesbare handschrift te interpreteren. Bedankt, Nadine.

Toen eenenveertig jaar geleden *Waar zijn de kinderen* uitgegeven werd, had ik nooit durven dromen dat ik zo veel jaar later nog steeds het geluk zou hebben om te mogen schrijven. Ik geniet ervan om nieuwe personages te ontdekken en om ze in steeds andere omstandigheden verwikkeld te laten raken.

Zoals ik al zei, is 'einde' mijn lievelingswoord. Maar dat woord zou er niet zijn als er geen eerste zin was die jullie, mijn lezers, zou uitnodigen om de bladzijde om te slaan.

Dank jullie wel voor het blijven genieten van de verhalen die ik vertel.

Alle liefs,
Mary